Oceani. 255

Della stessa autrice
presso La nave di Teseo

L'attrice
La veglia

Anne Enright

Scricciolo, scricciolo

Traduzione di Milena Zemira Ciccimarra

La nave di Teseo

Titolo originale: *The Wren, The Wren*

ISBN 978-88-346-1845-5
Prima edizione La nave di Teseo settembre 2024

Per Claire Bracken

Nell

In Nevada c'è uno psicologo di nome Russell T. Hurlburt che è interessato ai modi diversi in cui la gente pensa. Nel 2009 dotò una giovane donna chiamata Melanie di un cicalino che suonava a caso durante la giornata, incoraggiandola a prendere nota di qualunque cosa occupasse la sua coscienza in quel momento, e in seguito lei ricostruì quegli eventi mentali per la sua ricerca.

Il terzo giorno dell'esperimento, mentre il suo ragazzo le faceva una domanda sulla polizza d'assicurazione, Melanie stava cercando di ricordare la parola "parodontologo". Il quarto giorno aveva una gran voglia di andare a fare immersioni subacquee. Il sesto, raccoglieva petali di fiori dal lavandino sentendo echi della frase "bel tempo lungo".

Il dottor Hurlburt dice che esistono enormi differenze nel modo in cui le nostre vite interiori si svolgono nelle nostre teste. "Secondo le mie ricerche, ci sono molte persone che non formano mai immagini con naturalezza, e ce ne sono altre che formano immagini in movimento estremamente elaborate, ad alta fedeltà, in technicolor." Alcune persone hanno una vita interiore dominata dal linguaggio, dalle sensazioni corporee o dalle emozioni, e altre ancora da un "pensiero non simbolizzato" che può assumere la forma di domande tacite come: "Prendo il panino al prosciutto o il roast beef?"

Trovo quest'esperimento molto utile e interessante. Non si cercano né si danno spiegazioni. Melanie pensa così perché questo è il modo in cui pensa. Probabilmente non c'è nessuna ragione se Melanie ha la mente d'un poeta, col suo lavandino pieno di petali avvizziti e il suo orecchio interno che assapora le parole "bel tempo lungo", quando altre persone vedrebbero bustine di tè usate e penserebbero "la mia vita sta andando a puttane".

Mi chiedo cosa passasse per la testa del suo ragazzo in quei momenti.

Assicuriamoci!

oppure:

Perché mi sta ignorando?

oppure:

Mio Dio, che tette!

oppure:

Devo assicurare questa stronza prima che la ammazzi, dannazione!

oppure:

Se cambiassimo compagnia, potremmo ridurre notevolmente i costi. Forse se facessi un foglio di calcolo, si renderebbe conto dei rischi potenziali e anche dei possibili risparmi.

oppure:

Se parlo della polizza, non devo pensare alla mia erezione.

Se parlo della polizza, non devo pensare al fatto che non

riesco a guadagnare abbastanza soldi, in un sistema che ti fotte di continuo.

Se parlo della polizza, non devo pensare alla morte, tranne che in modo utile.

Sono utilmente innamorato, e amo essere utile.

Voglio sia bello, voglio un “sì”.

Voglio morire ora, sempre, e anche tra le sue braccia.

Non essere sciocca, il fidanzato di Melanie, ovviamente, sta pensando al calcio. Perché è a questo che gli uomini dicono di pensare, se mai glielo chiedi. E ovviamente dicono la verità. Anche se, al di sotto del calcio... si agita qualcos'altro, un vecchio lucertolone con la lingua guizzante. Da qualche parte, al di sotto del calcio. Il polpastrello dolorante del suo pollice destro, un leggero prurito sulla parte ossea del cranio. E sotto il prurito, o al di là del prurito, un'apertura. Un varco. Un luogo. L'esplosione di un cielo azzurro su un pianeta lontano (non dimenticate che è un ragazzo) dove sorgono e tramontano tre lune.

E lui ha la palla, corre con la palla, è lì, ce l'ha fatta! Meta! Sì! Al di sotto del calcio, sta pensando: Riscatto! Migliaia di uomini che si sollevano come un solo uomo dalle sedie di plastica dello stadio: Sì!

Melanie, nel frattempo, sta succhiando il suo impianto dentale, che sembra essersi un po' allentato, e questo suono minuscolo è semplicemente terribile per il suo fidanzato, che è molto sensibile ai rumori anatomici interni, soprattutto quelli degli altri, soprattutto quelli della bocca. Il fidanzato di Melanie ha una percezione molto intensa della lingua e della saliva degli altri esseri umani e a volte anche del cane, di notte, quando si lecca.

La cosa peggiore sono le mele. È come se il crunch-crunch della masticazione degli altri avvenisse dentro il suo cervello – senza rispettare il confine tra la sua vita interiore e il mondo esterno. È un'invasione totale, quasi una specie di tortura – mentre lui sta cercando di occuparsi della posta. Sta cercando di risolvere il problema della stramaledetta assicurazione.

Ma si sa.

Melanie e il suo ragazzo. Auguro loro ogni bene. Penso che lei sia una sognatrice e lui un tesoro, che protegge entrambi. E col tempo – col tempo – impareranno tutti e due cosa pensa esattamente l'altro.

Lui pensa:
dolce
quell'odore
Lei pensa:
bel tempo lungo

Non percorriamo la stessa strada della persona che ci cammina accanto. Tutto ciò che possiamo fare è dire a quest'altra persona ciò che vediamo. Possiamo indicare le cose e cercare di dar loro un nome. Se lo facciamo bene, il nostro amico può guardare il mondo in modo nuovo. Possiamo incontrarci.

Quando cominciai a riflettere su tutto questo ero interessata all'empatia, come se fosse la soluzione (e lo è! lo è!) praticamente a tutto. Riflettevo su genere ed empatia, su religione ed empatia, sui vantaggi evolutivi dell'empatia. Avevo in testa una bella torta grossa intitolata "Sentire il dolore degli altri" e la affettavo così e cosà perché pensavo che l'emozione è il ponte tra le persone, che il sentimento attraversa lo spazio, che la compassione è un gas, espirato da uno e inspirato dall'altro. Empatia! È proprio come fondersi.

Possiamo congiungerci, insomma. Possiamo entrare in sintonia. Possiamo piangere davanti allo stesso film. Io e voi.

Ma alcune persone non riescono a fare questa cosa, davvero complicatissima. C'è un divario.

Oggi penso che ci sia un vero e proprio divario tra me e qualunque altra persona, c'è uno spazio che separa tutti gli esseri umani. E non è uno spazio che fa paura. L'aria vuota tra le persone potrebbe essere attraversata dalle emozioni, ma potrebbe anche non esserlo. C'è bisogno di qualcos'altro, o c'è bisogno di qualcosa *prima*. A questo si riferiva Russell T. Hurlburt quando parlava dei tipi diversi di esperienza mentale. Le persone sono diverse e pensano in modo diverso. Ora credo che la parola di cui abbiamo bisogno sia "traduzione".

C'è voluto parecchio tempo per arrivare a questo punto di felice separatezza. Da bambina pensavo fossimo tutti uguali. Cioè, io avevo dei poteri telepatici, *voi* avevate dei poteri telepatici ed era così bello. Eravamo tutti insieme. Perciò è stata dura – mi sono sentita molto sola – quando ho scoperto che non era vero.

Ma senti:

Quella ragazza che ha partorito in un gabinetto pubblico e non sapeva nemmeno di essere incinta? Com'è potuto succedere? diciamo, e ovviamente si rifiutava di accettare la realtà. Era povera.

Questa è una ragazza.

Poi c'è l'altra ragazza – che ha dolori non solo prima e durante il parto, non solo prima e durante il ciclo, ma nel corso dell'ovulazione. Una ragazza che sente addirittura l'ovulo infilarsi nella tuba di Falloppio. *Mittelschmerz* – ha un nome in tedesco, quindi dev'essere una cosa reale. Conoscevo una di queste ragazze a scuola. Sentiva tutto. In classe era distratta dalla sensibilità ai seni la settimana precedente, dai crampi all'addome, quattro, tre, due giorni prima, e dall'intera faccenda quando le mestruazioni alla fine si palesavano. Ogni mese era un evento di dieci giorni. Un terzo della sua vita. Gli assorbenti interni non entravano. Quelli esterni non bastavano. Sveniva. Si macchiava. Prendeva compresse di ferro. Andava a letto e sua madre diceva: Oh, cara. E lei, diceva, sognava davvero di togliersi le mutande e sedersi direttamente sulla terra, perché così sarebbe stata sicura di avere abbastanza sotto di sé per assorbire tutto. Si trattava della mia amica Maya, che aveva sempre un dolore di qualche tipo, e veniva così spesso liquidata, contraddetta e trattata come se si sbagliasse a proposito di se stessa, delle sue sensazioni. E penso che questo sia qualcosa che il dolore ti fa. Ti fa sentire accusata di esserti inventata il dolore.

Perfino il modo in cui apri la bocca per dire: Mi fa male.

Dici: È dentro di me. Questo dolore. Per favore, provate a immaginare come ci si sente. Anche se io non me lo sto immaginando. È questa la differenza tra noi.

Maya lo saprebbe di certo se fosse incinta, tutto qua. Non penso che sarebbe scioccata e sorpresa di scodellare un bambino dopo che le ha rifilato calci nella pancia e le è rimasto piazzato sulla vescica per nove mesi. *Pensavo fosse cattiva digestione!* Non è quello che direbbe Maya. Penso che direbbe *Gaaaahh!* Per nove mesi di fila.

Gaaaahh!

Certe persone hanno corpi un pochino muti. E altre hanno corpi rumorosi, chiacchieroni o un po' matti; corpi che non smettono mai di dichiararsi e condividere le loro novità. *Oh no, mi prude!*

Gaaaahh!

Il mio è stato sempre niente male. Ho avuto sempre un corpo niente male in cui vivere e muovermi. Cioè, mi guardo allo specchio e… che-eee? Ma quanto al resto: sesso, cibo, rumori, cose così? Non ho mai avuto problemi. Mangio. Corro. Adoro correre. Mi sembra di volare.

Questo è un modo tortuoso per dire che mi innamorai quando avevo ventidue anni, e fu una sorpresa totale. Come se questa tenera bestia fosse da sempre dentro di me, scalciando e rigirandosi, e io non ne sapessi niente.

Gaaaahh!

Dico "mi innamorai" perché questo è il termine tecnico per quello che accadde. Non ci fu alcun abisso, alcuna necessità di traduzione. Mi sentii compresa, fusa. Ed era una sensazione euforica.

Un anno dopo aver finito l'università, iniziavo a sporgere muso e baffi nella fresca aria degli adulti e sapevo stare al mondo, questo ci tengo a ricordarlo. Il mio corpo non era silenziato. Sapevo godermi il sesso, mangiare, sbronzarmi e riprendermi, toccarmi, toccare qualcun altro. Sapevo ballare, sballarmi un po' e fare grandi discussioni stupide e profonde; una dolce sessione notturna con una ragazza che mi piaceva, o qualcosa di più faticoso e caotico con un tipo che, di solito, non mi piaceva poi così tanto – in quel caso c'era una specie di antagonismo, a onor del vero. Il sesso con un ragazzo assomigliava sempre un po' a un combattimento, potevi farti male, o renderti conto che ti *avevano* fatto male quando arrivava il doposbornia. Difficile dire cosa provavi allora (Sono una masochista? Oh, non mi ricordo.) Ma in realtà, dal punto di vista emotivo, erano le ragazze che potevano annientarmi, soprattutto se avevano quel modo di fare freddo e sprezzante, che era esattamente la cosa che mi attraeva fin dall'inizio. Ma tant'è.

Avevo un gruppo fantastico del Trinity, ci eravamo trovati tipo il quinto giorno. Un ragazzo attraversò in bicicletta questo prato bellissimo su cui non si dovrebbe nemmeno camminare, col suo cappotto lungo e i capelli alla Byron (espressione sua) ed eravamo in tre a guardarlo, io, Lily e Shona, e lui era Malachy, chiaramente gay, chiaramente uno spasso, e si sedette quasi accanto a noi, e sapevamo tutte cosa dovevamo fare, a quel punto.

Il padre di Malachy era nell'immobiliare, quindi aveva un appartamento squadrato nel centro della città che facemmo lentamente a pezzi nel corso di quel primo anno, anche se non erano le bevute e le nottate tarde a piacermi, ma il fatto di svegliarmi in una lunga, insulsa giornata passata a far colazione e poi niente di che, ciondolando, rollando cannette sottili. E subito prima di andare troppo alla deriva, diventava tutto chiarissimo. Sapevamo come risolvere le cose – il grande furto del nostro futuro da parte degli stronzi del passato, che avevano mandato a puttane il pianeta –, o sapevamo di essere finiti ancora prima di iniziare. Le due cose più o meno si alternavano. A tenerci uniti era una specie di sogno, che l'umanità riuscisse a *superare* il suo stupido io, che noi in particolare riuscissimo a superare l'irreparabile ritardo dei nostri tempi.

Chiddik. Chiddik.

Quando ero molto fatta, trascorrevo anche il tempo ad applicarmi sul canto degli uccelli che proveniva dai sempreverdi fuori dalla finestra di Mal. Sei pini giganteschi col tronco rosso e i rami sporgenti – avevano dovuto costruire il complesso attorno agli alberi. Ognuno valeva quanto tre unità abitative. La natura come museo. Gli alberi erano un rimprovero a noi, che oziavamo in una scatola di cemento, piena di altre scatole con le ante di vetro, osservando la libertà degli uccelli tra i rami, ascoltando il vento che li pettinava.

Cominciai a pensare di poterci parlare.

Fink fink
Pink Pink
Qwer-wer
Skrawwww

Quando mi intristivo, non mi preoccupavo tanto della fine del mondo quanto di cose piccolissime – e forse quello era solo il mio tipo particolare di ansia. Per tutto il periodo dell'università, provai una strana inquietudine démodé per il succiacapre, un uccello che in passato era comune in Irlanda e adesso non si trova più tanto. È solo un esserino smorto. Assomiglia a una pigna con grandi occhi nero notte. Il suo piumaggio screziato è simile alla corteccia di un albero particolare, e questo è uno dei motivi per cui il succiacapre non si vede; l'altro è che, quando vai a cercarlo, sta già facendo buio. E il terzo motivo per cui il succiacapre non si vede è che non c'è – non più. Non ne è rimasto quasi nessuno. L'avvistamento più recente in Irlanda è avvenuto sull'Inchy Bridge, a Timoleague, "quando un maschio è stato notato mentre andava a caccia di insetti nel suo tipico habitat riproduttivo, per tre notti tra l'1 e l'8 giugno 2012". In ogni caso, è un piccolo migratore che si nutre di insetti al crepuscolo, e adesso gli insetti sono scomparsi o è scomparso l'habitat, e il suo verso è come una macchina da cucire lontana, che cala di marcia e poi sale di nuovo.

Churrrrr. Chirr.

Tessuto spesso. Sottile.

Tessuto spesso. Sottile. Sottile.

Naturalmente, dato che sono online – anziché tremare di freddo in un capanno per il birdwatching ai piedi dei monti Knockmealdown – la mia tristezza per il succiacapre sfuma molto rapidamente in un interesse per il gracchiare del corvo, che è un richiamo di posizione, e per il suo stridio che, a quanto pare, segnala rabbia. Mi piacerebbe fare un dizionario dei suoni degli uccelli. Potrei iniziare dalla parola "siringe", che è la scatola anatomica sotto la laringe ed è il meccanismo che permette a quell'uccellino microscopico di emettere quei rumori enormi.

Il succiacapre, tra l'altro, è ventriloquo. Il suo canto sembra provenire da un altro albero. Il che deve essere disorientante, quando ci si accoppia con un succiacapre – devi posarti prima su un sacco di alberi.

Quindi, questa sono io. Guardo un video di un corvo parlante mentre la mia amica Lily si preoccupa del fascismo e, mentre le mie amiche stanno spezzando la schiena al patriarcato, io mi metto a piangere per l'intollerabile destino delle api. Più tardi, quando siamo strafatte, metto filmati di lumache che fanno sesso con il volume altissimo. Dico alle mie amiche che sono fissate con *L'Uomo* e io non sono fissata con *L'Uomo*. Le mie amiche erano tutte prese dall'autorità. E io da radici e viticci. Loro pensavano alla cultura della sorveglianza, io al clima.

A me interessava il succiacapre, quel minuscolo straziante uccellino, e per parecchio tempo quella quantità di terrore mi bastò.

Quindi.

Lui si chiama Felim. Vive a Dublino ma è cresciuto in campagna. Sua madre recita il rosario tutte le sere, un fatto che trovai sorprendente e anche esilarante finché lui non mi disse che non lo era.

Ma questo fu dopo. (Tutte le cose di cui Felim mi accusava, per inciso, erano vere. Suppongo di doverlo dire prima.)

Quindi la madre di Felim è religiosa, il padre lavora nella fattoria. Lui è stato allevato a pane con bicarbonato e bacon ed è alto un metro e novanta in calzini, molto in forma a furia di trasportare sacchi di mangime, e il suo pezzo forte è alzare le persone per la testa. Fu così, in effetti, che ci conoscemmo. In una discoteca – sollevò per la testa la mia amica Lily e la rimise giù, allora io gli diedi qualche colpetto sulla spalla per chiedergli di farlo anche a me. Lui valutò il lavoro, mi voltò e mi mise tutte e due le mani a coppa sotto il mento, da dietro. I suoi pollici affondarono nella curva alla base del mio cranio e sentii la spina dorsale allungarsi mentre mi staccava dal pavimento. Mi diede l'impressione di un rituale, come una specie di iniziazione. Una bella scarica. Quando tornai coi piedi per terra ero tutta starnazzante e civettuola. Come una di quelle ragazze – le tipe che starnazzano e fanno le civette.

Gli gridai, sopra la musica: Stai cercando di rimorchiarmi o cosa?

Come?

Stai cercando di rimorchiarmi o cosa?

Mi stavo affacciando nel mondo grande e cattivo e, per qualche ragione, questo comportava restarmene un sacco di tempo chiusa in casa. Le mattine le passavo a letto, navigando e digitando, rispettando le scadenze che mi dava l'agenzia, un lavoro che avevo ottenuto grazie a un'amica di Lily a Londra. Producevo contenuti non stop e intanto cercavo anche di crearmi un seguito su Twitter, proprio quando tutti quelli che conoscevo si erano spostati su Instagram. La paga era da schifo. Per lo più scrivevo articoli di viaggio su posti dove non ero mai stata. Guardavo il cielo grigio di Dublino e mi sgorgavano fuori frasi tipo: *Nusa Lembongan è l'isola perfetta fra la turistica Bali e il paradiso hipster di Gili Trawangan*. Ogni tanto l'agenzia mi dava anche un aiutino, e fu così che iniziai a scrivere di pause yoga ed esperienze rilassanti per un'attrice ed ecoinfluencer di nome Meg. Il tono le piacque così tanto che volle altra roba: un pezzo sulle creme solari e il pianeta, sulla differenza tra i panama in sisal e quelli di carta, sull'olio di palma nella crema idratante, sulla silice nella crema per gli occhi. Iniziai un dialogo – una minisoap – per i suoi Maltipoo. Avrebbe dovuto essere divertente, ma fu sorprendentemente difficile.

"Non giudicarmi."

"Idem."

Cercavo anche di scrivere cose mie e di vivere lontano da casa, pur continuando a fare avanti e indietro dal fantastico, fornitissimo frigorifero e dalla mia cara vecchia mamma. Perché, per quanto le voglia bene, eravamo entrambe tristemente d'accordo che arriva un momento in cui una ragazza ha bisogno di un posto tutto suo.

Mia madre è una persona molto pratica e, non so bene come descriverlo, ma per Carmel o c'è un problema o non c'è. Tutto il resto: Te lo stai inventando.

Non è mai riuscita a capire la mia amica Maya, per esempio. Quando eravamo piccole. Cioè, era affabile, gentile, le offriva il gelato (che Maya rifiutava), ma non appena sua madre veniva a prenderla, non appena la porta si chiudeva, Carm alzava gli occhi fino alla stratosfera.

Quella *bambina*, diceva.

E io: Cosa?

Non mangia il *gelato*?

Le fa male ai denti.

Che?!

Mia madre è fermamente convinta che, se non pensi a te stesso, non avrai nessun problema. Per Carmel, avere un dolore significa essere ossessionati da se stessi, perché essere ossessionati da se stessi viene per primo e avere un dolore viene per secondo – o un'allergia, un'intolleranza, perfino una sensibilità. *Potrebbe* ammettere che qualcuno abbia un'allergia se, per esempio, è in anafilassi e cerca disperatamente l'EpiPen, ma quando ero piccola, non "credeva" alle intolleranze alimentari – come se la sua opinione fosse il fattore decisivo. Le persone che hanno questi problemi, secondo Carmel, meritano di averli perché se li sono inventati: hanno "troppa immaginazione".

È una persona davvero esasperante.

Non puoi urlare quando parli con mia madre. Se penso a come urlava Maya con sua madre Bronagh… Per me era come cacare in mezzo al pavimento. (Non sta bene, certo. Ma è allettante.)

No. Se urli con Carmel, si spengono tutte le luci, una dopo l'altra. È come veder piombare nel buio Manhattan.

Non che io non abbia mai tirato giù tutta New York, ai miei tempi.

Ho urlato io, e ha urlato lei. Abbiamo vagato in quella metropoli oscurata, come una signora chiama il suo cagnolino e sirene lontane rispondono: Eoooh eoooh.

No.

Per quanto voglia bene a mia madre, per quanto adori quel frigorifero favoloso, il riscaldamento gratis, il macinacaffè con chicchi biologici, per quanto ami leggere sul divano mentre lei non sta ferma un attimo e brontola facendo il Sudoku, avevo davvero bisogno di andarmene.

Nel frattempo, un trasudante io interiore sapeva cosa stavo facendo quando caricai il bagagliaio della sua auto e le spezzai il cuore. Quando mi feci portare da mia madre all'altro capo della città, fino a una stanza umida in una strada malridotta, la cui unica attrattiva era il fatto che lei non ci fosse. Stavo per crollare. Ero stata così brava, avevo fatto tutto. Ora volevo dormire sotto una siepe e svegliarmi con la pioggia.

Volevo anche lasciare questa città di merda e troppo costosa, ma non avevo capito ancora dove andare, così stavo in una casa a Ballybough che apparteneva alla defunta nonna di qualcuno, in un primo momento con Lily e, quando lei partì per Londra, col suo amico Stuart e un'altra persona nello sgabuzzino. Ogni volta che andavo online, trovavo interni inondati di luce con piante in vaso grandi quanto la nostra cucina. Fuori, le strade di mattoni rossi cominciavano a sembrare curate e io stavo solo sfogliando una vita che non era la mia. Sfogliando e basta.

Ci fu un buco di qualche settimana tra il sollevamento per la testa e la volta successiva che vidi Felim, in un negozio sul lungofiume. Ero in coda alla cassa. Lui stava guardando lo scaffale delle riviste e quest'atto fisico di curiosare mi sembrò del tutto normale eppure strano – chi è che guarda le riviste reali? Fino a quell'istante non avevo idea che qualcuno potesse comprare una cosa del genere. Felim finì di scorrerne una e la rimise sullo scaffale, sulla copertina c'era la foto di una decappottabile rossa. La carta patinata la faceva sembrare ciancicata e triste.

Era estate, ed era un sabato. Non so cosa avessi fatto prima di mettermi lì in fila per la mia bottiglia d'acqua. Nulla, ch'io ricordi, indicava che mi fossi avvicinata a braccia aperte al ciglio di un precipizio. Avevo ventidue anni. Essere poco attraente, essere sola, questi erano i disastri che mi affliggevano. Il disastro non era uno che se ne stava lì, a scartabellare "Classic Car".

"La Corvette si scopre."

Felim sembrava reale. O sembrava che essere reale fosse il suo genere. E la realtà era proprio quello che volevo. Era anche il mio genere.

Ultimamente, ho fatto un salto indietro a vedere cosa passava per la mia mente nelle settimane e nei mesi trascorsi a crollare in quella casa orribile che puzzava di vecchio, mentre andavo in giro per locali notturni e mi facevo sollevare per la testa. Mal stava scomparendo su Instagram, postando una foto dopo l'altra della sua lunga ombra sull'erba, della sua ombra piegata su un edificio, della sua ombra sull'acqua. Io stavo cercando di scrivere poesie su pezzi di carta, perché pensavo che usare carta vera significasse che erano poesie vere. Nel frattempo, fornivo un elenco di "cose sentite sull'autobus" a una donna che non saliva su un autobus da anni. Scorrevo le foto dei suoi Maltipoo pensando: Se solo uno di loro fosse un Jack Russell, ci sarebbero così tante battute da fare.

Per trovare ispirazione, guardavo video di animali che si ritrovavano dopo una separazione. Un gattino corre a giocare con una gallina che trotterella entusiasta. Un enorme coniglio strofina il muso contro un piccolo cane. Un cigno viene liberato da un sacco e sfreccia sullo stagno per raggiungere un altro cigno: intrecciano i colli, formando dei cuori, disegnando curve. Gli esseri umani non mi interessavano tanto, a meno che uno di loro non fosse in uniforme – mamma è stata in Iraq, papà è tornato da Kandahar. Ero anche estremamente affascinata dalla precisione spirituale delle bare rispedite in patria dalla guerra.

Quello da cui avevo un'autentica dipendenza, nella mia piccola bolla di sofferenza a Ballybough, credo fosse la puntura delle lacrime. Quella minuscola fitta dolorosa nella scorza del globo oculare. Non produceva molto liquido. Di solito ricacciavo indietro la lacrima, dentro di me, in un minuscolo canale interno.

Se volevo un bel pianto come si deve, un pianto compiuto, se volevo lacrime che scorrevano fino in fondo e mi si raffreddavano sotto il mento, guardavo video degli impianti cocleari. È un sottogenere davvero fantastico. Un bambino sordo (quasi sempre un maschietto) riceve un apparecchio acustico che gli attraversa il cranio fino al cervello e sente per la prima volta la voce di sua madre.

E allora le lacrime venivano giù liberamente. Piangevo senza freni e a ripetizione. Ogni volta che guardavo il filmato, la ghiandola toccava il picco esattamente allo stesso millisecondo.

Il bimbo solleva lo sguardo
Avvio della lacrimazione
Qualcosa accade sul suo volto
Conferma della lacrimazione
Si gira
Formazione del liquido
Indica
Una gocciolina piena e sempre più gonfia
Lei risponde
Rilascio delle lacrime. Copiose

Prima che gli venga ficcato l'impianto attraverso il lato del cranio, alcuni di questi bambini sono completamente sordi, quindi quando la macchinetta viene accesa, il loro cervello sperimenta il suono – qualunque esso sia – per la prima volta. Sgranano gli occhi quando sentono il silenzio della stanza, che è un'assenza di rumore diversa da quella in cui hanno vissuto per tutta la vita. È il silenzio che si sente. Poi, una voce. Il medico o la madre dicono: Ciao, o: Ti voglio bene, o: Ciao, Thomas. Ciao, amico. Alcuni bambini riconoscono la fonte – di già! – e si voltano. È come se avessero sempre saputo, sempre sperato che fosse lì.

E sul volto hanno un'espressione di rivelazione. Di enorme conferma.

Sì!

Mamma!

Come sarà? Sentire una voce, prima di sapere cosa sia una voce? O *chi* sia una voce? Lo strimpellare delle onde sonore attraverso il legno del tavolo. Le vibrazioni percepite nel grembo materno.

Il che mi spinge ad annotare, con una penna vera: Una rivelazione è il modo in cui le cose acquistano un senso quando siamo cablati per un certo tipo di conoscenza, ma non ancora accesi.

Questa ero io, prendevo appunti su una Moleskine verde mela che pensavo potesse stare bene su Insta, prima di tornare sullo schermo, stesa sul divano macchiato della casa che condividevo a Ballybough, avvolta in un vecchio sacco a pelo, in attesa che qualcosa mi venisse rivelato.

Il volto di un bambino prima di ricevere l'impianto è serenamente chiuso in se stesso. Questa piccola persona non può sentirsi ridere, non può sentire i suoi passi sul pavimento. Non c'è eco. Vive in un mondo senza specchi del tipo udibile e appare stranamente perfetto, come potrebbe esserlo una statua. È così completamente spontaneo, che vorresti quasi non dovesse mai cambiare.

Fu così quando vidi Felim: mi si schiuse un nuovo ordine di silenzio, come se avessero premuto un interruttore. Accadde quando vidi le ali della sua schiena larga muoversi sotto il cotone celeste, in un'edicola sul lungofiume. E nell'istante prima che i suoi occhi si posassero sui miei, il futuro si protese verso di me con un coltello in mano.

Arrivo.

Ma anche: *Riviste di auto? Sul serio?*

Finii di pagare la mia bottiglia d'acqua di plastica, mi voltai con la testa abbassata e andai a sbattere dritta contro il suo sterno.

Lui disse: Ciao.

E io: Oh, ciao.

Così Lily è andata a Londra.

Dissi: Oh sì, posta tipo roba d'ogni genere.

Il giorno dopo, una richiesta, seguita rapidamente da una foto di me e Lily a un afterparty, qualche mese prima.

"*Vecchi tempi.*"

Ci stava stalkerando? Per un attimo, rimango intontita al pensiero che fosse lì davanti a me e non me ne fossi accorta. E perché stava scattando foto? Forse era con Lily.

"No!! NO!! Era con la tipa di Belfast."

A lui, digitando veloce, dico: *"Grazie, mi manca!"*

Tutto molto dolce. Mi manda la Dietrich che canta *Lili Marleen*.

Io gli mando il meme Disaster Girl, quella bambina che sorride all'obiettivo mentre la sua casa viene distrutta dal fuoco, con la didascalia: Succedono brutte cose quando fai diventare triste Lily.

Ride: "*Ahah.*"

Poi silenzio. Un giorno, un altro giorno.

Una sera tardi, un brano a caso di Betty Davis, anche se lui la chiama la prima moglie di Miles Davis, e questo mi farebbe ridere se non fosse che la musica è stupenda. Totalmente nuova per me, un vero regalo. Il brano si chiama *Nasty Gal*.

"Me la sto godendo."

"Nasssty."

Questo messaggio fu inviato alle dieci e mezzo di un martedì sera.

Ricordo di essermi chiesta dove fosse e cosa gli avesse fatto pensare a me, proprio in quel momento. Me lo immaginai a casa, mentre si preparava per andare a letto, o durante un lungo viaggio tornando da lavoro, con la pioggia che batteva sul finestrino. Forse era in un bar, da solo.

Avevo paura di aver reagito troppo in fretta.

Nessuna risposta.

Una settimana dopo: *"Vai a questa roba da Alice?"*

"Chi?"

"Pensavo la conoscessi."

Ci incontriamo nella cucina di qualcuno, dove parliamo soprattutto di musica. È tardo pomeriggio.

Dice: Sei davvero intelligente. Te lo dicono spesso?

E poi andiamo da lui per vedere (lo so!) la sua collezione di vinili. Venti minuti dopo, Betty Davis è sul suo giradischi e io sono nel suo letto, a godermi un esuberante e allegro intermezzo nella mia giornata per il resto poco ricca di avvenimenti.

Oh sì. Questa parte, quella parte, il muscolo sotto la pelle, i suoi piedi un po' brutti (ma fa niente), la sua forma fisica e il suo tempismo e la luce, la luce. La prima volta può essere così decorosa, così coreografata, così reciprocamente premurosa e educata.

Dopo ce ne stemmo lì sdraiati per un po' e lui preparò dei toast con burro di arachidi, aprì qualche lattina di birra. Ci alzammo dal letto per togliere le briciole dal materasso, io coprendomi con il piumino, lui tenendosi una mano davanti ai genitali mentre passava l'altra mano vigorosa sul cotone. Facemmo di nuovo sesso e mi fermai a dormire lì, svegliandomi al mattino con la vista di lui che dormiva, le labbra rilassate e piene, l'aria che scivolava dentro e fuori dal suo corpo. Un capello rosso fuoco, spuntato da un ricciolo castano, spiccava fortemente in controluce.

Lo vidi fare una pausa nel sonno e aprire gli occhi verso di me.

Buongiorno, dissi.

Poi raccolsi le mie cose come una brava ragazza, rifiutai una tazza di caffè e me ne andai.

Di che parlammo, quella prima lunga notte?

La maggior parte delle volte, penso, le persone non si ascoltano a vicenda, aspettano solo il loro turno per parlare. Ma io ascoltai tutto. Lui ascoltò.

Gli chiesi della sua vita a casa, quanti fratelli e sorelle avesse, come funzionasse la fattoria. Mi disse che aveva un fratello più grande. Mi disse che sua madre recitava il rosario tutte le sere, e ne rise e io risi con lui. Gli chiesi delle mucche. Mi interessavano le mucche, avevo letto da qualche parte che sono più pericolose di un tempo perché vengono eccessivamente selezionate. Le loro mammelle strusciano sul terreno e si infettano perché sono troppo grandi rispetto al corpo e lui mi disse: Al giorno d'oggi, è tutto bestiame.

Vuoi dire carne?

Suppongo di sì.

Dissi che avevo letto di una donna autistica che progettava mattatoi, voleva che fossero meno crudeli, così aveva inventato un percorso a spirale che faceva sentire sicure le mucche perché non potevano vedere che cosa le aspettava alla fine.

Ne sai di cose sui bovini, disse.

È tutta questione di metano, dissi.

Ma in realtà avevo in testa un'idea alquanto romantica della fienagione, dell'allattamento, del sole, e tutto questo si accordava all'odore della sua pelle. Felim era così sano che solo a toccarlo poteva guarirti – questa fu una delle cose assurde che provai. Ed ero sinceramente interessata all'agricoltura. "Il verme tagliato perdona l'aratro," gli dissi citando il verso di William Blake, e lui arrossì un po' – si capiva che citare poesie non era nel suo stile abituale.

È passato molto tempo dall'ultima volta che ho arato qualcosa, disse. A parte le donne.

Quella era una battuta sul sesso, così risi.

Mi raccontò del suo lavoro. Parlava con la faccia al soffitto e poi smise di parlare. Vidi il suo pomo d'Adamo fare su e giù.

Disse: Ho sempre pensato che sarei vissuto in Montana o un altro posto del genere. Un grande paese. Non in una scatola. Sono cresciuto all'aria aperta, disse. È difficile abituarmi agli spazi piccoli. Ho sempre pensato che sarei stato padrone di me stesso.

Quando si voltò verso di me, c'erano delle lacrime nei suoi occhi e ci avvicinammo l'uno all'altra con tale semplicità, *Cuore mio*, pensai. *Oh, cuore mio.* Quella seconda volta fu triste e poi un po' convulsa. Un vuoto nel pezzo centrale, come se stesse correndo la gara sbagliata. Dopo, ebbi l'impressione che avessimo realizzato qualcosa di difficile. Rimasi sdraiata senza toccarlo, tranne un po', dove la parte di sopra del mio piede incontrava la sua tibia.

Poco prima di addormentarsi, si protese verso di me e disegnò una spirale sulla pelle del mio fianco. Mi raccontò di una pietra trovata nel terreno – adesso stava nel museo, in qualche deposito. Il suo bisnonno l'aveva tirata fuori dal campo lontano ed era scolpita come le tombe di Newgrange, anche se a Newgrange erano triple mentre quella era una spirale singola. Il bisnonno andò dal maestro di scuola e la pietra fu portata a Dublino. Non la videro mai più.

Il campo lontano? dissi.

Perché?

È così che lo chiamate?

È quello che è, disse, e pensai che fosse una cosa bella da dire.

Ne succedono di cose nella contea di Meath.

Louth in realtà.

Ripetei, sorridendo e accarezzandogli il viso.

Louth in realtà.

Al mattino, c'era il solito Non badare a me, abbiamo solo fatto sesso, nel modo in cui rifiutai il caffè che mi offriva e mi rivestii a una velocità ragionevole, mentre lui iniziava la sua mattinata dall'altra parte della porta della camera da letto. Quando uscii dal bagno, era impegnato nell'angolo cottura, stava rompendo un uovo in una padella. Mi presentai con un sorriso smagliante: Bene! Eccomi qua. Per sentirlo dire, come un gentleman: Ci siamo divertiti un sacco, teniamoci in contatto, ok?

Certo!

Sempre la stessa tortura per il chiavistello, l'impulso di appoggiarmi al legno una volta che si fu sentito lo scatto e la porta fu salda dietro di me.

Chiusa.

Dentro l'appartamento, la sua vita continuò. Prese il pane tostato dal tostapane, rigirò una bustina di tè in una tazza di acqua bollente, mise l'uovo su un piatto bianco. Si sedette al tavolino, controllò lo schermo del telefono, forò il tuorlo con la forchetta. Mangiò un po'.

Io percorsi il corridoio e imboccai la tromba delle scale riecheggiante, scesi i gradini e uscii dal portone a vetri prima di innamorarmi.

Non accadde sotto la sua finestra dove fui sfiorata, brevemente, dalla possibilità del suo sguardo. Accadde mentre svoltavo l'angolo, fuori vista. Bam. Ero innamorata. Mi fermai, fissai la strada e poi proseguii, piena di una gioia segreta che era come un abbraccio. Amore! Bam. Continuò a succedere sull'autobus, Bam! e scendendo dall'autobus, la traccia residua di profumo sprigionatasi quando mi alzai per andarmene, la fitta al cuore, il piacere nascosto, la via che diventa una via carica di significato, BAM, continuò a succedere e a crescere, la consapevolezza, la bellezza, la fiducia, i miei piedi che non toccano terra, la mia guancia che non sente l'aria, l'amore la caduta e l'estasi il sangue che mi ribolle nelle orecchie il da un momento all'altro da un secondo all'altro chiamerà, la bellezza del giorno, la bellezza del cielo, la scossa del tempo perso e me lo sono perso? Ha mandato un messaggio? La mia batteria è morta? Ho preso il telefono di qualcun altro? Se vedo cinque gazze, tre mini cooper gialle, se leggo ogni oroscopo, mi messaggerà mi amerà mi chiamerà. Le tende chiuse il niente chiamate niente messaggi il non ancora non ancora l'amore l'amore l'amore.

Passai ore a ricostruire il suo appartamento nella mia testa, e lui che si aggirava al suo interno; la camera da letto bianca con un armadio in laminato bianco e un globo di carta bianca come paralume. Lo guardavo, alle due di notte, chinarsi a raccogliere i calzini del giorno prima per coprirsi mentre andava in bagno. E io, sdraiata lì, riflettevo se era la sua corporatura grossa e muscolosa a far sembrare piccolo il suo cazzo, o se era davvero piccolo. Perché, dentro di me, era un oggetto di ordine diverso. Dentro di me era stato un evento.

Fuori, invece, non tanto.

Il sarcasmo non cessò. Nei mesi seguenti, sentivo di continuo questa controvoce allegra e assillante, che mi parlava dei numerosi difetti di quell'uomo. E non c'era nulla a frapporsi tra quell'orribile sarcasmo e:

Gaah!

Prostrazione.

Silenzio.

Facemmo una passeggiata in città. Disse: Mi piace come osservi il cielo, mia madre non riusciva mai a indovinare che tempo avrebbe fatto, la vedevi che correva come una mezza matta attorno alla corda per il bucato, era sempre una sorpresa. Cioè, quanto tempo devi stare a guardarlo? Ma la pioggia, cazzo, la pioggia, ti impedisce di pensare e non è un male.

Mi toccò il viso e disse: Passi un sacco di tempo a guardare.

Mi baciò, e pomiciammo proprio lì, mentre i pedoni si raccoglievano al semaforo, attraversavano e si raccoglievano di nuovo.

Omino rosso. Omino verde. Rosso.

Ecco che cosa succede alle persone quando vengono colpite da un fulmine: *confusione, convulsioni, vertigini, dolori muscolari, sordità, emicranie, disturbi della memoria, distraibilità, alterazioni della personalità e dolore cronico.*

Alcune persone – di solito americani, di solito del Midwest – affermano che, dopo essere state colpite da un fulmine, sono in grado di fare cose nuove. Un uomo diceva di sentirsi nelle ossa l'approssimarsi della neve, di sapere in anticipo che tempo avrebbe fatto. Oppure, a volte, quando percorreva un corridoio, una lampada si fulminava sopra la sua testa. Aveva imparato a suonare il pianoforte per la prima volta. Quest'uomo diceva che, dopo essere stato colpito da un fulmine, riusciva a parlare con gli animali e a sentire cosa gli rispondevano.

Non è quello che successe a me quando mi innamorai.

Ci assomiglia, ma no.

Chiddik chiddik

Qwer-wer

Terue

Nel fine settimana, andai a casa per il pranzo domenicale con Carmel e lui tornò alla fattoria nel Louth. Mi pareva quasi di vederlo: la madre devota che chinava la testa prima di prendere le posate, il bestiame che strappava adagio l'erba nel campo davanti casa mentre lui masticava la carne del supermercato. Io, intanto, sedevo in un silenzio complice con Carmel e mangiavo cavolfiore gratinato al curry seguito da un pudding con salsa al caramello. Questo è ciò che mia madre pensa io mangi. E ha ragione, in effetti mangio cose del genere quando sono con lei. Quando non sono con lei, mangio insalata di cavolo e patatine fritte. Perché sono vegetariana.

Come stai?

Bene, sì.

Sembri un po' pallida.

Per la maggior parte del tempo abbiamo un rapporto tranquillo, io e ma'. Qui dentro siamo in un cerchio magico – e a dimostrarlo, abbiamo le candele profumate – là fuori è una guerra di logoramento.

Ah sì?

Tutto a posto?

Io? Alla grande.

(Non racconto mai niente a mia madre, non sono così stupida.)

Sei sicura?

Non puoi dire a Carmel che hai un problema, altrimenti andrà dritta a pestare qualcuno per te. Mia madre è il tipo di donna che va dal ragazzo con l'acquascooter sulla spiaggia, quando hai cinque anni, urlando: Come osi spaventare mia figlia con quella stupida, orribile macchina? È il tipo di donna che telefona al governo quando il tuo esame di irlandese è troppo difficile (no, dico sul serio), è, Dio la benedica, una crociata e una combattente – se un vecchio pervertito sull'autobus ti palpeggia, troverà il modo di ottenere quel dannato filmato della videosorveglianza, farà causa agli autobus, chiamerà la polizia, ti porterà in terapia e poi andrà a bruciargli la casa.

Quindi proprio no, non racconto a Carmel del pervertito sull'autobus – o di qualsiasi altra cosa – mi limito ad alzarmi e trovarmi un altro posto.

È delizioso. Dio mio, mamma. Cos'è la roba verde? Scalogno?

Indovina.

Dimmelo e basta.

Ah!

È porro?

Quando la domenica ce ne stiamo sedute con le mani in mano ad aspettare che il timer del forno suoni per il pudding, non le dico che certi giorni, nella casa in condivisione di Ballybough, non riordino, non mi lavo e non innaffio le piante. Non le racconto che il mio lavoro non è un vero lavoro (oh mio dio, quante piante ho ucciso) o che quando sono ubriaca persa scrivo poesie che finiscono con la penna che buca la pagina.

Di certo non le parlo di Felim.

È bellissimo.

Al centro del tavolo, c'è un intrico assurdo di fiori bassi, apparentemente selvatici.

Forza, annusali.

Oh, wow.

È pisello odoroso.

Allora, che mi dici di te, mamma? Come va il lavoro?

A Carmel piace che le si chieda di sé. Non ti risponde veramente – la sua vita è solo una vita, è una specie di seccatura per lei. Ma ai brutti vecchi tempi, quando ero adolescente e litigavamo come due furie, si metteva seduta e ti fissava per circa un'ora e poi magari diceva, a voce bassissima: *Esisto anche io, sai.*

(Mi pare giusto.)

Oh, Dio, il lavoro. Oh, non saprei. Vuoi andare a Heidelberg?

A Heidelberg?

Ho cinquantasei studenti di medicina in arrivo da Heidelberg.

Jo-del-ai-ii-uuu.

Parliamo dei suoi studenti e parliamo ancora un po' del cibo, e tutto nella stanza è bello. Ha buttato i vecchi tovaglioli di cotone e ne ha presi altri di lino in un negozio di Wicklow dove è andata a vedere un roseto in fiore. Il suo vecchio amico Brian ha un tumore alla vescica.

Ti ricordi di Brian?

Certo.

Non lo vedo da anni, in realtà, e ora questo.

Chiacchieriamo e basta. E mi sento bene. Dovrebbe essere scontato – è mia madre.

Sto pensando di andare a Londra, dico.

Perché?

Lily è lì. Solo per qualche settimana.

E il timer del forno fa *din*.

Carmel si alza per andare ad armeggiare rumorosamente sul bancone della cucina e servire il pudding. Ritorna con due ciotole e si lascia scivolare di nuovo sulla sedia.

Allora, racconta, dice.

Che cosa?

Cosa c'è a Londra?

A parte Londra, intendi?

A volte penso che Carmel abbia una specie di problema con la permanenza degli oggetti, perché devi spiegarle tutto. Devi costruire frasi complete ed essere precisa.

Vado solo a trovare Lily, dico.

Lily?

È un po' triste.

Perché è triste?

Non so. Sì. È difficile da spiegare.

Tu dimmelo e basta.

Ha un sacco di ansia.

D'accordo.

Mia madre aspetta per due interi secondi.

Non so mai che significhi. Lei... cioè, che... si guarda l'alluce e pensa di avere il cancro? Mi dispiace, lo so. Lo so che c'è questa cosa, ma non capisco esattamente che significa. Tipo cosa?

Che vuol dire, *tipo cosa*?

Carmel sta soffiando sul pudding. Tira fuori la lingua per saggiarlo e la rificca dentro.

Scotta!

O Signore, la lingua di mia madre, venata di rosso ai lati, compattissima e stranamente triangolare. Una specie di mazza.

Dimmelo e basta, ripete.

Allora, ha avuto quasi un attacco di panico sull'aereo perché il ragazzo accanto a lei continuava a usare il suo dispositivo elettronico durante il decollo e lei voleva chiamare l'assistente ma non ci riusciva, anche se pensava che sarebbero morti tutti.

La hostess, dice Carmel.

Come vuoi.

Ma non stavano per morire.

Lo sapeva! *Anche* lei sapeva che non stavano per morire.

Questa non è ansia, è solo stupidità. Perché sono tutti così contenti di essere stupidi? Oh no. Oh cielo. Mi dispiace se ho questo problema, sai – tutti devono fare quello che dico io ora, perché il fatto è che sono davvero ottusa.

Cioè, sì, penso che in parte sia una questione di controllo. Ha bisogno che la gente… Sai…

Oh, controllo, dice Carmel.

Dopo aver inghiottito un boccone di pudding, si pulisce le briciole appiccicose dalla bocca con un tovagliolo di lino a righe ecru e bianche.

Buona fortuna, dice.

Al piano di sotto, quando mi siedo sul gabinetto, vedo le macchioline nere dei segni che mi ha lasciato coi pollici sull'interno delle cosce e la vista libera in me un'acuminata scarica di piacere. È la stessa sensazione che mi aveva dato l'autolesionismo – per i circa trenta secondi in cui avevo compiuto atti di autolesionismo a scuola. Un guizzare di qualcosa che si assesta in una sola parola:

Mio.

Lo stesso bagno di allora. Rivestimenti a doghe dipinte di azzurro mare, un armadietto di legno con le ante a specchio sopra il lavabo che contiene lo shampoo L'Oréal, la lozione per il corpo Aveeno, la crema idratante Clinique, lo scrub illuminante Ren, il dentifricio Euthymol, il detergente Lancôme, i dischetti di cotone e la crema per le mani Neutrogena di Carmel. In basso, un cestino di vimini con un sacchetto compostabile che svolazza sotto un unico cotton-fioc ingiallito, lucido in punta. Sulla parete sopra la vasca da bagno, tre stampe di soggetto botanico incorniciate, con la carta interna macchiata dall'umidità.

Sul pavimento, lo stesso tappetino di stracci, difficile da lavare, intrecciato con stoffa blu e verde e un filo color corallo. Lo fissavo sempre mentre cacavo. Mi lavavo le mani, aprivo l'armadietto e mi chiedevo se esistesse sul pianeta una donna più noiosa di mia madre; ha fatto della noia il suo primo amore e la sua prima occupazione.

Vado nella mia vecchia camera da letto sul davanti della casa e apro la porta: una mensola di libri, molti astucci di ombretti usati, un mucchio di peluche.

Ogni anno, quando ero piccola, Carmel mi chiedeva cosa volessi da Babbo Natale e la mattina di Natale eccolo lì. Qualche giocattolo visto in tv. Dovevo solo sceglierne uno e desiderarlo, ad alta voce. Oh, spero tanto di ricevere un cavallo di plastica azzurro con la criniera rosa. E poi strappare la carta da regalo quel giorno. Cinque minuti dopo, lo stupido cavallo veniva buttato in un angolo perché quello che volevo davvero era qualcosa che non avevo chiesto, qualcosa che non potevo immaginare. Volevo un regalo scelto da Babbo Natale, solo per me.

Oh, accidenti! (C'era sempre una videocamera puntata su di te, a questo punto.) Proprio quello che volevo!

Una volta, quando avevo otto o nove anni e nutrivo già dei sospetti, conclusi la mia lista di Natale con: E una sorpresa per favore.

Ebbi un cappotto nuovo.

Torno di sopra e abbraccio mia madre che mi dà tutto quello che voglio, ma solo se so dirle che cosa. Carmel è più bassa di me. Mi cinge la vita con le braccia. Io mi chino e appoggio la guancia sulla sommità della sua testa. I capelli neri tinti sono caldi perché è stata seduta al sole. Dice: Oh, la mia bambina. Vieni fuori a guardare il giardino, prima di andartene.

Felim portò una bottiglia da 350 di gin e una retina di limoni. Dondolò il sacchetto verso di me davanti alla porta d'ingresso di Ballybough e disse: Entra, dai, entra dentro! Brutto stronzo.

Disse che l'intelligenza ce l'avevo tutta io.

Si sedette ai piedi del letto e guardò il suo telefono per un pezzo.

Scopò veloce e poi molto lento. Come andiamo? chiese. Come andiamo ora?

Felim disse che gli sarei mancata nel fine settimana e tirò la V del mio maglione per baciarmi sulla clavicola.

Più tardi, un messaggio: *"Ehi, bellissima."*

Com'è che guardi il telegiornale e c'è un piccolo aereo che si schianta su un'autostrada, o contro un edificio, o in un lago? Il titolo dice: "Tre persone decedute in un incidente aereo" ed è una notizia importante perché fino a poco prima queste tre persone erano lassù in aria. Sugli aerei muoiono persone di continuo, gli assistenti di volo le stendono lungo la fila di fondo e offrono un drink agli altri passeggeri. Si muore anche negli incidenti d'auto, che accadono, banalmente, a terra. La gente non fa che morire. Tutti i giorni, in ogni chilometro quadrato di strade cittadine, qualcuno muore perché non ha un tetto sulla testa, per povertà o per un destino cieco e stupido. I giornalisti sono così pigri – ci sono tragedie dappertutto e loro passano il tempo ad aspettare che qualche ricco cada letteralmente giù dal cielo.

Felim disse che prima stava sulle app, ma adesso non ci stava più. Voleva qualcosa di inaspettato, voleva che la vita gli accordasse un trattamento di favore (queste furono le parole che usò). Oppure voleva avercelo già, voleva controllare le tasche e scoprire che i soldi erano lì da sempre. Voleva essere fortunato.

Mi tirò il mento ruotando il viso per guardarmi.

Come te, disse.

Io sono fortunata?

Non sai di essere nata.

Eravamo sulla passerella lungo il fiume, coi tossici seduti sulle tavole di legno, i turisti sulle panchine. L'acqua del Liffey, color foglia di tè, scivolava davanti a noi, intrecciandosi lungo gli argini.

Era una di quelle frasi che più la dicevi e più diventava difficile da capire.

Non sai di essere nata.

Mando il mio pezzo sull'incidente aereo all'agenzia, ma a Meg non piace. Non è proprio il suo tono.

"Possiamo aggiungere un po' più di atmosfera?"

Sto stalkerando Meg. E me la sto anche inventando. Clicco di continuo sulle sue cose, in cerca di idee. Fisso intensamente le sue foto. Il giardino coi fiori di campo, la terrazza di legno grigio argento, la cucina moderna ricavata da una casa a schiera vittoriana a Shepherd's Bush, con un'enorme vetrata, le sedie di sei colori diversi attorno al tavolo di legno.

"Spago o fascette di plastica per le piante in vaso?"

"Sì! Spago spago spago!"

Non avrò mai sedie di sei colori diversi. Anche se mi piacerebbe tantissimo. Sembra poco probabile che possa mai succedermi.

Ma nel mio letto ho un uomo bellissimo. Che ogni tanto cammina anche al mio fianco per strada. E forse, una o due volte, in un bar.

Felim è così alto. Vedo degli sconosciuti che alzano lo sguardo su di lui, con un'inclinazione della testa che li rende felici.

Ah, eccoti qui.

Felim dice di non stare mai online. Non menziona un account mezzo defunto che ho trovato in circa due minuti in cui parla solo della sua squadra di calcio locale. Ho letto tutti i post da quando lo ha aperto nel 2012 e prima che si prosciugasse pian piano l'anno scorso. Tutti e quattrocentotrentacinque. Più volte.

Incredibile vittoria. Grande giornata. Buona fortuna! L'uomo, la leggenda. Può la storia ripetersi? Prestazione di livello. Gli sfiora la spalla e va giù come un sacco. Sapevate che la somma dei numeri di entrambi i giocatori che si marcano a vicenda dovrebbe dare 17, anche per me è una novità. All'ultimo minuto. Strappata in extremis. Un tiro coraggioso date le circostanze. Avete un solo compito ed è migliorare.

Mi rigirai su un fianco mettendomi in ginocchio dietro di lui e dissi: Alzati un attimo. Mi piace essere nuda quando sei mezzo vestito, sentire sulla pelle la fibbia, i bottoni e il tessuto jeans. E lui disse: Ah sì?

Mi baciò davanti al portone d'ingresso aperto. Mi infilò una mano sotto la vestaglia e disse: Fantastico. E la strada era proprio lì.

Non chiamò fino a giovedì.

"Scusa, mi sono addormentato ti chiamo dopo, ok?"

Stavamo facendo sesso forse per l'ottava volta nella nostra vita e pensai: Quest'uomo è enorme, è un essere umano gigantesco e sta sopra di me, e se non lo volessi non potrei fare nulla per fermarlo.

Ma lo volevo. Perciò fu eccitante.

Dopo controllò il telefono e lo appoggiò sul comodino, dove tengo una lampada favolosa e patetica col paralume di piume, in una leggera tonalità di rosa.

Gesù, quel coso, disse.

Cerco "amore a prima vista" nei film, ma a parte *La Sirenetta*, succede solo ai ragazzi.

Vedere
Conoscere
Volere
Conquistare
Soltanto lei

Felim disse d'essersi imbattuto in un amico e questo ragazzo gli aveva raccontato che il loro vecchio insegnante si era impiccato proprio lì nella scuola. Nei bagni del personale. Era entrato nel fine settimana, aveva la chiave.

Cazzo, dissi. Com'era, l'insegnante?

E lui disse: Sì, era un po' un pezzo di merda, certo. Ma te l'immagini? Gesù. La mattina dopo, Felim pensò che forse si era sognato tutto. Era un po' sbronzo, a essere onesti.

Dissi: Dov'eri?

In città, disse.

Quest'insegnante, lo chiamavano McKenna il Cazzuto. Aveva una moglie di cui nessuno sapeva niente e tre figli, tutti maschi. E il fatto è che si era portato dietro il cane. Quando il bidello aveva aperto il lunedì, il cane stava dando di matto, c'era merda sul pavimento, aveva bevuto dalle tazze dei cessi. E i figli avevano passato tutta la domenica fuori a cercare il cane, facendo su e giù, chiamandolo. Voglio dire, perché l'aveva fatto?

Un avvertimento? Voleva mettere sull'avviso la gente?

Sì. No.

Tu credi?

Non se conoscevi il Cazzuto.

In città dove? dissi.

Pura cattiveria del cazzo, se vuoi sapere come la penso.

Cosa facevi in città?

Come, scusa?

Più tardi, gli dissi che sembrava triste e poi ebbi l'impressione di aver detto la cosa sbagliata.

Quando facemmo sesso, ebbe difficoltà a finire e mi mise una mano sul collo per godere. Disse: Dillo, dillo, ma io non riuscivo a dire niente, non riuscivo a prendere fiato. Mi si gelò il sangue e venni, tutto all'improvviso e con forza. Fu lo shock.

Ebbi l'impressione di essere stata inghiottita dal mio stesso corpo. Travolta, in un'ondata.

Dopo dissi: Che cosa hai detto?

E lui disse: Mi hai sentito.

Veniva sempre a casa mia, anche se era meno comodo, anche se avevo dei coinquilini: Stuart che si grattava le reni mentre cercava qualcosa da mangiare nel frigo, Beatriz che occupava il bagno per ore in totale silenzio. Volevo dire: Torniamo da te, ma proprio non ci riuscivo.

Prese il telefono, l'accese e ci si immerse, picchiettando rapido coi pollici.

Dissi: Chi è?

E lui disse: Come?

Inviò il messaggio.

Nessuno in particolare, disse.

Felim raccontò che tutti i giorni prendeva il latte macchiato nello stesso posto a due passi dal lavoro, e tutti i giorni la donna dietro il bancone gli rivolgeva uno sguardo amabile e sorridente, ed era piuttosto anziana, eppure, tutte le mattine. Pensi: adesso mi giro dall'altra parte col mio caffè in mano e, proprio all'ultimo secondo, lei fa quel sorriso solo-per-te, e questo gli dà letteralmente il prurito. Ogni volta, ti chiedi lo farà, non lo farà. E un giorno è lì di pomeriggio, per incontrare qualcuno, cosa che di solito non gli capita, e la guarda, e lei fa lo stesso con tutti, uomini donne e bambini, lo stesso sorriso, lo stesso contatto visivo. E le prime volte, lui era tipo:

Ehi! Da questa parte, stronza! e dopo un po' non sapeva che pensare, la ammirava e in un certo senso la odiava esattamente nella stessa misura. Come due note identiche in entrambe le orecchie.

Sollevò una mano e poi l'altra.

Diiinnnnn. Diiinnnnn.

Cioè, che cazzo…? disse.

Mi rendo conto che non lo sto ascoltando, lo sto solo osservando in cerca di indizi.

Felim disse che la Tipa di Belfast era un caso clinico. Non la vedeva da un po' di tempo.

Pescò sul telefono la foto di un trattore grande come una cucina, con un uomo in piedi accanto a una delle enormi ruote.

Disse: Sì, quello è mio padre.

L'uomo indossava un berretto e sorrideva. Allungai la mano per prendere il telefono, ma lo tirò indietro.

Mi fai vedere? dissi, ma lui scorse qualche altra immagine e spense lo schermo.

Mi raccontò di alcuni vicini che erano annegati nella loro vasca dei liquami, stavano cercando di salvare il cane. Era successo in un metro e mezzo di merda.

Si sviene prima per via delle esalazioni. Disse: Meglio tenerla all'aperto. È tutta questione di acido solfidrico.

Disse: Tutto questo è successo nel *Louth in realtà.*

Poi facemmo sesso, ma non mi piacque.

Mi resi conto che tutte le piccole, stupide cose che avevo detto quella prima sera in cui eravamo stati insieme erano sprofondate in qualche posto sbagliato dentro di lui, e adesso risalivano su come uno sfottò. Non mi stava ascoltando, stava immagazzinando tutto. Nonostante ciò, continuai a parlare, continuai a offrirgli le cose che amavo: una battuta, un meme, un sogno che avevo fatto. Gli dissi quali persone potevano farmi del male, e tutte le mie speranze. Era come una canzone:

Amami! Amami!

Chiddik! Chiddik!

Sul mio sporadicissimo Instagram misi un paio di occhi sottosopra:

Vi ricordate, potrebbe essere a un pigiama party, voi siete sul letto, la vostra amica è sdraiata sul pavimento, fate una gara di sguardi e diventa davvero fantastico, un amore totale che fa paura. E poi lei batte le palpebre. *Da sotto?*

Nusa Lembongan è l'isola perfetta fra la turistica Bali e il paradiso hipster di Gili Trawangan. Piena di colore locale e di cose da fare, è l'ideale per famiglie con bambini più grandi. La spiaggia del porto ospita coltivazioni di alghe e piccole imbarcazioni di pescatori che per una piccola somma vi porteranno a fare snorkeling sulla barriera corallina. Gli amanti del surf si godono i frangenti ininterrotti e il caffè galleggiante in mezzo alla baia. I graziosi ristoranti adiacenti alla spiaggia servono pesce freschissimo e la sera è riempita dai canti che provengono dal tempio locale. Al mattino, potete nuotare assieme alle mante.

A fine agosto, stavo stalkerando non solo la mia influencer Meg, ma anche la presunta ex di Belfast. Cliccavo e controllavo, chissà quante centinaia di volte al giorno. Sapevo a quanto ammontava l'affitto della casa dove viveva a Drumcondra, avevo visto, dall'alto, i mobili del suo giardino, disposti intorno a un tavolo rotondo bianco che poteva essere anche un ombrellone. Conoscevo il suo nome e quello di suo padre, il permesso di costruzione richiesto da suo fratello per un ampliamento laterale a Cypress Downs, la strada vicino a Stormont dove era cresciuta. Sapevo che era in grado di assumere la posizione del loto, che una volta era stata nella posizione dell'albero sul ciglio del Grand Canyon, che aveva un gatto, uno stupefacente culo da yoga, che le piaceva fotografare il mare.

(A chi non piace?)

Ti vedi con qualcuna? dissi.

E lui disse: La nostra è una relazione esclusiva, quindi?

Lily scrive:

"è così da pirla dire quest'uomo non cambierà ESCI DI CASA LUI È ALL'ALTRO APPARECCHIO*"*

La spiaggia di Ngunwi, famosa per la sua sabbia bianca come zucchero e il mare calmo color acquamarina, si trova all'estrema punta settentrionale della Zanzibar tropicale. Contornata di palme, ville di lusso e piccoli hotel col tetto di paglia, è quanto di più vicino esista al paradiso. Fate un giro su un dau per praticare snorkeling in acque poco profonde, mangiate il pesce preso dal vostro pescatore in un ristorante di fronte alla spiaggia mentre il sole tramonta. Girovagate nel fresco della sera da un locale all'altro, a piedi nudi, mentre la luna sorge sopra le sabbie.

Poiché Carmel crede nei sostegni, ho ancora il mio adorabile analista dei tempi della scuola. Potrei sempre tornare da Paschal, con le sue camicie button down e i pantaloni di velluto a coste, che si toglie un pezzo di lanugine dal ginocchio e dice: Non butta bene, eh?, perché Paschal parla come un adolescente di vent'anni fa. Carmel mi prese Paschal, come si può prendere a un figlio un animale domestico per motivi di salute mentale, e anche perché pensava che avessi bisogno di una figura maschile nella mia vita. Ecco quanto è attenta, quant'è ligia, mia madre con me. Paschal mi ha voluto bene negli anni della mia crescita ed è sempre stato dalla mia parte, e a volte il pensiero del suo sorriso mi spinge ad alzarmi e andare a camminare, quando si avvicina l'alba, che è l'unico momento in cui esco di casa ora, e torno con la luce del giorno simile a un dolore che si espande nel petto, come se cercassi di aprirmi senza incrinarmi. Sento il tentativo dentro di me di iniziare un nuovo giorno.

Mi sarebbe impossibile dire a Paschal quello che sto facendo, la mia piccola avventura nell'abiezione. Che potrei dire?

Mi dispiace, Paschal, ho fallito in tutto. Tutto quello di cui abbiamo parlato.

Lui mi fa

Lui mi fa

Lui

Lui

Questo ragazzo è perennemente risentito. Capisci?

Prende

Lui

Questo ragazzo è fatto come un modello dimostrativo di uomo, un manichino di plastica di che-pezzo-va-dove, i suoi pettorali sembra quasi che si possano staccare, è la sua stessa corazza ed esoscheletro, e si muove come un paesaggio che cambia sotto la neve.

Sai una cosa?

Non mi ha mai portata nel suo appartamento. Dopo quella prima sera. Neanche una volta.

Ha detto: Tu

Ehi

TU!

E quando dico che il sesso non è fantastico, non più, non nel senso tecnico della parola, quando dico che l'arco della mia eccitazione non corrisponde all'arco umano ottimale, qualunque possa essere, intendo che non è nemmeno brutto in un senso positivo, o doloroso in un modo che è anche eccitante. Ma sai, siamo partiti bene. Abbiamo cominciato, come fanno gli amanti, restando a lungo a letto. Stavo sdraiata lì e lo toccavo, ho visto i peli della sua pelle sollevarsi.

Ho letto da qualche parte che c'è una sostanza chimica che ti inonda il cervello dopo troppo sesso, ed è per questo che piangi.

Potrei raccontare a Paschal come ho trascorso il giovedì sera in ginocchio sul pavimento della mia camera da letto, mentre Felim stava seduto di fronte a me, accarezzandosi. Mi ha girato intorno, mi ha premuto la faccia sul letto e ha cercato di scoparmi da dietro. Ha detto che le mie gambe erano troppo corte, mi ha tirata più sopra al letto e ci ha riprovato. Potrei dire che la mancanza d'aria, l'inutile stridere delle mie braccia, la paura di esplodere dall'interno, tutto questo sembrava il completamento di qualche pensiero che avevo cercato di afferrare, per tutta la vita.

Aveva senso.

Se mai tornassi da Paschal gli chiederei se il sesso è davvero questo. È questo che le donne sono davvero, che gli uomini sono davvero? Gli uomini sono sadici di proposito? (Tu, Paschal, sei sadico di proposito?) E lui direbbe:

Tu cosa pensi?

In realtà, direbbe qualcosa di molto più gentile. Solo che non so cosa.

Dopo che se n'è andato, mi sdraio nella mia stanza e il mio corpo conosce l'orizzonte. Il mio sangue e la mia linfa, il liquido nel mio orecchio interno; tutto si inclina fedele alla gravità, e sta immobile.

Si lamenta che non c'è un televisore nella mia stanza e io dico: Chi è che ha una tv? Cosa sono, un nucleo familiare?

Mette il telefono sul cuscino e mi volta per guardare un porno, se lo sbatte per farselo venire duro e spinge per un po', senza ottenere granché, poi mi tira la testa indietro, perché lo veda anch'io, un rettangolino luminoso di Questo qui dentro quello là e Più grande Oooh Aaah! sobbalzando e scivolando sul suo nido di peluria. E anche se sento una sgradita fitta di eccitazione, penso: Non è neppure questo che voglio. È solo una cosa stupida.

Non è questa la cosa che ci vuole per sfiorare la ferita
che avevo dimenticato,
per svegliare
il mio io
livido

La voglio in un volgere della sua testa,
come vista dalla vetrina di un bar
un filo di sangue che cola
da un cielo grasso
le mie mani ricurve
sul ripiano del tavolo

Felim, quello stronzo, non conosce il mio segreto. Il mio segreto è che voglio qualcosa di più casuale, di non recitato. Voglio di peggio.

Online, cado in un mondo parallelo di gente che è morta cercando di salvare il proprio cane. Forse vale la pena di scriverci un post, penso, ma è difficile azzeccare il tono. Ci sono persone che mollano il bambino in un passeggino per saltare in acqua dietro al cane e il cane si mette in salvo a nuoto mentre il bambino rimane orfano, proprio lì nel passeggino.

Questi salvatori di cani impulsivi in genere muoiono nei fiumi, ma anche il mare non è da meno e ogni anno, quando il ghiaccio sui laghi comincia ad assottigliarsi, ce n'è una bella sfilza. Almeno tre cani, seguiti da persone, sono saltati in una sorgente termale – forse inseguendo un bastone. Nel Parco nazionale di Yellowstone, gli astanti hanno urlato a un uomo di non farlo e lui ha detto: Col cavolo! prima di tuffarsi, di testa. Quel cane si chiamava Moosie, e non era nemmeno suo. Quando l'uomo è stato tirato fuori dalla sorgente termale, ha scoperto di essere cieco. Mentre lo portavano via, ha detto: È stato stupido. Quanto sono messo male? Ho fatto una cosa stupida. È morto il giorno dopo.

Anche Moosie deve essere morto, ma questo dettaglio non è riportato. La sua morte avrebbe risolto il problema di cosa fare con un cane del genere. Aspetti semplicemente che si sia asciugato e lo riporti a casa? E se viene mandato in un canile, per esempio, c'è un cartello sulla gabbia che dice: Questo Golden retriever cerca una casa per la vita? Adora farsi massaggiare il pancino e giocare al riporto sulla spiaggia (non sempre riporta indietro il bastone!). E inoltre, questo cane è maledetto.

Mia madre mi diceva sempre di non tuffarmi di testa in nessuno specchio d'acqua, finché non sapevo cosa c'era lì sotto. Questo è quel che succede alle madri, perdono il senso dell'avventura. Carmel mi ha avuta da sola, e non deve essere stato facile. Mi ha dato tutta la sua vita, mi disse una volta, *tutta la sua vita*, e io dissi: Vaffanculo, vaffanculo, vaffanculo, vaffanculo, vaffanculo.

D'altronde. C'era sempre quella metà vuota sull'altro lato del suo grande letto, dove potevo infilarmi la mattina dei fine settimana e chiacchierare.

D'altronde.

Abbiamo sempre avuto la nostra spirale d'amore – quel legame rovinoso, stupendo, sempre più stretto – con Carmel che mi spingeva i capelli dietro l'orecchio e diceva: No, ti sto ascoltando. Ti ascolto. Solo che non so ancora cosa dire.

Acqua color collutorio alla menta, sabbia come zucchero a velo, amache appese tra le palme, una placida e intima laguna d'acqua dolce che ospita molte specie di uccelli esotici. Fino a cinque anni fa questa spiaggia segreta si trovava in una zona militare e, sebbene oggi sia del tutto sicura, ogni tanto capita ancora di trovare qualche bossolo di proiettile tra le dune. È un rifugio per le tartarughe, che qui sono protette, e si possono avvistare anche le megattere, durante la loro migrazione, che saltano fuori dall'acqua. Un'utopia vergine alla portata di quasi tutte le tasche, non vedrete un ombrellone per chilometri. Non dimenticate di mettere la crema!

Felim non chiamò per tre settimane e poi, a fine settembre, un messaggino.

"Domenica mattina? Vestiti bene."

Sul portone mi guardò e disse: E i tacchi?

Tornai su per trovare un paio di scarpe e sembrò soddisfatto. Disse: Sei proprio carina così, lo sai? Hai dei bei denti.

Mi disse di salire in macchina, andavamo fuori città e io chiesi: Dove?

Non rispose.

Il viaggio durò più di un'ora e lui fu normale per tutto il tragitto, esageratamente normale, rilassato, a suo agio, selezionando brani sull'impianto stereo, commentando quello che dicevano alla radio, raccontandomi del suo capo, chiedendomi del lavoro, di Mal. Indossava un abito blu navy e una camicia tendente al rosa, con una cravatta a righe argento e azzurro chiaro, ed eravamo in un altro decennio, avrebbe potuto essere il secolo scorso. Aveva del gel nei capelli, profumava di dopobarba. Allungò la mano e la poggiò sul mio ginocchio. Guardava attraverso il parabrezza i cieli autunnali e i corvi che si raccoglievano e volteggiavano. Mi chiesi quando gli sarebbe girata la luna, quando mi avrebbe mollata in lacrime sulla corsia d'emergenza. Ma lui continuò a parlare, mettendo la freccia a sinistra all'uscita dall'autostrada, mettendo la freccia a destra, fermandosi dolcemente ai semafori pedonali. Svoltò nel parcheggio di una chiesa, controllò l'orologio e spense il motore. Disse: Mio fratello ha avuto una bambina.

Dopodiché non successe nulla per un po', rimanemmo solo seduti.

Uscirono alcune persone, e poi una folla. La messa era finita e ci avviammo controcorrente per entrare nel portico. All'interno, la chiesa buia riecheggiava fino al soffitto delle urla rabbiose di un neonato vicino all'altare, in fila per essere battezzato.

Felim si fece il segno della croce, si inchinò e sgusciò di lato nella panca. Io eseguii un vago movimento davanti al viso e scivolai accanto a lui, mi alzai, mi inginocchiai, mi risedetti, mentre un bambino dopo l'altro veniva unto e spruzzato, e i loro accompagnatori adulti rinunciavano a Satana e a tutte le sue opere. Gli adulti lo facevano in abiti stampati e giacche buone, in sandali col cinturino e cravatte pastello. Non vado molto spesso nelle chiese, quindi era come un segreto pubblico, questo fatto di strappare il male fuori da neonati avvolti in fasce una domenica a mezzogiorno. Non c'erano né fumo né zolfo, solo quell'unico diavolo ululante che l'acqua santa non riuscì a esorcizzare. Anzi, fece strillare il bambino ancora più forte. Il suo viso divenne così rosso che ti veniva voglia di cercare assistenza medica. Guardai la madre che tentava di zittirlo facendolo saltellare su e giù e mi chiesi come sarebbe andata a finire, a lungo andare.

Poche spruzzate più avanti lungo la fila, uno dei padri si tolse la giacca e si rimboccò le maniche prima di allungare il suo bebè sopra il fonte battesimale. Aveva un viso largo e simpatico, con una barba rossiccia, e sua moglie indossava un abito a vestaglia blu. Stava dietro al marito, con una mano poggiata sulla vita di lui e un'altra sulla figlioletta stretta tra loro, e si sporgeva oltre la spalla sorridendo alla bimba in fasce. Era un dipinto a olio: il gruppo era così dolcemente monumentale, e i genitori erano così felici. Tirai fuori il telefono per scattare una foto, ma poi non la feci.

Felim mormorò: Che cazzo...?

Volevo solo..., dissi.

Quell'uomo allegro era il fratello maggiore di Felim, Cathal. Mi fu presentato nel parcheggio della chiesa, e anche i genitori di Felim. Sua madre era una donna grassottella con un blazer rosa carico, suo padre srotolò un berretto tra le mani e se lo rimise sulla testa calva e biancastra. Non so cosa mi aspettassi.

Vieni da noi per una cosa, disse la madre, come una persona normale.

Grazie, dissi. Volentieri.

E anche Felim sembrava totalmente normale, anche se un po' acceso, mentre parlava con i genitori sotto il sole del parcheggio.

Il piccolo convoglio svoltò varcando un cancello e dirigendosi verso una casa linda, dipinta di bianco e sovrastata da due fienili cavernosi, uno dei quali conteneva il trattore blu, così enorme che ci voleva una scala per salirci. Tre benne JCB giacevano su un mucchio di ghiaia a prendere ruggine. C'era un piccolo lago. Non vidi bestiame.

In seguito ci tornai su Google Earth e trovai il JCB fantasma parcheggiato accanto al muro nel campo davanti, e un intero terzo fienile che allora non avevo notato, distratta com'ero da una piramide di balle di insilato e una puzza improvvisa.

Non ci fermammo nel cortile davanti alla linda casetta bianca, ma la oltrepassammo, imboccando una salita, fino a una costruzione più imponente, con due tetti a punta uniti da un balcone balaustrato sopra il portone d'ingresso.

Pensai a Carmel guardando tutta quella terra buona e praticamente nessun giardino – solo un'araucaria davanti, in un pezzo di campo che faceva finta di essere un prato. All'interno, l'arredamento era semplice. Un pavimento a piastrelle rivestiva tutto il piano inferiore e i mobili erano consumati e molto distanti, come se provenissero da una casa più vecchia e più piccola. Un divano e due poltrone di morbida pelle spuntavano come funghi in mezzo al soggiorno. La cucina era in pino giallo.

Tutto questo lo vidi solo di sfuggita. Non guardai nulla troppo a lungo, anche se a Felim non sembrava importare quel che facevo. Si allontanò da me appena entrammo dalla porta, con le mani in tasca. Dopodiché, passò il pomeriggio appoggiato al bancone della cucina, al tavolo, al bracciolo del divano, senza mai sedersi. Era in modalità ultradisinvolta.

Così è
Io proprio no
Lo dici a me?
Ma dài
Certo che quel tipo
Giusto, giusto
Ascolta

Una donna di mezza età si presentò come Maeve, la sorella di Felim. Non feci la faccia sorpresa, né dissi che non mi aveva mai parlato di una sorella.

Sì, dissi. Ciao.

C'erano palloncini legati agli schienali delle sedie in cucina, dove alcuni bambini piccoli scorrazzavano di qua e di là. Due di questi, almeno, appartenevano a Maeve, che lanciava loro rimproveri senza aspettarsi la minima obbedienza. Mi presentò a un altro fratello che stava arraffando salsicce da una teglia messa sul piano da lavoro a raffreddare.

Di sicuro conosci Fiachra. È giù a Dublino.

No, non lo conoscevo. Ci salutammo con un cenno della testa. Mi squadrò ben bene: il vestito, le scarpe.

Allora. Da quant'è che conosci Felim? disse Maeve.

Qualche mese. Non molto.

Il padre si stava infilando un paio di stivali vicino alla porta sul retro.

Vado nella terra, disse.

Va bene, dov'è la mamma?

Si è messa seduta.

Dopodiché. Continuai solo a sorridere coi miei bei denti. Rimasi appiccicata a Maeve, versai il tè, sparecchiai la tavola, ticchettai in giro sui tacchi alti. Parlammo del bel tempo, del colore di un vestito, di dove stavo a Dublino, della mia sorprendente mancanza di fratelli e sorelle (non chiese se avessi un padre – non lo fa mai nessuno).

Chiesi quali fossero i suoi figli, quanti anni di differenza ci fossero tra lei e Felim, se fosse stato viziato da piccolo.

Oh! disse, Quello lì!

E io dissi: Esilarante.

Non credo di aver parlato con nessuno degli uomini, tranne il padre della bambina appena battezzata, che adesso era di nuovo in allegre maniche di camicia – Cathal, il quale si avvicinò a me e disse: Sei la benvenuta, grazie d'essere qui, lascia che ti presenti, dimmi, hai conosciuto mia nonna?, mentre mi portava in soggiorno, verso una donna vecchissima seduta su una delle poltrone ampie e morbide.

I suoi piedi sul poggiapiedi regolabile erano racchiusi in calzini bianchi alla caviglia e comodi sandali beige. Indossava un grembiule – anche se non l'avevo vista muoversi – e pure un cardigan marrone su una camicetta a fiori rosa e pantaloni verdognoli. Nulla si intonava o non si intonava. Era così e basta.

McDaragh, disse. Dimmi, sei imparentata in qualche modo con il poeta? Sì, sì. Felim me l'ha detto.

Sì, dissi.

Sei la figlia.

No.

Oh, era un tipo raro.

Ah, no. Io sono la nipote.

Sì, giusto. La nipote, ecco. Lo hai conosciuto?

È morto prima che nascessi, dissi.

Già. Che Dio l'abbia in gloria.

Alzò il viso, che era, vidi, il viso lungo e stretto di Felim e, attraverso una dentiera traballante, disse:

> Sul mio cuore buio appoggia la testa,
> la tua bocca di miele che profuma di timo

dammi la mano ora che l'addio si appresta,
oh amore, dolce amore mio.

Il fratello rimase lì impalato durante quell'orribile declamazione, con la testa leggermente china, e io dissi: Sì. Era lui, sì.

Hai proprio il suo stesso aspetto.

Lei trova?

Sei la benvenuta qui, disse. E pensai che sarei corsa urlando fuori dalla casa, strappandomi i capelli e i vestiti di dosso. Avrei attraversato nuda il campo vicino, il campo lungo e il fottuto campo lontano e lì sarei vissuta, accovacciata e pazza nel fossato. Ebbi anche l'impressione di essere arrivata a casa.

Grazie, dissi.

Felim mi fece un segnale verso le quattro e ci muovemmo. Salutammo e ci sedemmo nella macchina in sincrono, tirammo le cinture di sicurezza e procedemmo in silenzio lungo la stradina sterrata, oltre gli imponenti fienili e la linda casetta bianca, in mezzo alla puzza acre proveniente dal laghetto marrone, che era – non c'era bisogno che me lo dicesse ora – una pozza di liquami. Fermò l'auto e si sporse dal finestrino per digitare sul tastierino dell'enorme cancello.

Sembrano simpatici, dissi una volta fuori, e Felim disse: Simpatici.

Quando raggiungemmo l'autostrada, disse: Sei contenta adesso?

Come, scusa?

Sei contenta adesso, vero?

Dopodiché – non lo so. Non mi ricordo quale fosse il litigio né come avessimo cominciato a litigare, perché nulla aveva senso. Ci sono tante cose che non riesco a capire.

Ma ricordo di aver pensato che alla fin fine non mi avevano salvata da lui. Anche se conoscevano la sua natura. Mamma e Papà, Maeve, Cathal, Fiachra, la Vecchia Nonna Poesia. Quelle persone, che lo conoscevano meglio di chiunque altro, avevano guardato la ragazza che Felim aveva portato a casa e si erano chiesti quanto sarei durata.

L'intrusa.

Ebbi una fantasia in cui mi mettevano a lavare i piatti col grembiule della nonna addosso, Fiachra mi spingeva sopra al lavandino e mi violentava così come stavo in tacchi alti mentre il padre era fuori nella terra e la madre nell'altra stanza, Cathal diceva con aria dispiaciuta: Così è, e Maeve diceva: Oh, prendi questo piatto di panini dolci e portali fuori, ti dispiace? Adoro il tuo vestito. Che è più o meno quello che disse. Ebbi una fantasia in cui era la stessa giornata, solo molto più esplicita.

E la nonna citava poesie, dall'inizio alla fine.

la tua bocca di miele che profuma di timo

Dopo di allora, Felim poteva mandarmi un messaggio e fare una capatina, a volte per due giorni di fila, poi nulla per secoli. Quando passava, mi era difficile vedere la differenza tra il sesso e il farmi male in altri modi. Quello che non cambiava, che non cambiava mai, era l'attesa. Quell'ondata di aspettativa. Incessantemente. E ancora.

È lui?

È lui?

Mi ama?

È lui?

Aspettare quell'uomo era meglio che stare con lui, di certo era più intenso, il modo in cui il desiderio continuava a divorare se stesso e a generare altro desiderio. E niente, ma proprio niente era meglio di quel primo lampo dell'arrivo.

Mi ama

Eccolo

Ho cominciato un libro delle meraviglie, storni in volo, una montagna che si libra al di sopra del mare. Delle persone trovano una cantina sotto il pavimento di casa, una stanza in più abbandonata dietro uno specchio sulla parete del bagno. Un uomo scopre una lavastoviglie nel suo appartamento, che pensava fosse un finto armadietto. In Olanda, dei ricercatori coltivano ghiandole lacrimali umane – piccoli palloncini che si gonfiano e si rompono, facendo gocciolare fuori acqua salata che contiene anche anticorpi, ormoni dello stress, feromoni, antidolorifici naturali. Ci fanno così bene, queste piccole gocce d'acqua – la scienza fa sembrare le nostre lacrime meglio del latte della bontà umana. Vorrei che costruissimo una fattoria del pianto; chilometri e chilometri di piastre di Petri in cui lacrime solitarie piangono a dirotto, in modo che l'umanità non debba più preoccuparsene.

Disse: Ora vado a dormire. Disse: Non posso dormire qui.

Felim disse che suo padre aveva ucciso un cane malato legando un capo di una fune al muro e l'altro capo al trattore, con il cane avvolto in un cappio nel mezzo. Aveva messo in moto e non si era voltato a guardare finché la corda non si era spezzata. Il padre, disse, aveva detto che era una morte rapida e, dato il prezzo del veterinario, valeva la pena di perdere il pezzo di fune.

La mia influencer Meg vuole un post sui dildo, vuole che uno dei suoi Maltipoo gliene porti uno come se fosse un bastone trovato, perché sarà una cosa esilarante. Questa storia dei dildo è solo sbruffonaggine al femminile – il che mi sta benissimo, ma vorrei chiederle (come faccio a chiederglielo?) di che stile parliamo? È grande e bitorzoluto, è un pezzo di plastica rosa protesico, nodoso e venato, o è, tipo, sottile, discreto e celeste? Mando un messaggio all'agenzia: *Ha la foto del dildo del cane?*

Il Maltipoo è minuscolo, bianco e vaporoso. Il dildo nella sua piccola bocca è nero con una curva. Enorme.

E vorrei chiederle: Perché nero, Meg?

Ora che quell'affare si è, per così dire, materializzato, ora che è nella bocca del suo cagnolino, pronto per essere visto dalle sue molte, molte migliaia di seguaci, vorrei chiedere: che senso ha scoparsi qualcosa che non può provare niente?

(Naturalmente il senso sta *tutto lì* – questo fatto diventa vero non appena penso di digitare la domanda. Sono una tale idiota.)

Ma sai una cosa, se è così, se quest'affare non è umano, se è solo un pezzo di plastica buono per la discarica che ti stai ficcando su per la figa, allora... Perché nero, Meg?

Invia un messaggio:

"Come va?"

"Sì, ok" dico, e poi nulla per molte ore. La mattina dopo provo: *"A te?"* e lui dice:

"Non bene" che potrebbe significare qualsiasi cosa. Poi più tardi:

"Roba!!!"

Manda una foto della sua scrivania. La guardo, la ingrandisco. La scrivania è curva davanti e angolare. Ci sono due schermi, una tastiera nera e voluminosa attaccata a un lungo cavo, una tazza a righe, una confezione di Pot Noodle quasi vuota, cuffie con cavo, mouse con cavo, un telefono fisso col cavo a spirale, due casse anche queste col cavo, una rana di plastica verde fluo nella cui bocca aperta e rivolta verso l'alto ci sono penne, forbici ed evidenziatori; una pila di fogli con sopra una pinzatrice, una tazza di vetro con qualche rimasuglio di liquido scuro; un portadocumenti a fisarmonica di cartone beige mezzo sfasciato, un bicchiere di plastica arancione, una cartella verde che perde fogli di carta.

Mi impressiona la quantità di cibo e bevande in bella mostra, attivi, sospesi o abbandonati. Tutto è iniziato e lasciato non finito nella stessa identica proporzione – per lo più andato, con un pochino che resta. Felim fa lo stesso in camera mia, al mattino ci sono sempre degli avanzi che devo ripulire.

Che cos'è? È un gioco di potere, un impulso all'accumulo? ADHD? È un diritto maschile?

L'ho visto cercare di finire qualcosa, decidere di non finirlo, metterlo giù e andarsene.

Due post-it gialli sono attaccati allo schermo di un computer, che è spento, mentre sull'altro c'è un salvaschermo con due volpi. Sembra probabile che l'abbia scattata lui quella foto. Le volpi sono in un sottobosco buio, una fissa dritto verso l'obiettivo, l'altra mordicchia sotto l'orecchio della compagna.

"Bel volpone!" scrivo.

Non c'è risposta.

Guardo la foto molte, molte volte. Penso di essere uno dei suoi avanzi. Sono la cosa che non può finire né buttare.

È un giovedì sera a Dublino. Esco e mi scopo qualcuno, un ragazzo non molto sicuro coi palmi delle mani supersudati, dico: Oh sì sì fai tutto quello che vuoi, fai tutto quello che vuoi, ma è troppo ubriaco per fare granché, e lo strapazzo un po' e schiaffeggio quel povero stronzo, pum pam, a sinistra, a destra, e un'altra volta così, tanto per. Dico: Questo è da parte di tutte le ragazze. In bagno rovisto nel suo armadietto e mi faccio un doppio sbrego lungo l'avambraccio col suo rasoio usa e getta. I tagli sono superficiali e insoddisfacenti, ma bruciano da morire. Il ragazzo sta in piedi sulla soglia, con una vestaglia a righe, che all'improvviso detesto. Lavora nel tech, quindi è bianco come una larva e ricco sfondato. Lo oltrepasso con uno spintone, tirando giù dal muro una foto mentre esco. I tassisti non si fermano per me: ho il braccio nudo sporco di sangue e sono troppo ubriaca.

Ogni due o tre giorni, mando a Mal una foto del cielo e lui mi manda una foto della sua ombra su un muro, o su una strada. È a Berlino o a Lipsia, è a Budapest. Ricordo di aver letto Rilke ad alta voce nel suo appartamento sotto l'ala protettiva di quei maestosi alberi da museo con la corteccia rossa. Ricordo un libro sugli angeli che gli piaceva. Interrogo l'*I Ching*, e dice: Non si conquista l'amore coi ragionamenti. Lavoro al mio dialogo tra i Maltipoo. Guardo video di impianti cocleari mentre mangio biscotti d'avena dalla scatola, pensando che c'è un'altra coscienza che ci aspetta tutti quanti. Un giorno in futuro innesteremo qualche inimmaginabile marcia superiore.

Carmel dice: Come stai, sei molto pallida. E io dico: No, sto benissimo, mamma. Quando ci abbracciamo, porta un profumo della mia infanzia. La tengo per le braccia e dice: Ho iniziato a fare pugilato.

Naturale.

Te lo consiglio.

Ha preparato *chili sin carne*, basmati bianco, una roba allo yogurt a parte. Lo butto giù col cucchiaio, aspettando di sentire qualcosa – come quando tornavo a casa da scuola e mi usciva fuori tutto: la bambina ha detto, il bambino ha detto, il mio ginocchio sbucciato, l'insegnante, la mia orribile amica. Ma non c'è niente da dire. Non c'è niente da far uscire.

Al piano di sotto vado nella sua camera da letto e trovo il profumo sul comodino, e ne rubo un tot da portare via con me. Sembra un po' floreale per Carmel, che non indossa una gonna, nemmeno per andare al lavoro, da quando avevo più o meno nove anni.

No, non è gay, mi disse. E no, non è segretamente trans. E semplicemente no, d'accordo?

Sulla mensola nel corridoio, scelgo una raccolta di poesie di mio nonno. Non apro questo libro da più di dieci anni e ora è come se me ne sentissi derubata. Dall'esperienza, dal tempo. Dalla Vecchia Nonna Poesia. Lo sfoglio, cercando di ritrovare una via d'accesso.

Il libro è pieno di uccelli.

pavone e airone, passera e scricciolo,
il ciuffolotto col suo petto-rossetto
di chiffon arancio

Le leggevo quasi tutte le sere. Le poesie erano così soavi e limpide, che sentivo la sua voce parlare, solo per me. Le altre ragazze avevano padri, zii, io avevo il buon vecchio Phil, che rendeva le cose belle con le parole.

A volte, guardo mia madre e mi chiedo dove sia finito tutto questo, come sia decaduta la famiglia, di padre in figlia – da sagace a stupida in una sola generazione. L'opera di Phil è, soprattutto, piena di tatto. Una ragazza ha bisogno di tatto – e non era questo che una ragazza avrebbe mai ottenuto da Carmel. Quando le cose andavano male, mi rannicchiavo con Phil e addolcivo il dolore.

Stringo forte gli occhi, chiudo il libro e lo riapro a una pagina a caso.

Una poesia intitolata *Persefone*.

Grazie Phil.

Dopo che lei è stata trascinata agli inferi da Ade, la madre di Persefone fa sprofondare il mondo nel suo primo inverno. Fino ad allora, le stagioni avvenivano tutte contemporaneamente – quindi questa poesia, in modo bizzarro, potrebbe parlare del clima al giorno d'oggi.

la rosa e il croco fiorivano insieme
il bucaneve e l'aster, il giglio e il delfinio –
ogni stagione in una stagione: bacche, foglie
e gemme affollavano il ramo, prima ch'egli
col dolore di una madre generasse l'inverno.

Faccio una foto e la posto.

"Il cambiamento climatico visto da mio nonno Phil McDaragh nel... 1978."

Ricordo benissimo l'immagine della fuga, Persefone raffigurata come un airone bianco che sbattendo qua e là si fa strada fuori da una grotta buia:

> come un uccello nella bocca, l'inferno la libera con uno sbadiglio

Voglio tatuarmi questo verso, dall'ascella al fianco, con un uccello che vola lungo di esso. O dal pube (il mio inferno!!) fino a quell'incavo alla base del collo che si chiama
(lo cerco)
fossa soprasternale
(sono delusa)

Voglio scrivere un libro sulle volpi, ma dal punto di vista delle volpi. In questo libro non mancherebbe il divertimento, ma senza molte parole.

Online, la tipa di Belfast sta facendo yoga in leggings che sono di un bianco accecante. Clicco su tutto. È più vecchia di me, ma ha un aspetto decisamente migliore. Vive in molte stanze, non in una sola. Ha una statua del Buddha su una mensola. Ha candelieri di legno disegnati da Anders Nørgaard nei toni lavanda e rosa caldo. Sta sostituendo i rubinetti cromati con altri che sembrano di rame – è possibile che questa casa sia sua. Tutte le stanze sono tinteggiate in sfumature di robe viscide e appiccicose: rosa pomata, stucco, palude. Non riesco a distogliere lo sguardo. In un'immagine sono sicura di riconoscere il riflesso di Felim in un luccichio del vetro, sull'anta della credenza in cucina. La foto ritrae una composizione floreale sul bancone; comprata in negozio, ma scompigliata a dovere e di buon gusto, viola scuro e verde acido. La didascalia dice:

"Beata me."

Nelle lunghe giornate che si approssimano all'inverno, quando Felim non chiama, scrivo una storia su un uomo che mangia un uovo fritto mentre, fuori sotto il sole, una donna si innamora. E dopo aver mangiato l'uovo e messo il piatto nel lavandino, l'uomo si fa la doccia e si veste, riempie un po' di più il cesto della biancheria, si lava i denti ed esce dall'appartamento, che è tinteggiato di bianco. La tazza abbandonata si raffredda. L'uovo non finito scivola per una distanza microscopica sulla porcellana e, circa un'ora dopo, si scurisce, si ferma e comincia a creparsi. Nelle pieghe della trapunta, le piume si assestano. Le molle del letto completano lentamente la loro risalita e il lenzuolo scoperto cede la sua umidità all'aria circostante. Un preservativo dimenticato giace sulla cassetta del water, avvolto in un pezzo di carta che diventa più rigido e friabile. L'appartamento è silenzioso. In un armadio, un contatore nascosto scatta ed emette un breve ronzio. Una nuvola si frappone fra la terra e il sole.

In un'altra parte della città, la donna percepisce il riaffacciarsi del sole come prova e rivalsa. In una parte diversa della città, un uomo si sente sfortunato e alza lo sguardo per controllare se piove.

Felim si presenta con un cappello da Babbo Natale. È veramente sbronzo. Dice: Da come mi guardi mi sembra di scopare una ritardata, voglio che tu lo dica, avanti dillo. Di': Dammelo. Ti piace? Dimmi che ti piace, di': Grazie, Felim. Puttana ingrata. Avanti, dillo. Dammelo, Felim. Vuoi che ti faccia male? Non ti sento, Nell. Di': Fammi male, Felim, ti prego, fammi male.

Così lo dico.

Come mi chiamo?

Felim.

Mi chiamo Signore, stronza.

Dico: Signore.

Sono solo tre sillabe. Felim non ha bisogno della mia sincerità. Ha bisogno di caos. Ha il cazzo ammosciato dall'alcol e questo mi terrorizza, l'idea che cercherà di farmi male in qualche altro modo.

Allora mi dimeno un po', dico di nuovo Signore. Faccio un po' di messinscena, una vuota finzione da penetrare. Il cappello di Babbo Natale è caduto sul pavimento, lo vedo con la coda dell'occhio. Ho paura. Il mio corpo è freddo come la pietra. E più o meno nel mezzo mi chiedo:

Se credessi che tutto questo funziona, funzionerebbe?

Un'altra volta, mi ama. Controlla ciò che ama. Lui è preciso, io sono il caos. Sento la stanza dividersi in due davanti ai miei occhi sballottati e lo spazio ricrearsi. Ecco cosa può su di me la cartilagine del suo pungiglione che spacca l'anima. E quando mi ha fatto a pezzi, rimango intera. Quando si ferma, magicamente, sono ancora qui.

Sembra un po' sciocco, date le circostanze, chiamarlo

Signore. Dovrei chiamarlo Morte, dovrei chiamarlo Eccola che Arriva e anche La Fine del Mondo.

e leggi
che ci sarà un milione di persone sulle liste d'attesa
e leggi
dei droni
e leggi delle
vite inimmaginabili degli altri
nelle loro case, nelle loro stanze

Online, guardo il suo riflesso sull'anta della credenza nella cucina della tipa di Belfast, questa ora è la mia foto preferita di Felim, e quando penso a lui che parla, tutto quel che dice è: Maschio, maschio maschio maschio. Maschio che fa il maschio mascolino, maschio-maschio che fa il maschio. E quando penso a me che gli rispondo, tutto quel che dico è: Ti prego. Ti prego.

Un profumo di timo
(tradotta da *Ceann Dubh Dílis*,
anonimo, diciottesimo secolo)

Sul mio petto posa la tua testa bruna,
la tua bocca di miele che profuma di timo
quale uomo non t'amerebbe – così benedetta
e dolce, oh amore, dolce amore mio.

Le ragazze vanno in strada; le chiome
sciolgono e piangono il loro beniamino,
il migliore in cinque parrocchie, ma a tutte
nego il mio amore, dolce amore, per te.

Sul mio cuore buio appoggia la testa,
la tua bocca di miele che profuma di timo
dammi la mano ora che l'addio si appresta,
oh amore, dolce amore mio.

Carmel

Non era il fatto che se ne fosse andato quando lei era malata, ma il modo in cui era tornato e aveva rovistato dappertutto per cercare, disse, il suo orologio che si era perso o era stato messo chissà dove; o forse la madre lo aveva nascosto per indispettirlo, se l'era tenuto stretto come una specie di ricordo. Attraversò il salotto, aprì le ante della credenza e passò la mano sulla mensola del camino, frugò lungo il divano, rovesciando completamente i cuscini, che finirono sparpagliati a terra, e non si capiva più come sedersi di nuovo.

"L'hai visto?"

L'orologio aveva un quadrante color crema e un cinturino di pelle marrone. Carmel lo conosceva dal polso robusto del padre, il suo calore le era familiare, un oggetto piccolo e pesante; era sottile e solido, come una moneta che ticchetta. Lui si sbottonava i polsini e slacciava la fibbia, e lasciava sempre l'orologio da qualche parte – accanto al posacenere, o sulla mensola del bagno, o in camera da letto, dove adesso la madre era in ascolto mentre lui girava per casa, tirando fuori le cose da sotto il lavello della cucina, dove non era mai stato riposto alcun orologio.

"L'hai preso tu?"

E il fatto era che suo padre non trovava mai nulla – anche se ce l'aveva proprio davanti agli occhi. Loro ridevano di quanto fosse ridicolo papà a quel riguardo. Sua madre era solita dire: "Se fosse un cane lo morderebbe", una frase che Carmel ci avrebbe messo molti anni a capire.

Quando qualcosa andava smarrito in quella casa, lei gridava un posto: "È sul pianerottolo, è sulla libreria", perché la madre era la custode degli oggetti. Teneva tutto a mente.

Ma non disse dov'era l'orologio, e questo irritò il padre. Continuò ad aggirarsi facendo un gran rumore finché il silenzio di lei non divenne una specie di muro che non poteva sfondare per andare al piano di sopra.

Almeno, questa fu l'impressione che ebbe Carmel di ciò che accadde quel particolare pomeriggio. Aveva dodici anni: c'erano dei vuoti nella sua memoria, che sembravano spalancarsi perfino all'epoca. Riguardavano per lo più i suoi movimenti. Aveva aiutato a cercare l'orologio? Era più probabile che fosse rimasta solo lì impalata. O forse aveva ascoltato con sua sorella Imelda dalla porta del soggiorno. Eppure, riusciva a vedere suo padre, in qualunque parte della casa si spostasse: era come una storia che conosceva da ogni angolazione, tranne la sua. Lo guardò arrivare ai piedi delle scale, appoggiare la mano sulla ringhiera e alzare gli occhi verso l'alto. E Carmel non ricordava di averlo seguito, ma doveva averlo fatto, perché se lo ricordava perfettamente in camera da letto, dove si trovava sua madre. Lo vedeva come si potrebbe vedere un estraneo – da lontano. Ma lo vedeva anche in ogni dettaglio.

Suo padre aveva allora quarantasette anni. Indossava una giacca di tweed marrone verdastro, con le tasche sformate da piccoli libri e pacchetti di sigarette, fazzoletti di cotone e chiavi. I capelli erano lucidi sul cuoio capelluto rosa. La plastica mordicchiata degli occhiali spuntava da sopra un orecchio e la nuca era di un rosso intenso e untuoso.

Quella era l'estate in cui a sua madre fu tolto il seno per un motivo che non si poteva mai nominare. Il padre armeggiò tra i vestiti appesi nell'armadio e stava piangendo. Tirò il piccolo cassetto del comodino di lei così forte che uscì completamente dai binari e il contenuto si vuotò sul pavimento. Lui lo guardò: le sue perline e decorazioni, l'agendina degli appuntamenti, un tubetto di pomata rosa per la cicatrice che si stava rimarginando sul petto.

La madre era a letto con la schiena appoggiata ad alcuni cuscini. Stava sollevata per facilitare il drenaggio. Carmel non aveva visto la cicatrice, non sapeva se corresse in una sottile incisione verso l'alto, o fosse orizzontale con la pelle eccedente rimboccata dentro. La cosa più probabile era che salisse obliqua fin sotto l'ascella, perché le bende giravano tutt'attorno come una fondina e lei non poteva sollevare il braccio per infilarsi la camicia da notte; avevano dovuto strappare lo scollo da quel lato.

Suo padre si rese conto dell'inutilità del cassetto di legno vuoto che teneva in mano e lo lasciò cadere dietro di sé mentre si piegava in avanti e la prendeva per le spalle.

"Dov'è?" disse.

Lei lo guardò. Il padre stava incurvato, implorava, ma quando la madre parlò la sua voce era assolutamente fredda e irremovibile.

"Come posso saperlo?" disse.

Secondo sua sorella Imelda, il padre frugò nel letto con lei sdraiata sopra. La perquisì, dicendo: "Dove l'hai messo? Dove?" Ma, a quanto ricordava Carmel, il padre rifece il letto. Tutto qua. Sprimacciò e sistemò i cuscini e infilò le mani sotto le coperte per lisciare il lenzuolo. Voleva far stare più comoda la madre ammalata. E certo, sì, forse cercava anche l'orologio, le sue intenzioni potevano essere contrastanti.

Si piazzò ai piedi del letto e sollevò la trapunta, un affare soffice di un rosa sbiadito, che emise un suono ovattato quando cadde sul pavimento. Fece lo stesso con una coperta beige che strappò via attorcigliandola. Si vedevano il ginocchio e il fianco di sua madre delineati sotto il leggero cotone sottostante, e suo padre gemette quando scosse il lenzuolo. Rimase sospeso lì in alto; un tetto di stoffa a mezz'aria, sotto cui il corpo di sua madre rimaneva esposto alla vista. Carmel non riuscì a vedere il volto oscurato della madre, ma la camicia da notte era risalita e ne spuntava un pezzetto di gamba nuda, che si contrasse sotto la luce inattesa. Il padre lasciò cadere il lenzuolo in un mucchietto e Imelda si slanciò in avanti per tirare giù la camicia da notte.

Imelda aveva diciassette anni quell'estate, cinque in più di Carmel; era un'adulta fatta e finita. In seguito, avrebbe detto che il padre aveva bevuto, ma allora gli rivolse un cenno del capo, e lo fece in un modo così semplice che lui si chinò per rimboccare di nuovo il lenzuolo, dopo che lei lo aveva lanciato in avanti facendolo fluttuare sopra il corpo della madre. Infilò i bordi lungo il fondo del materasso, prima di scoprirsi, all'improvviso, incapace di rifare un letto.

"Pensaci tu," disse, e uscì dalla stanza.

Lo sentirono scendere le scale e attraversare con passo pesante l'ingresso. La porta si aprì e non si richiuse. Una brezza proveniente dal giardino le raggiunse e capirono che se n'era andato. Quella fu l'ultima volta che videro il padre in camera da letto, o di quell'umore. La volta successiva che arrivò a casa, era già cambiato tutto.

Capitava che le tornasse alla mente, anni dopo, guardando le pubblicità del bucato, o quando lavorava un'estate come cameriera in un albergo, o quando rifaceva il suo letto singolo. La gioia del cotone che si solleva, la difficoltà sotto. A dodici anni, Carmel si sentì montare dentro qualcosa quando il lenzuolo volò: nel suo petto c'era un misto di aria e assenza di aria, e per un attimo non seppe scegliere da che parte stare. La stoffa che fluttuava era bellissima, e la gamba nuda così patetica. Ci fu anche uno schiocco di dolore – nello schiocco del lenzuolo. Suo padre stava in piedi a braccia aperte e Carmel sapeva, naturalmente, che era nel torto, che la sua rabbia per l'orologio era fuori luogo. Ma l'oltraggio al seno della madre la lasciava molto confusa. Carmel ne sentiva la tenerezza come nel proprio seno ancora in boccio e dolorante. A volte non era la piattezza della cassa toracica di sua madre a disturbarla, e nemmeno la linea segreta del taglio, a volte era il rigonfiamento sull'altro lato del busto – il fatto che pendesse mollemente su un lato. E non c'era nulla da fare per porvi rimedio, adesso che era da solo.

Sua madre sembrava distratta dalla sua perdita, come se la malattia fosse venuta per ricordarle qualcosa. Questo era lo sguardo che le infondeva negli occhi: *Oh, me n'ero dimenticata. Come ho potuto dimenticare questa cosa?* Era una persona così dolce.

La madre, Terry, leggeva libri tutto il giorno, anche quando stava bene. Al mattino stesa nel letto, poi scendeva e appoggiava il libro alla teiera, si spostava su una sedia a sdraio in giardino coi piedi divaricati e un braccio slanciato in alto. Se le parlavi mentre leggeva, ti guardava da un'incantevole distanza.

E anche se si potrebbe immaginare che fosse impegnata con due figlie e un marito da gestire, in realtà non era così impegnata. Non le era mai piaciuto cucinare, per esempio, e spesso non lo faceva. L'aspirapolvere prendeva a sua volta polvere in cima alle scale.

Sotto il suo sorriso c'era una sorta di freddezza che poteva essere riservatezza, oppure poteva essere il fatto che Terry perdonava agli altri qualsiasi cosa li rendesse tristi. "Beati i costruttori di pace" diceva la preghiera su un piatto decorativo che aveva appeso alla parete della cucina. Le sue figlie, quando era costretta a letto, litigavano per il diritto di spazzolarle i capelli.

La sorella di Carmel, Imelda, sapeva che aspetto avesse la cicatrice perché la sera medicava la ferita, l'infermiera le aveva mostrato come fare. Imelda entrava nella camera da letto con una bacinella smaltata bianca e un panno piegato, e si voltava a chiudere la porta con un'espressione pia sul viso. In seguito, l'unica cosa che disse a Carmel fu di tenere chiusa la ciabatta.

"Mi hai sentito?"

Carmel non era sicura che la sua bocca fosse una "ciabatta". E inoltre, Imelda le aveva dato uno schiaffo sulla guancia, prima di pronunciare le parole: Mi hai sentito?

Ed era difficile sentirla con lo schiaffo.

"Allora?"

"Allora cosa?"

"Non ci provare, ok?"

"Provare cosa?"

"Non lo fare e basta."

Imelda le mollò un altro schiaffo. E Carmel mise un muso lunghissimo, perché a chi avrebbe dovuto raccontarlo? E che cosa avrebbe potuto dire? Non sapeva nemmeno come si pronuncia la parola "seno". Ci aveva provato un paio di volte nel bagno: *seno*, *seno*, ma le era uscita di bocca tutta sbagliata.

La casa era silenziosissima. Le ragazze litigavano sottovoce. A volte sentivano la madre muoversi e sospirare sul materasso, che emetteva imprevedibili cigolii metallici. Oppure chiamava Imelda, ancora e ancora. Ogni volta, non pronunciava il nome né più forte né più piano della volta precedente.

"Imelda."

"Imelda."

"Imelda."

"Imelda."

Finché Imelda non era lì.

La aiutavano a mettersi seduta, adagiata sui cuscini, contro una testiera in finto noce, con due pomelli intagliati e dorati su ciascun lato. Quando il materasso si infossava, lungo il bordo del letto si apriva una pericolosa fessura dove si poteva infilare il braccio per recuperare libri o altri oggetti perduti – cosa che a Carmel a volte veniva chiesto di fare. Oppure aggiustava la finestra e sistemava la pesante tenda verde scuro per non far finire negli occhi della madre la luce del sole. Poi si sedeva sulla sedia con schienale capitonné accanto all'armadio, se le era permesso di restare. Rimaneva più silenziosa che poteva, rincantucciata tra la vestaglia smessa e i vestiti dimenticati della madre.

Quel giorno, dopo che il padre se ne fu andato, Imelda scese a chiudere la porta d'ingresso e tornò su con il tè. Si chinò sulla madre e le porse una tazza di porcellana attraverso cui brillava la luce. Carmel avrebbe sempre ricordato la linea del tè dorato all'interno e il cerchio bianco del bordo di porcellana. C'era una vaghezza di spazio sopra la tazza e, ancora più sopra, una voluta di vapore.

"Grazie, tesoro. Grazie, Imelda."

Il sole era su quel lato della casa per tutto il pomeriggio. Tramontava, con grande sfarzo, nel pannello di vetro in basso a sinistra.

Dovevano aver messo a posto la casa, anche se Carmel non ricordava quella parte della giornata. Forse l'avevano lasciata così com'era per un po'; i cuscini del divano sparpagliati e tutte le ante della credenza spalancate. Il padre aveva rotto una sedia uscendo dalla porta. Le aveva sferrato un grosso calcio. La sedia era appartenuta alla defunta zia della madre: quella era stata casa sua. Un piccolo oggetto decorativo, la zia aveva cucito un sedile ricamato ad ago con un disegno di fiori su fondo cremisi. Phil aveva spesso deriso la sua delicatezza. "Chi potrebbe sedersi là sopra?" diceva.

In seguito lui avrebbe confessato che c'erano dei problemi nel suo matrimonio. Ancora più tardi, avrebbe detto – come se non potesse sentire le sue stesse parole – che sua moglie si era ammalata e il matrimonio non era sopravvissuto. Lo disse come se tutte le persone in ascolto sapessero che, quando una donna si ammala, il matrimonio chiaramente si deteriora, la relazione non può durare. Carmel glielo vide dire in televisione, in un'intervista registrata alcuni anni dopo, ma l'unica cosa che riuscì a pensare quando la guardò fu: *Eccolo lì. Eccolo lì. Eccolo lì.*

In quel momento Carmel si trovava in un pub di Suffolk Street. Il filmato venne trasmesso quando lei era all'ultimo anno di università al Trinity College e lo beccò per caso, una sera che era uscita a bere con alcuni amici. Per quanto ne sapesse, Phil insegnava in America. Era un poeta di una certa fama, e Carmel non aveva mai davvero capito cosa significasse questo. Naturalmente, andava da sé che il padre era un uomo importante. Sua madre aveva sposato un poeta. Era così che lo chiamava lei, a quelle feste serali dove le persone passavano in rassegna il vassoio dei liquori, considerando il Campari ora che tutto il gin era finito. Lo chiamava "il mio poeta".

"Come sta il poeta?" poteva chiedere il macellaio, o perfino il prete, e Terry adorava tutto questo.

"Come sta il poeta?" ripeteva, a casa, quando raccontava alle ragazze dell'ultimo incontro.

"Oh, sa com'è!" rispondeva lei, quasi che la vita con un uomo del genere ti costringesse ad alzare costantemente gli occhi al cielo.

La madre sapeva così poco del mondo. Terry era stata in un collegio a Dublino, aveva fatto la bambinaia per un anno in Spagna. Al primo anno di università, la squadra di canottaggio l'aveva portata lungo Grafton Street in una barca vera. Un poeta l'aveva invitata a fare una passeggiata, e dopo era apparsa una poesia in una rivista letteraria, con il suo nome proprio lì.

Sulla collina di Killiney
per Terry

Attraverso l'angelica e il ginestrone,
l'olmaria due volte profumata,
spandendo cocco, mandorla,
cardamomo, qualche nota più in là
della circonferenza del mio cuore,
fa risuonare il suo aromatico carillon,
la mia ragazza protestante, giacinto di bosco,
con la gonna che metteva per la domenica

L'aveva corteggiata per tre mesi di fila. Terry proveniva dai ceti commerciali della contea di South Dublin e Phil, che non aveva un soldo in tasca, la seguiva declamando, da una strada all'altra. L'intera città era ammaliata. Una sera lei aveva trovato una poesia sul cuscino e, quando aveva guardato fuori, Phil era in piedi sotto il lampione. Era uscita a baciarlo in camicia da notte e non era mai più rientrata, diceva.

L'aveva conquistata con i versi.

Vivevano come adolescenti, tutti e due. Terry aveva dei soldi di famiglia, ma non abbastanza, e quando si erano esauriti era rimasta solo disorientata. Prima avevano le costolette di maiale, poi non c'erano più. Lei non poteva farci nulla.

Quando aveva compiuto venticinque anni, Terry aveva ricevuto un'eredità e avevano trasferito la loro giovane famiglia in una casa a Dún Laoghaire, una città portuale affacciata sulla baia di Dublino. Lì conducevano una vita di periferia, che, per Phil, era diventata sempre più improduttiva. Trascorreva il sabato mattina a zappare verdure nel lungo giardino sul retro, ed era così che a Carmel piaceva ricordarlo, mentre riempiva i solchi per le patate, con un pettirosso a tenergli compagnia, la giacca appesa sul manico di un forcone a poca distanza.

Il più delle volte, stava per uscire dalla porta, tastandosi le tasche e tornando indietro per prendere qualcosa che aveva dimenticato. Gli piaceva uscire a piedi quando il tempo era bello. Si fermava sulla soglia per scrutare il cielo e, mentre andava alla fermata dell'autobus, rubava un fiore da mettere all'occhiello per esasperare i vicini.

Non lo vedevi mai scrivere. Carmel considerava la sua poesia come qualcosa di totalmente privato. Apriva i libri sottili di suo padre con lo stesso piacere furtivo rimosso con cui avrebbe potuto aprire il cassetto dove c'erano i suoi calzini.

Quella era la magia che induceva le donne a dare baci per strada, in camicia da notte.

Phil, il poeta, aveva ciglia dritte e sonnolente su occhi castani sporgenti e una bocca sottile che giocava sempre con la possibilità di una piccola battuta. Gli piaceva stuzzicarsi il labbro inferiore con uno stelo d'erba. Gli piaceva osservare le persone ed esserne divertito. "Se passi del tempo in mezzo agli animali," diceva, "non c'è molto che possa sorprenderti," e qualcosa nel suo tono faceva sembrare le mucche davvero misteriose e maleducate.

E la sera, se era a casa, la sedeva sulla sua coscia robusta e le faceva penzolare in mano il suo orologio.

"Come stai, mia buona vecchia amica?" gli piaceva dire, e qualcuno – Carmel non ricordava chi – diceva: "È la tua immagine sputata, Phil. È come guardarti due volte."

Carmel aveva vent'anni quando, in un pub di Dublino, alzò lo sguardo e vide un volto stranamente familiare sul televisore a muro; un uomo che aveva i suoi stessi occhi con ciglia da mucca e stava parlando, con rimpianto, della fine del suo matrimonio con la donna che aveva ispirato le sue opere più liriche. È possibile che fosse già un po' sbronza, anche se si sentiva benissimo.

"Zitti tutti. *Zitti.*"

Qualche ora più tardi, era lunga distesa sul pavimento di un'amica in una pensioncina di Capel Street; la mattina dopo, si sarebbe svegliata con del vomito tra i capelli. Ma in quel momento, al pub, quando alzò la testa e vide il suo papà lassù sullo schermo, provò uno sfrenato senso di rivalsa. Levò in alto la sua grossa pinta di birra, e c'era in quel gesto una sensazione magnifica, come se tutte le lenzuola di tutto il mondo fossero state sollevate allo stesso tempo.

"State. ZITTI!" disse. "Quello lassù è mio padre, cazzo."

Lanciarono un'occhiata alla tv.

"Quale?"

"Quello," disse lei.

Forse era il suo accento. O magari era la vecchia giacca sgualcita che indossava. Ma Carmel capì, dai loro occhi sgranati con discrezione, che un poeta di Tullamore era per i suoi amici del Trinity una figura leggermente comica.

"Oh, giusto."

All'una di notte, Carmel era sfatta dall'alcol, e c'era una specie di ipocrisia nella sua tristezza. Se ne compiaceva troppo; si lamentava e piangeva, afflosciandosi tra le braccia dell'amica che cercava di tirarla sul divano da cui era scivolata, dicendo: "Il mio papi. Il mio papà." Era un tradimento enorme – la sua bocca emetteva suoni che la sua mente non tollerava – e la mattina dopo sapeva che non avrebbe più parlato del padre. Il mondo era pieno di persone che non lo conoscevano, se non in veste pubblica. E quelle che lo conoscevano – specialmente lei e sua sorella – non potevano pensarla allo stesso modo.

Litigavano su tutto. A volte era Imelda a dire che lui voleva solo rifare il letto, e Carmel ad affermare che stava perquisendo la madre, convinto che avesse rubato uno stupido orologio da quattro soldi, perché – com'è risaputo – è questo il genere di cose che piace fare alle donne costrette a letto.

Ci fu anche del sesso, quella notte a Capel Street. Non che Carmel fece sesso, ma l'amica che la tirò su dal pavimento, Aedemar Grant, si stufò all'improvviso di lei, perché le stava impedendo di raggiungere il fidanzato nella camera da letto accanto. Carmel si allungò sul divano del soggiorno, sentendosi molto solida. La luce della strada trasformò la parete accanto a lei in un blocco di arancione smorto, il cielo che vedeva dalla finestra era un inchiostro elettrico e insondabile. Un'auto di passaggio aprì un ventaglio di luce bianca sul soffitto e, dopo un po', un'altra auto fece la stessa, sorprendente cosa.

Quando le molle del letto iniziarono a cigolare dall'altra parte del muro, lei avvertì quel suono come un dolore acuto e reiterato al pube, che in un primo momento rimase sincronizzato con gli amanti e poi, per fortuna, fu superato in velocità e si affievolì, come se il suo corpo avesse perso interesse. È possibile che si fosse addormentata. Poco prima del mattino, andò in bagno e vomitò uno zampillo di birra acida e fluorescente.

La volta successiva che il padre venne a casa, non era più estate. Le bende della madre, con le loro macchie orribili che si indurivano, erano scomparse. Difficile dire quante settimane fossero passate – forse solo due o tre. Avevano messo le bende nel bidone dell'immondizia, finché non si era riempito troppo e avevano dovuto ricordarsi del giorno giusto e tirarlo fuori sul marciapiede. Al mattino si svegliarono a un grido della madre – non avevano chiuso bene il coperchio! Così le ragazze corsero in giro in vestaglia nell'alba grigia, raccogliendo garze e ovatta sporche dalle siepi dei vicini. Qualche ora dopo, il bidone fu sollevato da un uomo che camminava lento e impettito dietro il camion e messo giù qualche metro più avanti. Quest'uomo aveva avambracci abbronzati e guanti spessi e sudici da operaio.

Carmel riportò indietro il bidone lungo il vialetto, vuoto. L'interno era ancora incrostato di roba e Imelda la picchiò. Imelda la picchiava sempre e Carmel non poteva gridare, per il bene della madre. Imelda la picchiava senza fare rumore verso l'ora del tè. O la picchiava senza fare rumore quando dovevano mettere in ordine per Deirdre, la moglie dello zio, che veniva a controllare come stavano, bussando in modo energico alla porta di casa, poi varcava la soglia, voltandosi per scuotere un ombrello, prima di attraversare svelta l'ingresso. La zia Deirdre era specializzata in commenti sull'intonaco, che si stava senza dubbio scrostando, e sulle combinazioni di colori, quali che fossero, e sulla cucina che dava sul lato sbagliato, qualunque cosa significasse. In seguito, Carmel capì che era indispettita dalla grandezza della casa. E inoltre, aveva cinque figli suoi di cui occuparsi. Ma all'epoca detestavano totalmente la zia Deirdre. Era una delle poche cose su cui le due sorelle erano d'accordo. Risero per una settimana dopo che lei abbracciò la testa di Carmel.

Carmel era seduta al tavolo della cucina quando Deirdre le afferrò tutto il cranio e lo tirò verso la sua pancia. Lo tenne premuto lì, tanto che Carmel poteva quasi avvertire il suo odore, sotto la gonna, e l'unica cosa che riusciva a sentire era lo scricchiolio della sua guaina e il rimbombo acquoso della sua voce:

"Su, su."

"Su, su."

"Su, su."

"Su, su."

Passò un po' di tempo prima che la zia Deirdre notasse l'assenza del padre – se mai la notò davvero, perché non affrontò mai l'argomento. La madre era troppo malata per discorsi del genere. E poi, a quei tempi, non ci si aspettava che gli uomini ci fossero: la differenza tra sposata e abbandonata poteva consistere nelle sette ore che tuo marito passava a dormire nel letto. O almeno questo si disse in seguito Carmel, quando si chiese in che momento ognuna di loro avesse fatto due più due e le fosse caduto il velo dagli occhi.

E dateci due soldini per seppellire lo scricciolo.

Quanto al cibo, le ragazze vivevano di biscotti, fette di bacon, pane con burro e zucchero. Un giorno che la madre era seduta nel letto e fingeva di avere fame, mandò Carmel dal macellaio per prendere una costoletta "di secondo taglio". Carmel rimase in piedi sul pavimento ricoperto di segatura mentre lui toglieva la cotenna dal grasso della costoletta e alzò lo sguardo sul poster di una mucca, sezionata placidamente per il suo smembramento.

"Dov'è il secondo taglio?" disse. Il macellaio, che aveva sopracciglia scure e una massa impressionante di spessi capelli bianchi, ne scostò alcuni dagli occhi con il dorso di una mano che era escoriata dal freddo, o scurita dal sangue.

Le rivolse uno sguardo azzurrissimo.

"Tu dove pensi che sia?" disse, e lei non capì perché stesse ridendo o quale fosse la battuta.

Se Imelda le dava uno schiaffo troppo forte, Carmel infilava la porta d'ingresso e scendeva sul lungomare, dove bighellonava lungo la strada, in attesa che passasse un treno. Guardava il lato opposto della baia di Dublino e la ferrovia in basso, con le pietre grigie dove ti saresti tagliata, se per caso fossi caduta dal muro. Il sole scendeva obliquo sull'acqua scintillante e lei si diceva che, se il treno fosse arrivato prima della pioggia, sua madre sarebbe guarita. Se fosse arrivata prima la pioggia, sua madre sarebbe morta.

Dopo il rumore e il sollievo del passaggio del treno, andava a casa di Orla Hughes e oziavano nella sua stanza. Orla Hughes era un po' stufa di Carmel, ma sua madre le dava dei panini dolci da portare con sé, che, quando li mangiava, erano ormai densi e umidicci dal contenitore frigoverre. Una volta, quando non c'era nessun altro in casa, il fratellino di Orla fece entrare Carmel e frissero delle banane nel burro per vedere cosa sarebbe successo. Le mangiarono tutte quante.

In quelle giornate, Carmel rientrava svogliatamente a casa sapendo che era rimasta troppo a lungo fuori e presto sarebbe stata picchiata di nuovo. Di solito sulle spalle, ma anche sul lato della testa. A volte così forte che la stanza ci metteva un po' per tornare a posto. E anche se non sopportava quell'ingiustizia, non ne faceva una colpa a Imelda se si lasciava andare alla rabbia, perché qualcuno doveva pur farlo. La rabbia era sempre lì, in attesa dell'una o dell'altra. Quando picchiava Carmel, Imelda riorganizzava il dolore.

Ed era anche una specie di rivelazione. Dopo, il mondo era luminosissimo.

Naturalmente Imelda si rifiutava di ricordare di averla mai "picchiata". L'unica cosa che riusciva a dire di quel periodo era che Carmel era *una tale* piaga. Questa era la parola che usava. Una "piaga".

Passò. Anche questo andava detto. Le ragazze furono bravissime. Furono incredibilmente brave. Erano ragazze straordinarie. La madre venne a casa dall'ospedale alla fine di giugno, e a metà agosto era già in piedi, vestita di tutto punto ogni giorno. Si sdraiava sul divano, o si sedeva sulla poltrona al piano di sotto, dove Imelda le metteva un cuscino sulle gambe, in modo che potesse tenere il libro sollevato. Si alzava da sola dalla poltrona.

Imelda ottenne nove punti all'esame di maturità mentre puntava ad averne ventitré e pianse per la prima volta che Carmel ricordasse. Chiuse la porta della sua camera da letto e ululò come una sirena.

Qualche giorno dopo, portò Carmel in un negozio di Dún Laoghaire per comprare i suoi libri di scuola. Dovettero fare la fila per tutte le scale e consegnare la lista a un bancone al piano di sopra. In una stanza dietro il bancone, i commessi corsero da uno scaffale all'altro per portare i libri e spuntare la lista, finché non ce ne fu una bella pila, ognuno di dimensioni diverse, con un odore e un colore diverso. Prima di poterli reclamare, Imelda dovette scrivere l'importo su un assegno che prese da un nascondiglio segreto sotto i vestiti, e questo provocò altri avanti e indietro frettolosi, mentre loro bloccavano l'intera fila.

Un uomo si avvicinò e indicò la firma sull'assegno.

"Chi è questa?"

"È mia madre."

"È la sua firma? Voglio dire, quello è il suo nome da nubile?"

"Come, scusi?"

Carmel era mortificata mentre riscendeva le scale e non era sicura, dopo, se odiare i nuovi libri o amarli comunque. Poi di punto in bianco suo padre era a casa, infilò semplicemente la chiave nella porta. Avvenne giorni dopo. Era venuto "per un assegno", o almeno così gli sentirono dire dopo che le ebbe mandate via dalla stanza per parlare con la madre da solo. Carmel ebbe il sospetto improvviso che avrebbe perso i suoi nuovi libri di scuola per la stupidità della madre. Ma certo. Era venuto per riportare i libri al negozio.

L'altro sentimento che provò fu più doloroso. Era la speranza che il padre circondasse con un braccio la madre per portarla di sopra, come ora Imelda era costretta a fare. Carmel lo vide con tale chiarezza da convincersi quasi che fosse accaduto. Sua madre con la mano buona sulla ringhiera, suo padre con il braccio intorno alla vita sottile di lei. Lentamente avanzavano, il lato leso di lei protetto dal corpo di lui mentre la sorreggeva, un passo strascicato seguito dal successivo.

Le persone spesso dicevano a Carmel che non aveva immaginazione (*Santo cielo, Carmel, non hai nessuna immaginazione*), ma quando vide tutto questo – e lo vide in maniera molto vivida – capì che lui le aveva lasciate. O capì che quell'allontanamento era possibile. Tuo padre, che ha aperto la porta e ti ha trovato sulla soglia mentre la cicogna volava via, tuo padre, al quale eri stata *data* quando eri una bebè, poteva andare alla fermata dell'autobus, allungare la mano per fermare il 46a e scomparire per sempre. E cosa ne era allora di te?

Nessun altro aveva perso il padre. Non era una cosa che succedeva alle ragazze a scuola.

Dopo un breve parlottio lamentoso proveniente dal salotto, uscì di nuovo, con il cappotto ancora indosso. Si voltò per chiudersi la porta alle spalle in modo umile e pratico – come un uomo che esce dal medico. E infatti si diresse piano verso la porta d'ingresso, zoppicando leggermente.

Carmel e Imelda erano sul primo pianerottolo e, anche se Imelda cercò di trattenerla, Carmel corse giù per le scale per andargli dietro.

"Papà. Papà!"

Il cielo stava allestendo il suo tramonto sopra le case di fronte.

"Dove sei?" disse, che era una cosa strana da chiedere. Cosa intendeva dire?

Lui la guardò.

"Ecco il mio uccellino. Vuoi una beccatina?"

Carmel era un po' cresciuta per una beccatina, che era la parola che papà usava per un bacio, o il tentativo di un bacio. Il tuo dovere di figlia era divincolarti da una beccatina, una manovra che iniziava con una lotta e finiva con te che perdevi, lanciando grida stridule, contro le labbra stampate di papà. Ma per quella beccatina, Carmel riuscì solo a curvarsi all'altezza del fianco. I suoi piedi erano incollati al pavimento mentre inclinava il busto per allontanarsi, e quando lui la prese sul lato della faccia, il bacio la percorse tutta tracciando un arco, dall'alto in basso.

"Fai la brava adesso," disse.

Dopo quella volta, Carmel rivestì i libri di scuola con carta da pacchi. E non tardò molto a stancarsi di sua madre e di Imelda, di come passavano tutte le loro giornate a gingillarsi. Né, d'altra parte, c'è bisogno di dire che quando Carmel ebbe la sua bambina, molti anni dopo, non la diede a nessun uomo. Sarebbe stato come tendere le braccia e lasciarla cadere proprio lì, sul cemento. Quando Carmel ebbe la sua bambina, uscì da lei in silenzio, e la guardò in silenzio, e quando la misero all'altro capo della stanza, lei disse: "Riportatela qui." Può darsi che lo disse a voce piuttosto alta. Perché quella bambina era sua, e solo sua.

Scricciolo, scricciolo
per Carmel

bacca
sguardo
foglia
tramutatasi
in uccello
che filò
dalla siepe
alla mano
era mia

lo scricciolo
sbucò
dalla coppa
del mio pugno
ed era immobile

l'occhio suo, luce viva e sincera
per il mio vasto occhio
il pulsare
del suo battito
estatico

lo scricciolo lo scricciolo
era panico
di aria piumata
nella mia mano semischiusa

così feroce e leggero
che non avvertii
la spinta
della sua ascesa
lontano da me

in un balenio d'amore, all'amore
indistinguibile
il mio palmo punzecchiato,
il mio cuore incapace di volare
del peso del suo amore
sollevato. E, oh,
la mia vita, mia figlia,
il cielo lontano è freddo
e azzurrissimo.

All'inizio della primavera del 1985, alcuni mesi prima dell'esame di diploma di Carmel, un uomo risalì il vialetto un sabato mattina e bussò alla porta. Le donne dentro erano tutte completamente vestite – nessuno, a quei tempi, girava in vestaglia. Così quella persona fu accolta nell'ingresso da Imelda, che indossava scarpe con un tacco medio, come ci si poteva aspettare alle undici di un sabato mattina, nell'Irlanda del 1985. Il visitatore era un piccolo poeta, con un grande cappotto. Le sue pupille erano così enormi da divorare l'iride. Questo poeta aveva ricevuto l'incarico da altri poeti, in Irlanda e in America; lo avevano inviato a casa perché era il poeta giusto per quel compito. Si chiamava Harvey – che non sembrava un nome poetico, ma in fondo nemmeno "Phil" lo era, a pensarci bene. Carmel raggiunse Imelda nell'ingresso mentre Harvey si presentava come un amico del padre e diceva, con voce sommessa e persuasiva, che era venuto per parlare con la madre, aveva la più triste delle notizie. E in effetti, eccola lì, in piedi sulla porta della cucina. Harvey si diresse rapidamente verso di lei e, anche se Carmel non riuscì a sentire le parole che usò, udì il piccolo grido acuto di risposta della madre.

Molte settimane più tardi, dopo un infinito trambusto e costose telefonate, si recarono alla camera ardente dell'aeroporto di Dublino per caricare la bara e seguirla fino a Tullamore. Il carro funebre procedette lento per un tratto e, da un certo punto segreto in poi, iniziò a sfrecciare sulla strada. Prendeva le curve così veloce, che Carmel si fissò un pochino sull'estremità quadrata della cassa che spariva davanti a loro. Quell'inseguimento andò avanti per tre ore, poi il carro funebre inchiodò sui freni e gli furono di nuovo praticamente addosso. La gente si voltò a guardare. Un uomo si tolse il cappello e fece un cenno con la testa proprio a lei, attraverso il vetro. Una donna era in piedi accanto al muro di un giardino con i figli schierati in fila, e si fecero tutti il segno della croce mentre le auto sfilavano a passo d'uomo. Nel centro di Tullamore, i negozianti stavano davanti alle vetrine con le saracinesche abbassate a metà, i pedoni si segnavano e, quando si voltò a guardare indietro, Carmel vide quelle persone scendere dal marciapiede per seguire il corteo, come zombie. Questo fu ciò che disse in seguito ad Aedemar Grant, era una notte dei morti viventi della provincia irlandese. Quelle persone, con le loro giacche a vento e i loro berretti di tweed, erano gli abitanti di un luogo che Phil McDaragh aveva denigrato – aspramente criticato – nei suoi versi, una città che si era rifiutato di visitare dopo la morte di sua madre. Eppure le persone del posto erano venute, come declamò poi il sacerdote, per dare il bentornato al loro poeta.

Quando presero posto in chiesa, nell'altra panca in prima fila c'era un uomo in uniforme militare; assurdamente bello e con un elaborato cordoncino che gli si avvolgeva attorno a una spalla. Era stato mandato, a quanto pare, dal presidente dell'Irlanda. Si avvicinò per stringere loro la mano e fare un rapido, commovente saluto militare, e Carmel avrebbe voluto chiedergli se pensava che Phil fosse bravo, come poeta. Perché nessuno della sua età pensava che fosse bravo, era solo un esempio di qualcosa. Tutta quella scena era un esempio di qualcosa. C'erano alcune donne con il capo coperto da un foulard e circa quattrocento uomini di mezza età, molti dei quali avevano iniziato a divertirsi proprio lì nella chiesa.

Sua madre e Imelda erano avvolte in mantiglie nere abbinate, sotto le quali maneggiavano piccoli fazzoletti con gli angoli ricamati, mentre Carmel si attenne a un pacchetto di Kleenex e alla verità. Era circondata da ipocriti; soprattutto sua madre e sua sorella, ma anche il bugiardo che stava parlando là sull'altare e i vari bugiardi che vennero a stringere loro la mano prima di andare al pub a farsi sciogliere la lingua per il funerale del giorno dopo. Formarono una coda lenta e strascicata, un uomo dopo l'altro, che serrarono e lasciarono andare la sua mano piccola. Carmel sentì la seta della pelle mentre si ritiravano; negozianti e avvocati; il palmo fresco di un contadino, con la pelle spessa come la pianta dei suoi piedi.

Anche suo padre Phil aveva mani callose. Passava ore nel giardino sul retro a trafficare con la sua lunga pala, e lei avvertì un senso di quel duro lavoro sfiorarla brevemente nella compassione di un uomo che si spostava lungo la linea da Carmel a Imelda a Terry, mormorando e assestando piccole pacche. Una donna con un soprabito di nylon frusciante color giada si fermò davanti alla madre, obbligandola a sollevare lo sguardo. Terry si alzò dalla panca per salutare e abbracciare quella persona e tutta la chiesa notò il gesto. Una vecchia, con le caviglie storte sopra le scarpe con i lacci.

La donna era – Carmel lo scoprì davanti ai tramezzini in albergo – la prima fidanzata di Phil, il soggetto di una delle sue primissime poesie, *Il rampicante.* Si presentò di nuovo al funerale la mattina dopo con lo stesso vecchio impermeabile. Una comune donna di campagna con i capelli grigi ben raccolti sotto un foulard da messa. Quella era la "vergine che dissoda il campo" di Phil. Mezza contea poteva leggerlo nella biblioteca locale, su una pagina che si apriva a un semplice tocco. E potevano anche leggere, se avevano abbastanza immaginazione da vederlo, che i suoi capezzoli avevano il colore dei fiori di caprifoglio. Carmel non riusciva a dimenticare quel verso. Le tornava in mente ogni volta che guardava una siepe. E il problema era che il caprifoglio aveva una quantità di sfumature diverse, stava a te scegliere. Carmel guardò i bulbi dell'impressionante petto della donna, che premevano contro il soprabito sottile. Poteva avere cinquantasei o cinquantasette anni, anche se a Carmel sembrava mezza morta. Sembrava inscopabilmente vecchia.

E non era la sola. Carmel ne individuò altre nella chiesa affollata via via che tutto l'affare della morte procedeva; un grande e sofisticato cappello nero, una bella donna, gli occhi arrossati dal pianto; lampi di fascino o di dolore che erano fuori luogo in quella lugubre congregazione. Quelle donne le provocarono una piccola stretta improvvisa al petto, che poteva essere orgoglio. Suo padre era un uomo affascinante. Il vecchio, tracagnotto Phil, con la tosse grassa e l'alito di sigaretta; le belle ciglia dritte, ormai completamente immobili.

Aveva lasciato il segno.

Una volta aveva scaraventato una ragazza in strada, in camicia da notte, o l'aveva "buttata fuori" in strada. Glielo disse un uomo, all'albergo. L'uomo aveva un whisky in una mano e un tramezzino triangolare nell'altra, e non sapeva con chi stesse parlando.

"Roba da disperati," disse.

Doveva essere la storia di sua madre uscita a baciare Phil in camicia da notte, pensò Carmel. Era stata alterata dai pettegolezzi, distorta nel corso del tempo.

"E perché mai lo avrebbe fatto?" disse, e l'uomo emise un breve suono occlusivo simile a una risata.

"Puah!"

Una donna aveva bussato alla loro porta d'ingresso, alcuni anni prima. Era successo una sera d'inverno, all'ora in cui il lattaio veniva a ritirare i soldi. Ma non era il lattaio. Terry aveva aperto la porta e sentito una voce di donna nell'oscurità. C'era stato un mormorio basso, che si era trasformato in litigio. La donna voleva entrare dentro, nell'ingresso.

"Non vogliamo gente della tua risma," aveva detto Terry. "La gente della tua risma non ci interessa qui." E aveva spinto la porta in faccia a quella persona, chiunque fosse, finché non si era chiusa del tutto con uno scatto.

"Chi era quella?"

"Nessuna di particolare," aveva detto Terry, intendendo l'esatto opposto.

Le ragazze erano rimaste molto colpite dal modo in cui la madre, di solito così dolce, aveva sfoderato gli artigli al momento giusto. Le aveva protette tutte e tre.

Avevano sbirciato da dietro le tende e visto la donna al cancello, che guardava indietro verso la casa. Aggrappata alle sbarre con guanti di lana rossa.

Ora, pensò Carmel, probabilmente si trovava nella congregazione dietro di loro. Probabilmente *Nessuna di Particolare* avrebbe camminato dietro il carro funebre di Phil insieme a tutti gli altri. Non c'era nulla che glielo impedisse. Poteva seguirne il cadavere attraverso la città fino al cimitero, fino al ciglio della sua fossa.

Cosa avrebbe fatto dopo? Ci si sarebbe gettata sopra, mentre lo calavano? Avrebbe rivolto lo sguardo al cielo lasciando cadere la terra?

C'erano stati un paio di anni in cui l'assenza di Phil era passata stranamente inosservata alle donne di Dún Laoghaire. La sua posta continuava ad arrivare nella cassetta delle lettere. Una pila di buste si era accumulata per mesi sul tavolino nell'ingresso, finché Terry non aveva perso la pazienza e le aveva buttate tutte nella spazzatura.

Un giorno Carmel era tornata a casa da scuola e aveva trovato una cartolina col suo nome sul retro. Sul davanti c'era un nudo astratto fatto di segmenti blu. Un messaggio, scritto chiaramente da Phil nella sua grafia piena di sgorbi, diceva: "Ho appena visto questo. Matisse così gioioso e il tipo migliore di [parola illeggibile], colore danzante!!!! Con affetto, papà." Lo contemplò a lungo. Il suo occhio interrogò la lunga curva della coscia e il busto snello. I seni erano rimboccati sotto le ascelle e Carmel non pensava che fosse naturale avere dei seni così in alto, e nemmeno pratico. Ma la forma era molto fluida ed elegante. Il timbro postale diceva "Cannes". Sua madre suggerì – forse per dispetto – che sarebbe potuta andare a stare da lui in Francia, se mai le avesse mandato un indirizzo, e questo confuse Carmel ancora di più. Come avrebbe fatto ad arrivarci?

Un'altra cartolina era giunta più tardi quello stesso anno. Vi era raffigurato un mulino a vento bianco con una pala scheletrica e sotto, in corsivo, la scritta "Mykonos". Stavolta era indirizzata alla famiglia McDaragh e rispondeva a una domanda che nessuna di loro gli aveva fatto: "Miglioro di giorno in giorno qui, le campane risuonano sull'acqua e il piccolo bar ha una tettoia ricoperta di vite con foglie che cadono fluttuando qua e là. Uva! Hic!" Il tutto era illustrato da un allegro disegnino di un bicchiere da martini inclinato con un'oliva da cocktail. "Eternamente vostro, papà."

Nessuna di loro ne fu molto entusiasta.

Di punto in bianco, due anni dopo, una lettera di compleanno.

"Cara Carmel, hai sedici anni. Lo trovo difficile da credere e troppo bello per crederci. Hai sedici anni, e anche se hai preso da me nell'aspetto, so che devi essere bella perché lo sei. Manda una fotografia al tuo vecchio papà, nell'ultima che ho sei ancora il mio uccellino."

Carmel cambiò posizione sulla panca di legno. Indossava dei collant neri che si era fatta prestare da Imelda, il cui guardaroba era sempre pronto per un funerale, ma erano troppo piccoli e si sentiva il corpo compresso e pieno di sangue, come una zecca.

"Non più, pastori tristi, non più lacrime, / Licida che piangete non è morto." Un poeta di Cork era salito sul pulpito e stava pronunciando un elogio funebre. Afferrò il parapetto di legno, si appoggiò all'indietro e chiuse gli occhi.

"Nacque, ultimo di cinque figli, in una casupola di pietra nel paesino di Killiskea. Nacque in una stanza, come racconta la poesia, mentre nell'altra la giornata della famiglia proseguiva.

La paglia del tetto è ormai marcita, i muri sono crollati, ma le sue parole sono ancora con noi."

Aprì gli occhi e si sporse verso di loro sorridendo, come se non pensasse sul serio una sola parola di quello che aveva detto. Pareva dovesse fare l'occhiolino da un momento all'altro.

"Phil McDaragh è stato il miglior poeta d'amore della sua generazione. La sua prima raccolta, *Il rampicante*, è un fiore lirico colto in un fossato, la successiva, *Dormire col nemico*, è una disputa con la stessa lingua inglese. *Migrazioni*, la terza, è un'ode all'errante anima umana."

Da come ne parlava, sembrava che Phil non avesse abbandonato la sua famiglia, ma fosse partito in viaggio per il suo lavoro. Phil se n'era andato a discutere con Dante o con Ovidio, perché qualcuno doveva pur farlo. Se suo padre avesse smesso di scrivere poesie, sarebbe successo qualcosa di terribile. Il velo della realtà si sarebbe lacerato.

L'ultima delle sue opere era stata la più dolce. Scritta in esilio, *Versioni* era un volumetto di poesie tradotte dall'irlandese, che parlavano in tono schietto e modesto dei cuori sciocchi degli amanti di tutto il mondo. Sarebbero state ricordate per la loro tenerezza, la loro ricca semplicità e umile generosità.

> Sul mio petto posa la tua testa bruna,
> la tua bocca di miele che profuma di timo

"Ogni città ha bisogno di un poeta," disse il poeta di Cork. "Per potersi sentire importante. Per potersi sentire immortalata in eterno."

A quel punto, lei non riuscì a resistere oltre. Carmel si voltò a guardare la moglie americana, che si trovava tre file dietro di loro, e stava sfogliando il messalino appositamente stampato. Perché, come tutti in chiesa sapevano e nessuno sapeva come dire, il divorzio estero di Phil era stato seguito nel giro di poche settimane da un matrimonio estero nel municipio di New York.

Questo fatto non fu menzionato da nessuno sull'altare, di certo non dal poeta di Cork, anche se il sacerdote assunse un tono di voce "particolare" per dire "e tutti quelli che Phil amava, compresi i suoi cari amici oltreoceano".

La moglie americana indossava una gonna e una giacca di bouclé nero – molto più belle di quelle di Terry – vestiva come Jackie Kennedy. Era arrivata insieme a un paio di americani alti che portavano un trench color camoscio tipo agenti della CIA (anche se in realtà erano pure loro poeti). Era pallidissima e non piangeva. Quella donna esisteva e non esisteva. La seconda moglie di Phil – la sua attuale e vera vedova – teneva la testa bassa, perché un forte istinto e quella era l'Irlanda, un paese in cui il divorzio non era legale, era troppo impoetico. La cosa incredibile era che l'avessero lasciata scendere dall'aereo.

Eredità

Sono di Tullamore, figlio
D'un faccendiere, perciò conosco
L'utilità di un buon avvocato,
Il valore del non dir nulla,
Il prezzo dell'amore perduto
O conquistato. Cui si aggiungono
Il costo del matrimonio moderno,
La conta quotidiana per il commesso viaggiatore
E il sacerdote: dieci Ave Maria
Ventidue Gloria al Padre.
Conosco il colpo di martelletto
Sulla pietra dell'altare, vento alla porta,
Cenere nel focolare,
Un corpo estraneo nel letto,
La sponda del suo ventre,
La cassaforte chiusa del suo cuore.

Cara Carmel,

hai sedici anni. Lo trovo difficile da credere e troppo bello per crederci. Hai sedici anni e, anche se hai preso da me nell'aspetto, so che devi essere bella perché lo sei. Manda una fotografia al tuo vecchio papà; nell'ultima che ho sei ancora il mio uccellino. Non passa giorno che non senta la mancanza tua e di tua sorella, e le cose che raccolgo in me qui sono scelte per te, la gioia di Matisse, quella carta da parati cremisi, gli spicchi di blu. In Italia ho girato per una galleria e osservato due bambine che guardavano la bellezza schierata in bell'ordine, i loro piccoli visi che se ne impregnavano, un'ansia tesa in una di loro (ma quella sarebbe più tua sorella), tu sei stata sempre una bambina giudiziosa, cara Carmel, e penso che sapresti molto giudiziosamente cosa stai guardando quando lo vedi. Tale è stata l'infinità del mio fallimento ai tuoi occhi (sinceramente sì) che vorrei tu rivolgessi quello sguardo infinito ai maestri degli Uffizi dove mi trovavo quel giorno, soprattutto i Bronzino. Sono un'anima errante che è ancora impastoiata in te. Vivi con grazia. Vivi bene. Hai sedici anni ora, e non lo senti, ma il mondo è tuo oggi come non lo sarà mai più. Possiedi la tua giovinezza e ogni cosa che ne deriva. È tutto tuo. Tutto. Prenditi cura di tua madre, lei conosce il mio cuore. Non fare la brava, lei ti dirà di fare la brava, ma non ce n'è bisogno. Mia cara, carissima figlia. È tardi ora e sto guardando un mare buio e scintillante, a ovest, dove sei tu.

amore eterno

papà

Dopo l'esame di diploma superiore, Carmel frequentò un corso di certificazione TEFL di sei settimane nel centro di Dublino, poi prese un aereo e andò in Italia. Cominciò a Pisa all'inizio di settembre, poi si trasferì a Milano qualche mese più tardi, quando a Pisa le cose andarono storte da più punti di vista. Ma Milano era una città aziendale e noiosa e, dopo tre mesi lì, accettò un altro lavoro a Firenze, rendendosi conto, mentre vedeva uno stormo di piccioni levarsi in volo sopra la statua del David in piazza della Signoria, che gli italiani la facevano diventare matta. La guardavano come se qualcosa in lei non quadrasse. Perché era così rozza? Perché era così risoluta e allo stesso tempo così impacciata? Per favore, sembravano dire. Per favore.

Frequentava altri insegnanti di inglese, che venivano da Nottingham, Waterford e Londra: una banda nomade di giovani che facevano baldoria su e giù per la via Fiesolana, innamorandosi e disinnamorandosi. Nei weekend finivano in un locale chiamato Bluebird, che sembrava non chiudere mai, e bevevano un vino rosso aspro in bicchieri piccoli e spessi finché il rumore delle saracinesche che si alzavano per un nuovo giorno non li disperdeva e se ne andavano a letto. Una volta o due, raccontò a qualcuno i pochi dettagli sopportabili della fine della sua infanzia e rimase stupita, quando la incontrarono alla luce del giorno, constatando che i loro occhi non erano affatto cambiati – nonostante l'enormità della sua storia. Forse se ne infischiavano.

Ma una ragazza la circondò con un braccio alle due del mattino nell'aria della notte italiana e pianse. Si chiamava Vittoria. Il giorno dopo, a pranzo, depose un rametto di fiori sull'orlo del piatto di Carmel e il cuore di Carmel traboccò come un secchio rovesciato. Rimasero a lungo sedute, a bere un espresso e fumare sigarette pesanti e, per quante volte l'italiana si portasse alle labbra la tazza minuscola dal bordo grosso, sembrava che rimanesse sempre un po' di caffè.

Vittoria sapeva mangiare, sapeva vestirsi, sapeva vivere. Era così aggraziata in tutti i suoi gesti che Carmel faticava a capire cosa provasse davvero per la sua nuova amica. Questo, in ogni caso, fu quel che si lasciò sfuggire una sera tardi all'Elba, dove la comitiva si era recata per le vacanze di Pasqua.

"Non mi fido di te," disse.

"Cosa?"[1]

Stavano in una grande casa sul lato nord dell'isola che apparteneva alla famiglia di Vittoria. Durante l'inverno non ci abitava più nessuno: c'erano vecchie lenzuola negli armadi, sandali di cuoio induriti in un angolo, i quadri alle pareti raffiguravano fiori disposti in un cesto e i pavimenti erano di pietra fredda e consumata. Qualche bestia si stava accoppiando tra le travi del tetto e nessuno riusciva a dormire. Di pomeriggio, quattro

[1] In italiano nel testo. (*N.d.T.*)

di loro scendevano a piedi fino al villaggio, che non aveva una spiaggia, e mangiavano crostatine alla crema cosparse di pinoli, prima di comprare provviste e vino da portare su in cima alla salita. L'ultima sera Vittoria preparò un grande stufato con fagioli bianchi e i pezzi di maiale sbagliati. Bevvero brandy e ballarono su una cassetta di Johnny Hallyday, perché fu l'unica cosa che riuscirono a trovare. A un certo punto, Vittoria si lasciò cadere accanto a Carmel sul divano di giunchi e si voltò verso di lei con un sorriso. Allungò una mano verso i capelli dell'amica e Carmel indietreggiò di scatto.

"Cosa c'è?"[2]

Ci volle qualche istante prima che Carmel trovasse la cosa enorme che doveva dire.

"È solo che non so se posso fidarmi di te," disse. "Non mi *fido* di te, capisci?"

Vittoria le lanciò un'occhiata perplessa.

"Oh Carmel," disse, dando serio peso a ogni sillaba del nome della ragazza irlandese. E poi sorrise.

Tornate a Firenze, gli espressi divennero meno frequenti. Vittoria andava ogni giorno dopo le lezioni alla piscina pubblica, un luogo dove Carmel non poteva assolutamente seguirla.

"Vieni in piscina!" diceva, come se non sapesse che Carmel era irlandese e avrebbe preferito morire piuttosto che condurre una conversazione da bagnata. Tuttavia, era capace di fare baldoria fino a tarda notte e, all'inizio di giugno, ci furono una serie maldestra di fatti col fidanzato di Vittoria – anche se allora, tecnicamente parlando, non era il suo fidanzato. E anche se il sesso

[2] In italiano nel testo. (*N.d.T.*)

fu, tecnicamente parlando, sesso, fu stranamente vuoto – Vittoria non era "lì", com'era stata "lì" durante il flirt mesto e piacevole che aveva preceduto l'atto fisico. Accadde nella mansarda di Carmel, che era calda e stagnante dell'odore di pizza e di un non ben precisato marciume, oltre che di qualche fiore bianco che aveva attecchito nel canaletto di scolo esterno.

"Non ti muovi tanto," disse lui alla fine, evocando Vittoria – che, presumibilmente, si dibatteva come un cigno morente – e dopo che se ne fu andato, Carmel ascoltò i suoi passi salire dalla stradina sottostante.

Il sesso non era così interessante come le persone che lo facevano, decise. Era quasi l'opposto di una relazione. Di certo, era spesso la fine di una relazione.

Poi Vittoria lo scoprì.

"Sei tu," sibilò. "Sei tu quella di cui non ci si può fidare."

La sua rabbia fu così grande e plateale da dare un po' le vertigini a Carmel. Vittoria aveva scaricato quel tipo prima del viaggio all'Elba. E ora piangeva perché qualcun altro lo voleva. Lacrime vere. Girò il viso verso la luce, in modo che si vedessero.

"Oh vaffanculo, Vittoria," disse Carmel. "Non era nemmeno bravo."

Ma la solitudine lievitò dentro di lei mentre camminava in quel magnifico forno che era Firenze a giugno. Gli occhi dei suoi amici sembravano cambiati a causa del non reato che aveva commesso; rubare qualcosa a Vittoria, anche se Vittoria se ne era già sbarazzata.

Il pomeriggio prima di andarsene definitivamente, Carmel si recò per la prima volta agli Uffizi. Le valigie erano quasi pronte e più tardi, quella sera, sarebbe passata al Bluebird per dare i suoi saluti enfatici e fasulli. Nel frattempo, si perse nel magnifico caos del Quattrocento. Così tanti colori: corallo e cobalto, ocra e oltremare. Era arrivata in Italia – davvero, finalmente – proprio il suo ultimo giorno.

Le ci volle un po' di tempo per notare le statue, perché erano bianche. Percorse un lungo corridoio fiancheggiato da busti antichi di importanti uomini di mezza età, che sembravano proprio uomini di mezza età moderni. Una piccola galleria era piena di figure solide e spettrali, alcune serene e arcigne, altre protese in un gesto di terrore o di supplica. C'erano drammi convulsi di inseguimento e cattura, ninfe bloccate in una pausa eterna prima del bacio. Al centro di una sala tutta sua si trovava un blocco di marmo dal quale si incurvavano e cadevano le natiche simili a una pesca, perennemente immobili, di una donna addormentata. Un unico turista stava studiando il lato anteriore dell'opera e quando Carmel si avvicinò a sua volta per guardare, in modo furtivo, la parte inferiore della figura, vide un semplice seno esposto, e un altrettanto semplice cazzo con le palle.

Fuori, cercò di respirare, ma l'aria ancora soffocante non le diede tregua. Andò a sedersi sotto la tenda di un bar costoso, pensando che sarebbe stata l'ombra a mancarle e non il sole. Le sarebbero mancati gli atri, i cortili e le piazze, la penombra accuratamente protetta dove le persone vivevano la loro vita. L'Italia era uno strano miscuglio di spazi meravigliosi e *roba* pacchiana. Le opere alle pareti degli Uffizi non erano brutte, ma avevano ispirato un'enorme quantità di bruttezza, e questo non le sarebbe mancato.

Più tardi, nella sua mansarda, cercò di scrivere un ultimo biglietto a Vittoria. Il primo foglio di carta strappato le procurò una sottilissima angoscia, ma quando fece in tanti piccoli pezzi la seconda bozza, quello che sentì fu il suono della sua stessa indifferenza. Trovò difficile preoccuparsene.

L'intero episodio non fu tanto una storia d'amore, quanto una rottura con una donna che la faceva sentire voluta o non voluta – e sarebbero passati molti anni e alcune liti prima che potesse affermarlo come una verità su se stessa: a Carmel piacevano gli uomini, si poteva perfino dire che li preferiva, ma sembrava avere problemi ad andarci a letto e la sua vita affettiva era piena di donne con cui non andava d'accordo.

Arrivò a casa dopo un anno d'assenza; con lo zaino pieno di prendisole di cotone che puzzavano di chiuso, infradito malandati e sciarpe scelte male. Se avesse sentito un'altra parola di italiano, disse, sarebbe esplosa.

La casa di Dún Laoghaire era inspiegabilmente immutata. Presero tutte il tè in cucina, poi Carmel salì al piano di sopra per fare un bagno. Tirò fuori dall'asciugabiancheria un telo che aveva dimenticato e quando scese in salotto, pulita e calda, le trovò sulle stesse poltrone di quando se n'era andata un'ora prima – e anche un anno prima. Sua madre e sua sorella: una donna e una donna che le assomigliava sedute insieme, tanto vicine da potersi tenere per mano. La tv era accesa. Il grande tappeto era un labirinto cinese di grigio talpa e rosa pastello, le poltrone erano di chintz a fiori, le tende di velluto sintetico azzurro Gainsborough. Loro sedevano nel bel mezzo di quella follia: cardigan verde e cardigan marrone, gonna e gonna, scarpe marroni, scarpe nere.

Perché non vi tenete per mano?

Per Carmel era evidente che non si erano affatto mosse, in un anno in cui lei si era mossa così tanto: c'erano stati così tanti avvicinamenti e allontanamenti, così tante persone e addii. Quelle due sembravano bastarsi a vicenda. Imelda stava terminando il suo dottorato allo UCD. Tornava in bici ed era a casa per le cinque, ora in cui preparava un tè leggero. Nessuna delle due mangiava molto, e il cibo che mangiavano era misteriosamente cattivo – carne in scatola, pane in cassetta, vaschette di insalata di cavolo. Tutto questo veniva servito da Imelda su tovaglie bianche, usando piatti di porcellana, come se fosse qualcosa di speciale. Sedevano insieme prima in una stanza e poi in un'altra. Mangiavano e si alzavano, lavavano e asciugavano, accendevano la tv, si lamentavano della tv, spegnevano la tv e si spostavano, da un interruttore all'altro, al piano di sopra per mettersi a letto. Dormivano bene – a quanto se ne sapesse – e si svegliavano per rifare tutto da capo.

Imelda si occupava della madre come se fosse già un ricordo, o una specie di lavoro in preparazione. Quando il cancro si ripresentò, divenne chiaro cosa stavano aspettando. La madre impiegò diciotto mesi a morire, un periodo che era in gran parte indescrivibile per Carmel, perfino mentre accadeva.

A quel punto, aveva un lavoro in una scuola di lingue nel centro di Dublino. Le lezioni terminavano alle quattro e mezzo, dopodiché Carmel prendeva il treno per Dún Laoghaire, aspettando il momento in cui avrebbero superato case e giardini per sbucare lungo il margine della baia di Dublino. Certi giorni le onde montavano infrangendosi contro il muro presso i binari. Altre volte, la sabbia si estendeva fino all'orizzonte, demarcato da un sottile, scintillante filo di mare.

Carmel percorreva a piedi il chilometro dalla stazione a casa ed entrava per dare il cambio alla badante. Sistemava quello che c'era da sistemare, si sedeva accanto alla madre, prima al piano inferiore e, qualche mese dopo, nella sua camera da letto di sopra. La aiutava ad alzarsi dalla poltrona, e poi dal letto, tirandola su da sotto le braccia, spostandola verso il cassettone, sollevandola dal vaso da notte in un abbraccio malfermo, cercando di non far cadere la donna sofferente, mentre barcollavano verso il letto.

Quando Imelda rientrava, Carmel scendeva al piano di sotto e faceva un bucato, lavando o piegando o portando dentro gli asciugamani e le lenzuola della madre, poi prendeva il treno per la città, guardando di nuovo la marea, che era vicina o favolosamente lontana; l'acqua che avanzava precipitosa verso di lei sulle sabbie piatte, o scivolava via.

Un pomeriggio alla casa di cura, Terry – incredibilmente – si alzò a sedere sul letto. Guardò prima l'una e poi l'altra figlia come se fosse sorpresa di trovarle così cresciute, e fece loro delle domande alle quali risposero in un impeto di stupore. Era di nuovo se stessa. Perfino la sua voce era forte.

Terry disse che "Oh!" aveva sognato la Spagna; il periodo trascorso come ragazza alla pari a Palma di Maiorca, quando aveva appena finito la scuola.

"Non era per niente come la Spagna turistica, era come – non avete idea – tutte quelle regole e quelle buone maniere e non ti dicevano mai quali fossero. Tutti quanti, la vecchia contessa e la cuoca, o comunque la chiamassero, che vivevano nel più grande stato di disapprovazione, perfino i bambini mi guardavano come se non ne sapessi nulla, e naturalmente era così. Un pomeriggio uscii mentre in casa dormivano tutti, volevo arrivare al mare e mi persi, naturalmente. Tutte quelle stradine strette. Ma continuai a scendere, ancora e ancora. Pensavo che sarei morta se non fossi arrivata all'acqua e poi, eccola lì."

Era una vecchia storia. Parlava di un uomo cattivo che diceva qualcosa con voce chioccia e faceva un gesto osceno mentre avanzava per bloccarle la strada. Ma in questa versione – sicuramente definitiva – l'uomo non fece la sua consueta comparsa nel vicolo buio. Piuttosto, Terry guardava fisso davanti a sé, come se vedesse di nuovo lo spazio vuoto tra le vecchie case che davano sul mare scintillante.

"Vostro padre capiva tutto questo," disse.

"Sì," disse Imelda.

Carmel non disse nulla. Era troppo dolorosa, quella follia di sua madre. Soprattutto ora.

"Naturalmente ci furono delle ripercussioni," disse, come per tenere conto della presenza loro, le sue figlie, nella stanza.

"No," la rassicurò Imelda. "No."

Al che la madre si illuminò e lanciò un'occhiata alla porta.

"Pensi che si possa avere una tazza di tè?" disse. E anche se erano settimane che il suo apparato digerente aveva smesso di funzionare, giorni che non assumeva più nulla per bocca, tutte loro ebbero l'impressione che il tè fosse assolutamente appropriato. Che fosse proprio quello che ci voleva.

Imelda accennò a muoversi, ma non riusciva a lasciare quella visione, quel miracolo: il dono della madre di nuovo nella stanza con loro. Terry spostò lo sguardo dall'una all'altra.

"Che c'è?" disse in tono affettuoso.

Si appoggiò sui grandi cuscini della casa di cura e quando

Imelda disse: “Ti porto il tè?” fu come chiedere a qualcuno che non c’era più.

Appena quattro settimane dopo, le sorelle si accomodarono nello studio di un avvocato a George’s Street e scoprirono che il padre aveva lasciato la moglie abbandonata esposta ai debiti contratti dopo essersene andato. Secondo l’impeccabile signor Ledwidge, la responsabilità di Terry terminava con il divorzio americano. Purtroppo, però, secondo la legge irlandese, era a tutti gli effetti domiciliata con Phil negli anni precedenti, che si potevano considerare come una sorta di limbo coniugale. Era difficile conoscere l’entità del problema, ma riteneva di doverglielo segnalare prima.

“Grazie,” disse Imelda – in tutta sincerità.

Lui fece una pausa.

Aprì il testamento e lo lesse.

Le sorelle, ingobbite dall’altra parte del tavolo, guardavano le carte che teneva in mano e pensavano alla madre seduta in quella stanza, non molto tempo prima – col suo bel tailleur beige corda, forse, la borsetta e le scarpe formali color crema. Doveva sapere che il cancro era tornato. Doveva essersi sentita sola.

Fu difficile ascoltare quel che disse l’avvocato.

Aveva destinato la casa a Imelda. A Carmel, aveva lasciato un portafoglio di azioni e obbligazioni; investimenti sicuri che avrebbero fruttato più di duemila sterline all’anno. Purtroppo, disse il signor Ledwidge, si sarebbero dovuti pagare i debiti prima di poter liquidare l’eredità; nel frattempo c’erano alcuni documenti da firmare. Le ragazze lo ringraziarono e poi, per un bel po’, non fecero nulla di quel che aveva chiesto loro di fare.

Divenne chiaro – molto lentamente – che le azioni di Carmel sarebbero state usate per pagare i debiti insoluti. Perché i debiti erano soldi e le azioni erano *come* dei soldi, ma la casa era inconfutabilmente la casa. E Carmel non riusciva a comprendere cosa stesse accadendo di preciso, perché anche altre persone – come la zia Deirdre, per esempio – sembravano aspettarsi questo. Si dava per scontato che Carmel passasse tutto alla sorella, perché Imelda era stata così dedita alla madre, e perché sarebbe stata una cosa bella da fare. Inoltre, Carmel guadagnava ora. Imelda stava ancora finendo il suo dottorato di ricerca eternamente incompiuto, quindi *aveva bisogno* della casa, che si dava il caso fosse un'antica casa vittoriana con quattro camere da letto, non troppo lontana dal mare.

Non era una questione di soldi, su questo erano tutti d'accordo. La cosa importante era rispettare il desiderio della madre che Imelda continuasse a vivere indisturbata nella casa che avevano condiviso fino alla fine e dalla quale Carmel se n'era andata, per sua libera scelta.

Carmel finì col chiamare l'avvocato per qualche altra faccenda e, quando la sua voce costosa fu in linea, disse: "Questo dovrebbe essere giusto?"

Ci fu un attimo di silenzio.

Carmel disse che stava succedendo qualcosa, che pensava stesse accadendo qualcosa di sbagliato. L'avvocato, che conosceva Terry dai tempi dell'università, disse che la sua impressione era che la madre fosse affezionata a entrambe le figlie. Il che le parve un po' troppo confidenziale. Carmel non si aspettava che fosse gentile.

"È possibile che lei non aprisse sempre la sua posta?" disse lui.

Carmel tremava quando arrivò davanti alla casa. Non aveva idea di come avesse parcheggiato, né se si fosse chiusa dietro la portiera, mentre frugava nella borsa in cerca della chiave ed entrava. E non aveva alcun ricordo di ciò che disse a Imelda, che era seduta al posto previsto nella sala da pranzo, ormai di fronte a una sedia vuota. Fu una lite terribile. Semplicemente terribile.

Secondo Imelda, Carmel mise le mani addosso alla sorella, ma non era questa la versione di Carmel – per niente. A quanto ricordasse lei, Carmel in piedi accanto a Imelda fece scivolare la sua orribile cena dal tavolo sul pavimento. Fu un gesto, non un assalto. Ma Imelda si scagliò contro Carmel, la sedia cadde alle sue spalle e dalla gola le uscì un verso come di un gabbiano incastrato. Carmel spinse Imelda all'indietro tra le gambe della sedia rovesciata, e le diede un'altra spinta mentre la sorella cercava di districarsi. E un'altra ancora con tutte e due le mani quando fu in piedi, indietro, ancora più indietro. Un piccolo *umpf* d'aria sfuggì a Imelda quando andò a sbattere contro la parete e Carmel si spostò in un punto più luminoso. Era difficile distinguere la fisionomia della stanza, o l'ordine in cui accaddero le cose. Era come se il suo cranio fosse pieno di luce. E nonostante ciò, i movimenti di entrambe le donne rimanevano privi di eroismo, comici, totalmente silenziosi.

Imelda si slanciò in avanti dal muro sbracciandosi. Carmel fu costretta a indietreggiare attraverso la porta a due battenti che dava nel soggiorno, oltre le poltrone gemelle con le fodere a fiori, fino alla tenda che afferrò e ruotò in mezzo a loro, e una delle due – probabilmente Imelda, in effetti – calpestò l'orlo, cosicché alcuni ganci saltarono dal bastone di plastica. Carmel diede uno spintone alla sagoma dietro il tessuto e beccò Imelda sul petto, un colpo fortunato che fece atterrare la sorella sul tappeto a fiori, direttamente sul sedere. L'espressione stupida sulla sua faccia fece sorridere Carmel, che si gettò su Imelda sferrandole manate e poi, più efficacemente, qualche energico calcio al didietro mentre lei si allontanava carponi. A metà strada verso l'ingresso, Imelda si voltò a quattro zampe, il suo viso era una maschera stravolta di paonazzo e sputo. Ma continuò a tacere e anche Carmel tacque mentre lei si rimetteva faticosamente in piedi e Carmel riprendeva ad avanzare, affondando le dita nello spazio sotto la clavicola della sorella, finché Imelda non si ritrovò con le spalle alla ringhiera. Le sue ginocchia si sollevarono in una serie di calci andati a vuoto, la sua mano graffiò un lato della testa di Carmel e riuscì a liberarsi e a correre fino in cucina, dove si sentì il rumore del cassetto delle posate che veniva tirato con forza. Carmel arrivò prima che riuscisse a trovare un coltello e allora Imelda afferrò la zuccheriera, girandosi per colpire la sorella con un vortice di bianco. Era un'arma così inusitata che si bloccarono. Carmel si portò la mano al viso e sentì i granelli ruvidi appiccicati alla pelle. Si scrollò il colletto della camicia e udì un sibilo di zucchero cadere sul pavimento.

La zuccheriera era ancora in mano a Imelda: un pesante oggetto di vetro con tre piedini, che Phil aveva sgraffignato una volta da un bar in città, ora vuota e incrostata di bianco. Imelda non l'aveva scagliata contro Carmel, che abbassò brevemente lo sguardo e poi lo rialzò sul viso della sorella.

Tutto questo si era svolto in silenzio, anche se non c'era nessun bisogno di fare silenzio – se ne ricordarono tutte e due nello stesso istante. La madre non era di sopra.

Era morta.

"Come osi?" disse Imelda, con la voce che si alzava fino a strillare. "Come osi entrare in casa mia così?"

E Carmel le urlò di rimando: "Mi ha amato tanto quanto ha amato te."

Anche se questo non era, precisamente, esatto. Era stato il padre ad amare di più Carmel. La poesia dello scricciolo era stata scritta per lei. Il suo nome era proprio lì sulla pagina. "Per Carmel."

E, oh, / la mia vita, mia figlia.

Carmel non rimase per gli inutili strascichi. Non le interessava. Tornò a casa con lo zucchero nei capelli, le mani appiccicose sul volante. Impossibile sbarazzarsene del tutto; i granelli continuarono a scricchiolarle sotto i piedi nella cucina del suo appartamento, per giorni.

Nel silenzio che seguì, Carmel non dovette far altro che aspettare di ricevere la sua quota dell'eredità. Di fatto in un'unica soluzione, se voleva procedere in quel modo, cosa che fece, dopodiché si procurò un mutuo per una casa – molto più piccola, naturalmente, e troppo vicina a un incrocio trafficato, ma sua.

Fu un anno in cui le sorelle non si parlarono, se non attraverso il costoso e paziente signor Ledwidge, che in seguito dichiarò di non aver mai visto nulla del genere, e le aveva viste davvero tutte.

Migrazioni

È ottobre. Le oche lombardelle
sono tornate nel North Slob,
la zamperosse, l'oca selvatica, il cigno canoro,
solcano l'aria sopra Donegal diretti a
Carlingford Lough. In tutta l'Irlanda,
gli uccelli stanno svernando.

Nella tomba di famiglia a Killiskea,
la mia fredda madre e la sua fredda sorella
dissentono in morte, come piace a loro.
Sono l'ultimo della linea, servo della stirpe,
custode di uccelli. Raccolgo una piuma caduta
dalla spiaggia di Omey
guardo il mare in cerca d'inchiostro.

Il più delle volte, quando Carmel andava a letto con qualcuno, era perché le stavano per venire le mestruazioni. Si svegliava una mattina con un uomo nel letto e, quando andava al bagno, il sangue era lì – come se glielo avesse cavato fuori lui. Cosa della quale era spesso grata.

Ecco, quindi, cosa stava succedendo.

"Buongiorno!"

Una strana combriccola, i suoi ex amanti nel corso degli anni. Non li avresti esattamente invitati alla stessa festa – o a qualsiasi festa, nel caso di alcuni – ma anche lei del resto, si rendeva conto Carmel, era un po' un'anomalia. Guardava le ragazze della scuola che trovavano questo o quell'uomo da sposare, "Oh, è adorabile!", e non poteva fare a meno di trovare tutto un po' stridulo.

Poco dopo la fine dell'università, Aedemar Grant annunciò il suo fidanzamento – lo chiamò proprio così – e Carmel fu lieta che non le avesse chiesto di fare la damigella d'onore. Quel privilegio toccò a Orla Hughes e il suo abito vaporoso color albicocca fu l'unico tocco di sollievo comico in una giornata per il resto impietosa. Lo sposo non era quello del letto cigolante a Capel Street, ma un'altra versione della stessa specie: solido, gioviale, affidabile. Bel colpo, puoi giurarci, in campana, così vanno le cose. "In tutta onestà," disse nel suo discorso. Sei volte. Carmel non riusciva a immaginare come sarebbe stato vivere con una persona del genere. Aedemar avrebbe, *in tutta onestà*, passato un mucchio di tempo a stendergli il bucato sulla corda.

"Gli do sei mesi," disse a Orla Hughes, ma due anni più tardi Aedemar era ancora sposatissima, con un bambino in arrivo. E fu tutto un altro finimondo, dai timidi rifiuti dell'alcol al timido annuncio, fino alla considerevole dose di egocentrismo. Aedemar non sembrava rendersi conto che quella cosa sarebbe accaduta al suo corpo in ogni caso, che lei fosse stupida, intelligente o in coma. Pensava che in qualche modo la cosa girasse intorno a lei.

Il bambino chiarì in breve che, invece, la cosa girava decisamente, e in maniera massiccia, intorno al bambino, dall'epidurale dell'ultimo minuto alla lacerazione di quarto grado, alle sei settimane di coliche, per non parlare di tutto l'amore necessario, spesso di natura isterica. Intorno alla culla si ripeté lo stesso miscuglio di moine e gridolini che c'era stato per il matrimonio; tutta quella dolcezza dava sui nervi a Carmel. Era il suono che facevano le donne, pensò, quando offrivano in sacrificio la propria vita a una lenta distruzione. E *amavano* farlo. E lo facevano *per amore*. E si sentivano *dispiaciute* per le persone che non avevano questo *amore*, perché, santo cielo, era il biglietto vincente. Era il vero successo. Era l'unica cosa che contasse sul serio.

Una sera in cui erano tutti ubriachi fradici, Brian, il suo amico gay, chiese a Carmel di fare un bambino con lui. O di mischiare il suo sperma con quello del compagno, e il suo compagno disse: "Non vuole un bambino, non è capace nemmeno di gestire un cane."

"Lo voglio un cane."

"Ah sì?"

"Ho sempre voluto un cane."

"Non è vero."

"Sono bravissimo con i cani," disse Brian.

E Carmel avrebbe voluto riportare la conversazione al punto di partenza; alla battuta che non era esattamente divertente e non poteva essere menzionata di nuovo.

Perché si sapeva già, in qualche modo, che Carmel non avrebbe avuto un uomo nella sua vita. Com'era successo? Aveva solo ventisette anni. Gli altri sapevano che tipo di persona era, e quali erano le sue prospettive e i suoi limiti, la maggior parte dei quali si erano imposti da soli. "Sei così indipendente!" dicevano, oppure: "Non so come fai!" La cosa peggiore di tutte era: "Oh, a te non piacerebbe." Aedemar prese l'abitudine di dirlo a proposito di normali avvenimenti umani, come il compleanno di un bambino o una gita in montagna. Ed era vero, a Carmel non sarebbe piaciuto.

Eppure.

La sera di quella conversazione con gli amici gay, Carmel entrò nella sua nuova casa e si spogliò davanti allo specchio lungo nell'ingresso. Da vicino, non era difficile capire perché la gente volesse tenersi alla larga. Il bianco latte del suo seno era venato di qualcosa che sarebbe divenuto cascante, i capezzoli erano punteggiati da superflue protuberanze rosa. Carmel si passò le mani sul basso ventre e guardò lo specchio con un'espressione triste sul volto. Ma era inutile – la sua immagine non era interessata a come lei si sentiva, o cercava di sentirsi. Era indifferente al dramma dello specchio.

E poi, da un paio di metri, aveva un bell'aspetto. Da quella distanza – in piedi nell'ombra e illuminata da un lato – appariva pittorica e umana, una donna speranzosa e sola. Esattamente a così tanti metri e centimetri da qualcun altro, poteva condurre una grande storia d'amore.

Ma in realtà Carmel non aveva nessuna pazienza per quelle pose. Il suo corpo non era un nemico per lei, era qualcosa di pratico. E la sua nuova casa, quando ci si addentrò, si schiuse da una stanza all'altra.

Orla Hughes annunciò che aveva chiuso coi pub, si era trovata un'enoteca.

"Perché non mi hai invitata?" disse Carmel.

"Oh," disse Orla. "Non pensavo che ti sarebbe piaciuto."

Aveva ragione. Quello che piaceva a Carmel – quello che mancava a Carmel da quando i suoi compagni di università erano cresciuti e se n'erano andati – erano tre o quattro pub nel centro di Dublino, un tavolo pieno di pinte, attorno al quale esprimere opinioni stupide e pompose. Adesso Orla voleva agganciare i tacchi alla traversa di uno sgabello alto, in gonna corta, e voleva che Carmel si sedesse accanto a lei con una canotta di seta e il mascara raggrumato, cercando di attirare un'attenzione che non desiderava ricevere.

Questa fase patetica dell'enoteca durò circa tre mesi, dopodiché Orla si buttò in una relazione col suo capo – che in realtà andava avanti da sempre – e sparì dalla circolazione. In un impeto di stizza, Carmel si portò a casa un ragazzo dalla festa di Natale dell'ufficio, e non le piacque nemmeno un po'. Il giorno dopo si distese accanto allo spazio lasciato da lui, scoprì una crepa sottile nell'intonaco del soffitto e pensò: Forse mi occuperò della casa, piuttosto. Sì.

Era una magnifica casa a schiera vittoriana, con scalini di granito che conducevano alla porta d'ingresso. I vicini avevano messo la cucina al piano inferiore, ma Carmel decise di sistemare le camere da letto al livello del giardino, per poter uscire la mattina a piedi nudi sull'erba. Un giorno avrebbe buttato giù le pareti all'ultimo piano, in modo da avere un'unica lunga stanza, con una grande finestra rivolta a sud all'estremità della cucina. Avrebbe potuto mettere una panca imbottita sotto la finestra a ghigliottina che dava sulla strada, per sedersi e guardar passare il mondo. Ovunque cadesse il suo sguardo, vedeva qualcosa da migliorare.

Sembrò che loro, dopo che Carmel smise di andare a letto con gli uomini, la apprezzassero molto di più. Andavano d'accordissimo. Era una collega talmente fantastica, che venne promossa e poi promossa ancora. A trent'anni dirigeva una scuola di lingue rivale di quella in cui aveva cominciato – faceva mangiare loro la polvere – e stava distruggendo i suoi ex datori di lavoro. Non andava a letto con nessuno da tre anni, e le andava benissimo così. C'erano giorni in cui sembrava che il mondo non parlasse d'altro che di sesso, in cui sentiva la gente arraparsi in pubblico ed esibirsi in modo bizzarro, quaranta, cinquanta volte al giorno.

"Meno lo fate," avrebbe voluto dire, "no, sul serio, credetemi – e meno ve ne importerà."

Un giorno uno studente si presentò nel suo ufficio con un crampo allo stomaco che lo piegava in due. Carmel lo fece salire sulla sua auto e andò al pronto soccorso ma, una volta giunti in vista delle ambulanze parcheggiate, il ragazzo dichiarò che il dolore era scomparso.

"Niente ospedale," disse. "Niente ospedale!" Come un uomo con problemi di visto, anche se Carmel sapeva che i suoi documenti erano a posto.

"Dovresti proprio entrare."

"No."

E indicò, con grande e stizzosa autorità, di fare inversione. Poi le disse di riaccompagnarlo a casa, cosa che lei fece. Lo portò fin dentro il suo appartamento, piuttosto costoso, e quando si fermò sulla porta per salutarlo, il suo viso le ricadde sulla spalla, seguito dal resto del corpo. Le crollò addosso e fece un respiro tremante che era forse l'inizio delle lacrime. Carmel gli diede qualche pacca sulla schiena ampia e, dopo essersi soffermata un istante di troppo, sollevò il viso mentre la mano di lui le premeva sulla curva della spina dorsale.

"Grazie," disse lui. Ed era una parola così affranta, così vulnerabile, che Carmel non si oppose al bacio e continuò ad accarezzarlo mentre lui la conduceva sul tappeto e attraverso la porta aperta della camera da letto. Sembrava molto esperto. Edgardo, così si chiamava. Uno studente più grande, forse ventunenne.

Dopo il primo impeto – la pressione della sua coscia, l'affondo della sua lingua – Carmel iniziò a notare la sua mano mentre la posava ora qui, ora lì. La propria pelle che reagiva nel modo sbagliato. Il proprio corpo che inacidiva al tocco di lui. Era sempre così spiacevole, il momento in cui il desiderio si trasformava nell'opposto del desiderio. Se solo avesse bevuto qualcosa, pensò, che la aiutasse a superare lo scoglio.

Lui venne quasi subito – il che fu un sollievo del tipo sbagliato, per Carmel – ma invece di uscire, le frugò dolcemente dentro per un po', continuò semplicemente a muoversi. E questo nuovo ritmo la colse alla sprovvista. Per un attimo Carmel ne fu elettrizzata. Si trovò a desiderare che non si fermasse e, quando il ritmo ingranò, piombò in uno stato diverso, di assenza. Fu come se avessero azionato un interruttore. Dopo, si chiese se fosse proprio di questo che parlavano tutti quando parlavano così incessantemente di sesso. Ma pensava di no. Quella non era perversione o piacere, era qualcosa di immenso e vuoto e, al suo margine luminoso e distante, una sensazione di angoscia, quasi. Pensò che, se fosse accaduto di nuovo, forse non sarebbe sopravvissuta. E, nelle ultime quattro settimane di Edgardo a Dublino, fece sesso con lui altre cinque volte. Ogni volta fu diversa, e tutte furono leggermente irritanti. C'era il fatto insistente di Edgardo, un giovane arrogante che sarebbe diventato, un giorno, un idiota potente. Ci furono rapporti sessuali più o meno ordinari; eccitazione, avversione, dolore; a volte un senso di completamento, più spesso uno di perdita. Soltanto l'ultima notte, coi suoi bagagli sparpagliati in giro per casa, lei si assentò di nuovo, o meglio, capì, dopo, di essersene andata altrove. Non era come volare, era come finire in una botola e aspettare lo schianto. Che puntualmente arrivò. E quando tornò in sé, c'erano il suo calore e la sua massa accanto a lei. Edgardo, che non si soffermò ad accarezzarle il viso o sussurrarle "Grazie", prima di togliersi di dosso il lenzuolo; una sorta di rabbia che si levava dalla sua nudità nell'aria buia della stanza. Il mattino dopo, se ne sarebbe andato.

"A casa ho una donna," disse.

"Ne sono certa."

Fu una cosa irragionevole. Per nulla professionale. E rimase incinta – un fatto che decise di scoprire solo alcune settimane dopo aver smarrito la sua scheda.

Carmel era una persona fuori dal comune. Lo dicevano tutti. "Dio, sei fantastica," dicevano. "Non so come fai." Quando cominciò a vedersi la pancia, intorno al quarto mese, smisero di dire qualsiasi cosa e Carmel fu felice di constatare che aveva iniziato a detestarli tutti.

L'uccello del Lagan Lough
(tradotta da *Int én bec*,
anonimo, nono secolo)

l'uccellino,
dal becco giallo,
che spande dolci
melodie sopra
l'acqua grigia
è un merlo
nascosto nel ginestrone
(giallo, naturalmente)

I suoi primi vagiti erano così acuti e patetici, che Carmel si svegliava al loro suono sognando la luna. Era estate e tutte e due spesso erano nude, più o meno. La bambina stava distesa sulla pelle flaccida della pancia sgonfia di Carmel ed era una cosuccia così umida; sudava e si dimenava, come sorpresa dal vuoto di tutta quell'aria.

Non uscirono di casa per una settimana e poi furono davvero costrette a uscire per prendere altro latte in polvere – anche se nell'armadietto Carmel ne aveva a sufficienza ancora per tre giorni. La fame era diversa ora. Quando Carmel aveva fame per sua figlia, sembrava come l'omicidio, o la religione, era qualcosa di spaventoso.

Ci vollero due ore per preparare la bambina e ficcarla nel micidiale, incomprensibile marsupio (questo bottone? questo fermaglio?) prima che Carmel potesse avviarsi nel mondo pieno di rumore, con uno scricchiolio nel culo e i seni solidi come pietre ai lati della testolina ondeggiante. Questo nonostante allattasse la bambina col biberon. Era impossibile fermare il corpo di Carmel. Continuava a cercare di nutrire quell'animaletto spellato e frignante che portava davanti. Perché la nascita non era la fine della gravidanza, pensò, era solo una gravidanza esteriorizzata.

Le scarpe non le entravano, quindi portava delle ciabatte in strada, non aveva scelta. Anche camminare era faticoso. Era stato difficile localizzare il dolore, negli ultimi tempi, ce n'era stato troppo – una tale esplosione di supplizi che, dopo, Carmel non era più riuscita a raccoglierli di nuovo tutti.

Ma i suoi pensieri erano dolci e astratti, e questo la divertiva anche. L'azzurro del cielo di quel giorno d'agosto era indimenticabile.

"Guarda, Nell! Il cielo!"

Azzurro ceruleo. Un colore omogeneo, vuoto e insondabile. Carmel ci stava sotto, con la sua bambina davanti a sé, due anime nude.

Per qualche ragione che aveva a che fare con il suo bacino, l'ostetrica l'aveva messa su un fianco e qualcuno – forse addirittura Carmel stessa – aveva dovuto mantenere sollevata la gamba di sopra per far uscire la bambina. La gamba era pesante e intorpidita, e l'ostetrica era una stronza che sembrava pensare che Carmel meritasse tutto ciò che le stava capitando.

"Brava così," aveva detto, in un tono di voce lezioso che aveva fatto venire voglia a Carmel di mollarle un calcio con la gamba ponderosa e potente agganciata a mezz'aria, col piede penzoloni. A quel punto Aedemar Grant era entrata dalla porta con un bambino in braccio e avevano guardato tutti e due (non si poteva fare altrimenti) tra le gambe di Carmel.

"Oh, ottimo lavoro," aveva detto, in tono allegro. E, come se la trascinassero via contro la sua volontà, aveva continuato a ripetere attraverso la porta che si stava chiudendo: "Stai andando benissimo, Carmel! Stai andando veramente bene!"

Carmel non aveva bisogno di sentirsi dire come stava andando. Era sopravvissuta a cose peggiori. Questo fu il pensiero che le si piantò in testa senza più andarsene. Il caos e il dolore avevano senso perché lei si trovava anche, e in tutta tranquillità, da qualche altra parte nella stanza. Era distesa nella luce che proveniva dalla finestra, era avvolta nel fruscio del camice dell'ostetrica. Non era, tuttavia, in quel grande corpo che rigiravano sulla schiena mentre, attraverso un lontano anello di fuoco, arrivava la bambina.

Fu un uragano. E gli occhi che la guardavano dal centro dell'uragano erano assolutamente perfetti. Carmel era stata sola per tutta la vita. *L'ho già detto?* Era sola dall'età di dodici anni. La bambina tutto questo lo sapeva. La bambina recava con sé, nella pupilla del suo occhio, l'intero universo buio. Lo aveva portato attraverso un varco che la vita stessa aveva aperto nel corpo di Carmel. Si guardarono, e tutto il tempo era lì. La bambina sapeva quanto fosse stata immensa la solitudine di sua madre.

Aedemar le accompagnò a casa dall'ospedale. Nel bagagliaio dell'auto c'era una scatola di vestitini a malapena usati, lavati, piegati e ordinati per taglia. C'era anche una seconda scatola contrassegnata "1-2 anni" e un'altra etichettata "giocattoli". E quel ciarpame venne trasportato dentro casa e nella stanza che dava sul giardino posteriore, mentre Carmel si sedeva sul divano al piano di sopra e deponeva la bebè avvolta in fasce sul pavimento di legno perché, se stava sul pavimento, non poteva cadere da nessun'altra parte.

"Cosa ci fa per terra, Carmel?"

Quando Aedemar rise, Carmel si chiese cos'altro si potesse fare con una neonata. E la sua amica la sollevò e la mise tra le braccia di Carmel.

"Ciao, Nell. Ciao."

Tre giorni dopo, rimasta senza cibo, Carmel era nel negozio e guardava un pacchetto di fiocchi d'avena, una scatola di fagioli. Allungò la mano verso un vasetto di burro di arachidi e si ritrasse così velocemente che per poco non cadde ammazzando la bambina. Si poteva prendere un'allergia, semplicemente guardando il vasetto? Alla fine si ritrovarono con tre barattoli di latte in polvere, una vaschetta di formaggio cremoso e uno scadente pane a fette. Era tutto bianco, notò, mentre il nastro trasportatore sobbalzava verso la cassa. Carmel mise la roba nella sua borsa, dopodiché non riuscì a pensare a cos'altro fare, se non tornare al sicuro in casa.

Guarda, Nell, il mondo! Passarono accanto a una bancarella di frutta davanti al negozio di verdura: piramidi di arance, ananas rigidamente adagiati, un pendio ruzzolante di uva ingiallita. Il venditore chiamò Carmel signora.

"Posso darle qualcosa, signora?"

"Sto benissimo, grazie."

"Ah, ma guardi qui."

Carmel aveva dimenticato, in quel primo assaggio dell'aria aperta, che la casa che avevano lasciato era piena di fiori, molti dei quali rosa. Rosa pallido, rosa fluorescente, rosa fard: dalia, gerbera, giglio, rosa. I mazzi più grandi venivano da persone che avevano fissato il suo pancione in silenzio, mesi prima (perché una donna incinta è una cosa vergognosa, ma un bambino è sempre una meraviglia). Perfino Imelda ne aveva portato uno. Era arrivata nella stanza d'ospedale di Carmel il giorno dopo il parto e aveva schiaffato sul letto un mazzo di crisantemi, presi probabilmente al negozio di sotto. Erano tinti in un magenta vivido e un blu chimico.

"Bellissimi!" aveva detto Carmel, il cui corpo era riscaldato dal dolore e dai nuovi impulsi liquidi verso quella creatura nella culla. Quando Imelda chiese: "Come stai?", non sapeva cosa rispondere.

Sono una marea.

"Bene," disse.

Imelda aveva tutta una storia sul parcheggio e come le avesse fatto fare tardi. Carmel non aveva idea di che ora fosse, né del perché sua sorella non guardasse la bambina. Aprì la bocca per dirlo, ma si lamentò di un'altra cosa invece.

"L'infermiera di notte era un po' matta, pensavo fosse alticcia di gin. Ha chiamato la bambina puttana."

"Puttana?"

"È entrata e ha detto: 'Non riesce a farla smettere di piangere? Questa piccola troia'."

"Non può aver detto questo."

"Sì, invece."

"Non è possibile."

Imelda non era convinta. Si avvicinò alla finestra, che dava su un piccolo cortile, si strinse addosso il cardigan e guardò in basso.

"Hai un nome?"

"Nell."

"*Nell?*"

Carmel rimase in silenzio. C'erano cose nella sua vita, pensò, che esulavano dall'*opinione* di sua sorella.

Imelda aveva finalmente concluso il suo dottorato. Si era fatta una piccola posizione all'università, dove insegnava francese medievale, e continuava a vivere nella casa di Dún Laoghaire, come una specie di superstite. Non riusciva ad aggiustare o a fare nulla. Aveva tinteggiato una parete, ma non l'intera stanza. Aveva mantenuto quelle tende di orribile velour.

"Che cosa ne pensi?"

Chiedeva comunque il permesso a Carmel di cambiare una casa che Carmel manifestamente non possedeva.

"Come vuoi. Fa' pure."

La sorella, magrissima, si era stretta di nuovo nel cardigan, aveva fatto su e giù dalla finestra alla culla e viceversa. Con lo sguardo che scivolava sulla bambina, finché qualcosa non l'aveva catturata.

Si era fermata, assorta.

"Ma *guardati*," aveva detto.

I fiori sgargianti di Imelda adesso occupavano un posto d'onore in mezzo al tripudio di rosa in soggiorno, che cominciava a sciuparsi nella calura dell'estate. Quando tornò da quella prima sortita fuori, Carmel depose Nell al centro di quella follia floreale e scattò un intero rullino di foto perché pensava di doverlo fare.

Passarono cinque mesi buoni prima che potesse andare a far sviluppare le stampe, e un altro intervallo di tempo incalcolabile prima che scappasse di nuovo a ritirarle. Carmel sfogliò rapidamente le foto dall'inizio della pila. Nell, distesa addormentata tra i fiori mezzi appassiti, sembrava un piccolo cadavere infagottato in un'agenzia di pompe funebri, in un luogo caldo e tragico.

Non puoi buttare una foto della tua bambina, sarebbe come buttare un'intera persona, perché la tua bambina cambia così velocemente che non vedrai mai più quella versione. Carmel raccolse le foto. Le rimise giù. Si allontanò.

Venti minuti più tardi, le afferrò dal tavolo e strappò le immagini in pezzi piccoli, e poi ancora più piccoli. Spazzò via i frammenti di carta facendoli cadere nel cestino e si voltò a guardare la figlia paffuta e robusta, seduta nel box a rete. La sua bimba sorridente. Che si trasformava di continuo. Che era sempre nuova.

Nei lunghi mesi trascorsi dalla sua nascita, avevano fatto fuori tre ragazze alla pari e due assistenti in ufficio, una delle quali aveva detto che Carmel era un'autentica bulla. O meglio, in realtà:

"Un'autentica bulla del cazzo."

E Carmel aveva pensato: *Non sono una bulla, sono una donna innamorata.*

Era come condurre una guerra: vaporiere, sterilizzatori, sonnellini rigeneranti, elenchi, numeri di telefono, numeri di riserva, altre madri, un ottimo medico di base e poi, un giorno frenetico, mentre agguantava roba nel negozio sotto casa, un annuncio in bacheca di una bambinaia che viveva tre strade più in là, una donna di nome Debbie che aveva il dono della calma ed era felice di fare "qualunque cosa". Carmel avrebbe voluto farsi scivolare lungo il telaio della sua porta e dormire lì sul gradino. Avrebbe voluto che Debbie si occupasse di *lei*, disse scherzando, e Debbie rispose: Ahahah.

Ci furono settimane in cui andava avanti come un automa, mesi che non riusciva a ricordare. Carmel si lasciò crescere i capelli perché non c'era tempo per andarli a tagliare, e una sera si ritrovò al pronto soccorso per un'infezione trascurata all'orecchio, che toccava punte di sofferenza atroce secondo l'esatta tonalità del pianto della bambina.

"Questo non è un posto adatto a una neonata," disse un'infermiera quando Carmel alla fine cercò di saltare la coda per portare Nell a casa e darle da mangiare.

Aveva ragione. Tre dei pazienti erano ubriachi. Altri erano contagiosi, o sfigurati da qualche ferita. Come aveva potuto portare un essere umano fresco e fragile in quel luogo di ossa rotte e vite malriuscite?

"Mi dispiace," disse Carmel. "Mi dispiace davvero, sono svenuta in cucina," e l'infermiera alzò gli occhi al cielo. Dieci minuti dopo fu chiamato il suo nome, ma lei non lo sentì, perché quel lato della testa era assordato dal dolore.

Anche il medico fu indignato dalla presenza della bambina, che Carmel dovette tenere sulle ginocchia. L'uomo prese una pinzetta, immerse un lungo pezzo di garza in un unguento e lo introdusse delicatamente nell'orecchio di Carmel. Con l'altro lato della testa, lo sentì sibilare incredulo quando Nell riempì un pannolino, mentre guardava fisso sua madre.

"Ben fatto!" mimò Carmel con le labbra.

Fuori, quando trovò la sua macchina, considerò l'idea di non essere più se stessa, di essere impazzita. Scoprì anche che le avevano messo le ganasce alle ruote.

La bambina si zittì. Il che era una novità.

Quando arrivò l'addetto alla rimozione, Carmel disse: "Il parcheggio era pieno." Non gli diede dello stronzo, pensò che potesse essere contro la legge.

"Ha deciso lei dove parcheggiare," disse lui.

"È un ospedale. Il parcheggio era pieno."

"La cosa non mi riguarda," disse.

"Complimenti per lo stile. No, davvero. Vergogna. Si vergogni."

Sulla strada di ritorno, colpì con violenza il volante e gridò: "Prova all'obitorio, testa di cazzo. Ci sono un sacco di auto parcheggiate male fuori all'obitorio," mentre la bambina dormiva, imperturbabile, finché non si fermarono davanti a casa. Carmel spense il motore. Sul sedile posteriore, Nell aprì la bocca per inspirare.

In mezzo a tutto il caos che provocava, la bambina risplendeva. A volte, perfino al termine della peggior notte insonne, la beata Nell-ità di Nell coglieva Carmel di sorpresa. In tutte le sue diverse versioni, era così pienamente se stessa. La sua ironia e il suo umorismo, il suo zelo noncurante e precipitoso: erano sempre lì, a due mesi, a cinque, a un anno. Quando Nell in seguito le chiese quali fossero state le sue prime parole, Carmel avrebbe voluto dire: "Sì, come no, fanculo", perché avrebbero benissimo potuto esserlo. E, inutile precisarlo, non faceva mai nulla di quello che le veniva detto.

"Le è piaciuto il mio regalo?" poteva chiedere per esempio Imelda, non conoscendo l'indifferenza di quella bambina – forse di qualunque bambino – verso tutte le sue bigotterie. Nell si sottraeva a biglietti di ringraziamento e telefonate doverose in occasione di ogni compleanno e ogni Natale. Era un miracolo di disattenzione. Carmel poteva starle dietro, poteva stare letteralmente addosso alla bambina dicendole: "Eccoti qua il fottuto pastello. Fai un bel disegno alla zia. Una cosa qualsiasi. Un uccello. Un fiore." E un anno dopo, la stessa cosa. Senza ottenere nulla di più.

Presso il pozzo sacro di Maria

Una gabbia toracica sulla duna a Carna
si arrende al cielo, un gancio a scatto
in cui crescono l'ammofila,
la campanula, il profumato trifoglio dei prati.
La freccia rosa di un'orchidea
trema nel cuore assente,
i polmoni, silene arruffata dal vento.
Nessuna differenza tra brezza
e respiro in questa volpe svuotata,
o agnello risucchiato dal mare, un neonato
morto, la sua fame divorata dall'erba.

Nell

Al momento sono ossessionata dalla luce. È difficile convertirla in denaro liquido. Un'ossessione per la luce non si trasforma in merce.

All'inizio di febbraio, la mia app per il ciclo mostra una data grigia sul calendario: significa che non sto ovulando, non sto perdendo sangue, non sto facendo quel che dovrei. Semplicemente grigio. Dovrebbe essere il mio primo giorno di ciclo, ma in realtà non lo è.

L'app chiede il mio stato d'animo: *felice, su di giri?* Seleziono *sbalzi d'umore*.

Salto le domande sul desiderio sessuale, lo faccio sempre: *niente sesso oggi?* un cuore triste barrato da una linea. Ti va di provare a fare da te? Non dimenticare di selezionare il tenero cuoricino di *masturbazione* quando hai finito.

Sì, forse.

Sono così in premestruo che non è vero.

Un messaggio mi dice che non ho fatto sesso non protetto nel ciclo in corso. Grazie, app del ciclo! L'ultima volta che feci sesso non protetto, circa due anni fa, presi la pillola del giorno dopo e andai dal medico a fare i test per le MST, in realtà ci andai due volte, avevo sei pruriti diversi laggiù, i miei livelli di ansia erano alle stelle.

Adesso ho dei preservativi per la clamidia, e anche una spirale segreta. Mia madre mi trascinò a forza in clinica per farmela installare, lei aspettò fuori in macchina.

E sì. A volte, quando penso di essere pazza sessualmente, mi ricordo di tutto questo.

Sto bene. Sono passate due settimane da quando ho fatto sesso l'ultima volta, il 14 gennaio – un cuoricino rosso sotto, circondato da uno scudo rosso. Protetto.

Scorrendo all'indietro la mia vita, trovo sette cuoricini rossi che costellano, con dolce precisione, i giorni del calendario. Abbiamo fatto sesso sette volte negli ultimi quattro mesi, sempre a metà settimana.

Penso: Questa non mi sembra una relazione.

Eppure, eccoli lì.

Dei cuori.

Giorno 34: ancora grigio. Spunto tra i sintomi *acne*, *crampi* e *seno dolorante*. Sto avendo un ciclo fantasma. Annoto perdite vaginali color *bianco d'uovo* anziché *crema*. Non so cosa significhi *bianco d'uovo*. Premo tre volte, selezionandolo e deselezionandolo.

bianco d'uovo
bianco d'uovo
bianco d'uovo
E poi l'icona dell'umore
arrabbiata

arrabbiata
arrabbiata
arrabbiata

L'app mi invia un messaggio per dirmi che *ci tiene al mio benessere.*

Nella cucina schifosa in MDF, metto un pentolino d'acqua a bollire e rompo un uovo per farlo in camicia. Penso di raccogliere un po' di quel viscidume tra il pollice e l'indice ma non lo faccio.

L'uovo cola in una coppetta di silicone, parte di un set apposito, in azzurro e verde, che è un regalo di mia madre. Mi ha regalato anche delle pinze da cucina arancioni, un affettaverdure a spirale malva per fare la pasta di zucchine e quattro taglieri di colori diversi. Questi oggetti di buon gusto stanno nella mia cucina in affitto puzzolente simili a cocci di un'aspirazione borghese infranta. Come dice Lily: Com'è che posso permettermi un vestito griffato e non la casa in cui appenderlo? Che è successo?

Siamo la generazione in esubero, credo. Siamo carne da macello.

Un tubo picchia dentro la parete. Beatriz, la mia silenziosa coinquilina, ha chiuso il rubinetto dell'acqua fredda al piano di sopra. Passa ore nel bagno ma non la si sente mai tirare lo sciacquone, è un grande mistero. Beatriz si occupa di assistenza agli anziani e la sua signora è "molto difficile, *molto* difficile".

Penso che la puzza venga dalla lavatrice. Stuart, l'altro mio coinquilino, lascia i suoi panni sporchi nel cestello per così tanto tempo che, a volte, devi lavare la lavatrice prima di lavarti i vestiti. Stuart fa il supervisore nella sala da pranzo di un hotel e guadagna poco e niente, il che è molto più di quanto lui valga, se volete sapere come la penso. L'albergo appartiene a vecchi compagni di scuola e Stuart li chiama "i ragazzi" come se non fossero i proprietari di un intero albergo. L'unica cosa che sento quando parla di loro è un uomo che parla di grana.

La grana, la grana ha una madre davvero simpatica. La grana, la grana non crede negli orologi di lusso, dice che con quella cifra ci potresti pagare qualcuno che ti segue ovunque per dirti l'ora. La grana, la grana ha perso tre chili con una dieta zero carb, ma erano tutti liquidi. La grana, la grana gli ha regalato per Natale uno di quei fantastici braccialetti per le maniche, hai presente quegli affari elasticizzati che portavano gli uomini dei giornali, quelli con la visiera verde?

Oh sì, mitico.

Nel fine settimana, Stuart esce per la serata più figa di tutti i tempi, crolla sul divano meraviglioso di qualcuno, torna a casa che sa di rancido, va al lavoro col doposbornia, resta di nuovo fuori per qualche birra con la grana, la grana, o solo con persone che li conoscono, in realtà, perché i ragazzi sono a Lisbona a comprare un palazzo. Tutto questo mentre i vestiti marciscono nella lavatrice. Stuart ha paura di non potersi permettere il grande matrimonio in Italia e poi "trova" i quattrini. Torna che è uno straccio. Non c'era posto sull'aereo privato, dice (come no). Gli dico che i suoi vestiti sono in quella busta di plastica nera fuori alla porta sul retro e lui dice: Non ci posso credere. Stai scherzando?

Penso che sarei dovuta andare a letto con Stuart, così ora potrei lavorare per la grana, la grana sui loro social media. Mi servono solo sopracciglia da salone di bellezza e un'abbronzatura finta molto leggera. Ma Stuart non va a letto con donne come me. Ci ha provato con delle ragazze che conoscevo a scuola, ma non con me, perché io non sono la grana, qualunque cosa sia. E in più, non gli farò il bucato, anche se sembra pensare che potrei.

Il che è molto frustrante per lui.

Com'è la storia delle uova? Galleggiano in acqua o affondano in acqua, e significa che sono buone o cattive, non ricordo mai quale delle due.

Una volta che cucinavo con Carmel, me ne capitò uno coi tuorli gemelli. È stata la cosa più bella di sempre. Carmel disse: È il tuo giorno fortunato.

Mi chiedo se me ne capiterà mai un altro. Perché un doppio tuorlo è come una favola – in cui ti chiedono di scegliere tra due cose e alla fine le hai entrambe.

Tengo l'uovo freddo nel palmo della mano e vorrei, vorrei.

Fuori dalla finestra della cucina, c'è un muro di calcestruzzo e, in cima, un piccolo rettangolo obliquo di cielo azzurro.

Vorrei poter essere incinta o non esserlo.

Vorrei avere un fidanzato o non averlo.

Vorrei avere una relazione che è esistita e poi è finita.

Non questo accapigliarsi continuo, in cui lui non è mio eppure non se ne va.

Con l'uovo in mano, desidero il possesso.

Lo spacco sul bordo del bancone e ne vuoto il contenuto nella coppetta verde.

Niente doppio.

Metto a fare del pane tostato, riapro la app per vedere se mi è già venuto il ciclo.

Davvero. Penso che il mio telefono lo saprà prima di me. Poi lo appoggio sul bancone, della serie: *ma no, dài, ho appena controllato*.

L'afferro di nuovo, clicco sull'icona dello *stress* e anche su quella dell'*alcol*. Torno indietro di tre settimane e aggiungo *stress* e *alcol* un giorno sì e uno no: *stress stress stress alcol alcol.* Dammi tregua, stronza di un'app. Ti dirò tutto! basta che mi fai venire queste dannate cose.

niente sesso

niente sesso

niente sesso

Seleziono il cuore di *masturbazione* e poi lo deseleziono. Gesù. Chi se ne frega?

Nell'acqua che bolle, le uova in camicia si velano e si rassodano fino a diventare bianche.

La app tintinna in risposta: *bevi più acqua, din! fai più esercizio fisico, din! aspetta fino a domani*.

Tolgo il pentolino dal fuoco e spengo il fornello con la grande manopola di plastica dozzinale. Un paio di occhi gialli, simili a due seni, mi guardano da due coppette colorate.

Vado verso il tavolo della cucina e sbatto l'utero contro il bordo, piuttosto forte. Provo a rifarlo, ma ho perso l'elemento sorpresa e il mio corpo è troppo cauto. Salto un po' su e giù. Niente sembra più bloccato di un ciclo bloccato. Sono una nuvola che si rifiuta di piovere.

din!

L'app mi ha proposto una *chat segreta*.

Il toast salta su.

E: Porca troia! dico ad alta voce, aprendo il frigo con uno strattone: Datemi un po' di stramaledetto burro!

Cerco su Internet il fratello, Fiach, che vive a Baldoyle. È più magro, più muscoloso di Felim. Ha una pagina LinkedIn con dentro la parola "dirigente" e la foto del profilo è serissima. Felim a volte ha uno sguardo addolorato, ma questo tipo sta dicendo: Non ci provate nemmeno, cazzo.

Se fossi incinta del figlio di Felim, potrebbe avere questo aspetto. Viso lungo, orecchie piccole, abbastanza bello. Un giorno si girerebbe verso di me e direbbe: Mamma, sei proprio patetica.

E quando crescerà, farà quel che farà.

Ho un bambino fantasma dentro di me tutto il giorno. Fa male e si rigira.

La sera metto insieme un post sullo sperma, su come è *disgustoso ma non esattamente crudele. La sborra non vuol farti del male, vuole solo che tu ripulisca il suo sporco. Non si può essere stuprate da un girino.*

Penso di scrivere una storia su un mondo in cui questa roba è considerata sacra: i figli che scendono di sotto per dire: Mamma, papà, ho avuto la mia prima eiaculazione, le lenzuola appese fuori dalla finestra e tutti invitati alla festa, un mucchio di tappi di champagne (ovviamente) seguiti da molto champagne spumeggiante.

O forse questo succede già.

No, non sto parlando di *bar mitzvah*, sto parlando di compresse di zinco, di check-up annuali, di conversazioni da spogliatoio su motilità e consistenza (Ehi fratello, bianco d'uovo o crema?), di uomini che piangono nei documentari a causa del gaslighting medico, i dottori che li accusano di immaginarsi il dolore provocato dal dispositivo chirurgico infilato nel loro pene che serve ad aumentare la velocità di tiro, di un sacco di discorsi su tutto questo, perché dobbiamo capire che si tratta di un problema reale e non solo di un prodotto della mente maschile sciocca e orgogliosa.

In serata, la mia frase sul girino diventa virale. Più o meno. Clicco e guardo, clicco e conto, e mi sento dannatamente bene.

Nel bel mezzo di un sogno su una tempesta tropicale, con palme piegate e gabbiani sballottati nell'aria umida, Carmel – sotto forma di sua sorella Imelda – mi grida di continuare ad aggottare la barca, continua ad aggottare, e mi sveglio ritrovandomi l'inguine addormentato scivoloso di sangue che arriva in un baleno. Pigiama, lenzuola. Il disastro completo.

L'app suggerisce dell'ibuprofene.

"prendi nota del tuo flusso mestruale."

Mi doccio e mi do una risistemata. Scendo giù, tiro fuori i vestiti bagnati di Stuart, li poggio sul pavimento della cucina e faccio fare un lavaggio a freddo alle lenzuola, come mi ha insegnato mia madre. Metto delle lenzuola nuove sul letto, lisce e candide, poi mi sdraio, sentendo crescere rabbia e odio per me stessa fino a toccare un picco, trasformarsi in autocommiserazione e svanire.

È come perdere l'amore.

Mi giro e sbatto il cuscino per gonfiarlo, come una ragazza in una commedia romantica.

Mese nuovo, dico, uomo nuovo.

Sei giorni dopo, Felim arriva direttamente dal lavoro. È una fredda giornata di febbraio, il mondo sembra morto, ed eccolo lì, incredibilmente, sulla porta. Ha bevuto qualche drink, ma non troppi; è in buona forma. Porta una canottiera sotto la camicia da ufficio e mi viene da ridere o da fare un commento – è una canottiera così... *canottiera*. Di fuori Felim sta benissimo, ma lo strato interno è vintage, è del 1973.

La canottiera! dico, perché non riesco a trattenermi.

Si ferma, tasta dietro per trovare il telefono e lo fa ruotare davanti a sé mentre sguscio sotto il piumino, nuda.

Beccata!

Va' via!

Andiamo, timidona.

No.

Davvero?

Davvero.

Sei bellissima.

Ci siamo mossi tutti e due così velocemente, che non so che cosa ha preso e cosa no.

Andiamo!

No!

Cerca di strapparmi di dosso il piumino e ha sulla faccia un'espressione imbambolata e adolescenziale, per nulla erotica.

No! dico. Levati dal cazzo!

Qual è il tuo problema?

Davvero?

In profondità nella parete al piano di sotto, il tubo dell'acqua si arresta con un rumore sordo e vibra per il contraccolpo. Beatriz è nel bagno, oltre il muro della mia camera, e ha chiuso il rubinetto dell'acqua fredda. Si sente un colpo di tosse, seguito, strano a dirsi, dallo sciacquone. Di solito non senti mai Beatriz tirare lo sciacquone. Credo che aspetti finché in casa non c'è nessuno.

Mi porto il dito alle labbra.

Carina, dice.

Felim cattura questo gesto, incastra le dita nei capelli dietro la mia testa.

Spegnilo, dico.

Cosa c'è che non va?

Mettilo giù. Ho un aspetto orribile.

Non è del tutto vero. Nei sette mesi passati da quando l'ho visto all'edicola, che sfogliava le riviste, ho perso quattro chili. Certi giorni non ce la faccio a scendere per comprare da mangiare. Non ho mai avuto un aspetto migliore.

Allora mandamene una buona.

Grazie. Sì. Lo farò.

Picchietta qualche istante e poi tende lo schermo verso di me. Uno swipe con l'indice e venti, trenta immagini mi vorticano davanti – le parti del corpo, i sorrisi, i diversi filtri, i bagni, le stanze da letto, le angolazioni e le pose, le ragazze.

Le ragazze che ha sul telefono.

Fallo, dice. Mi piacerebbe molto.

Le foto del telefono mi sfarfallano nella testa mentre comincio il pompino. Mi chiedo chi siano e se le conosce di persona, ed è come se non fossi inginocchiata, sono una foto di una donna inginocchiata, con un cazzo vero che mi scivola nella faccia, ed è tutto un *così*, *così*, *sì*!

Disgustoooso!

Dopo un po', mi ricordo che non c'è nessuna macchina fotografica, ci sono solo io, annoiata, che mi sbatto come una dannata. Allungo una mano verso il suo petto e trovo quella stupida canottiera antierotica, allora mi concentro sui ricciolini pungenti dei peli, sulla piattezza del busto, sul sapore stantio del pene alla fine di una giornata di lavoro. Accelero, inizio ad avere i conati, mi arrendo alla stretta del suo pugno nei miei capelli. Sono un meccanismo tra la sua mano e il suo piacere. Non sono niente e, mentre arriva al traguardo sussultando, ho un'immagine di lui che mi schiaccia la faccia contro il comodino da quattro soldi, i trucchi che si sparpagliano sul tappeto, il libro tascabile, il ridicolo paralume di piume, una serie di Polaroid scattate come se fossimo negli anni settanta, sangue, lividi, mascara che cola, io. Clic clic clic.

Brava bambina, dice.

E mi spinge via. Non molto forte.

Quando si è tirato su i pantaloni, si siede sulla mia piccola poltroncina, con la camicia sbottonata e la patta in attesa d'essere chiusa. Io ascolto il silenzio proveniente dal bagno ancora occupato, brandelli di conversazione tra due donne del quartiere che si incontrano per strada, qualche auto che di tanto in tanto passa sul dissuasore due case più in là. Tira fuori il telefono e mi osserva nell'obiettivo, accovacciata nuda nello spazio stretto tra il letto e la porta. Fa clic.

Non era così difficile, dice. No?

Non so per quanto tempo rimaniamo così nella luce calante. Mi alzo e mi siedo sul bordo del letto. Nella poltroncina vicino alla finestra, lui sembra dormire. Il suo telefono si accende e lo guarda. Se lo fa ricadere in grembo.

Non si è mosso nulla. Il libro è sul comodino, il paralume solleva e fa ricadere un filamento piumoso, il numero sulla sveglia digitale perde un segmento e l'otto diventa un nove.

Felim si sporge in avanti e si posa una mano sulla testa, brevemente. Dice: Che stiamo facendo?

Come?

Penso solo che sia. Che cosa stiamo facendo? Questo non è.

Non è cosa?

Lo sai, piccola.

Si interrompe. Io non dico nulla. *Piccola.* È una parola sorprendente detta da quest'uomo. Dove pensa di essere?

Se avessi una casa, se avessi un posto decente dove vivere, se avessi quello che una volta si chiamava "un lavoro", sarebbe stata una relazione decente? Questa è una delle domande che mi faccio. Ero una cosa usa e getta, non solo per lui, ma per le persone che mi pagavano e, lo sapete anche voi, per l'infosfera, lo stato-nazione, le aziende che producevano tutto l'alcol per il mio divertimento. Per Meg l'influencer, con le sue sei sedie di colori diversi.

E anche solo dire questo di lei mi rattrista, perché Meg l'influencer, notoriamente, è rimasta incinta e ha perso il bambino – il che è uno dei modi per ottenere due milioni e mezzo di visualizzazioni. Ho dovuto scrivere una parte di quel post per lei, ed è stato un puro strazio. Ma poi Meg ha detto che la mia voce era sbagliata, che ero tutta sbagliata, anzi, ha detto che ero tossica, e aveva bisogno di qualcuno di nuovo.

Ultimamente sono ossessionata dalla luce, è così difficile convertirla in merce. Non sto parlando di una magnifica alba, o di vacanze al sole, o della luce che fa sembrare bella una fotografia. Sto parlando della luminosità in sé, dell'aria illuminata. Del chiarore sulle superfici delle mie mani che battono sulla tastiera.

Amo il dono del suo arrivo.

La luce che vediamo è sempre vecchia di otto minuti e mezzo. Sempre e di continuo. E pensi che sia condivisa da tutti, ma non lo è, non esattamente – i nostri occhi sono colpiti dai nostri fotoni personali.

Mi sbaglio?

Cerco e scopro che i nostri occhi mangiano fotoni, li assorbono. I nostri occhi creano immagini distruggendo la luce. Come dei buchi neri. Gesù, penso. Questa cosa mi lascia senza parole.

Per parecchio tempo dopo che se ne andò, lo vidi, grande e grosso nella mia poltroncina piccola, col pantalone sbottonato, mentre diceva: Che cosa stiamo facendo? E mi chiamava piccola.

Ed era come i primi giorni, quando sapevo che eravamo uniti dal destino e allineati, eravamo tutt'uno. Mi chiamava piccola, e quella parola era una fessura nella stanza attraverso cui penetrava la luce intensa di un'altra realtà.

A quel punto, stavo cercando di instaurare una routine.

Lavarsi i denti – aggiungere una spruzzata d'acqua sul viso!

Lasciare le scarpe accanto al letto la sera – mettere le scarpe la mattina!

Uscire di casa per comprare il latte d'avena – proseguire e scrivere le e-mail nel bar, osservare alcune persone, sorridere a un bambino piccolo, tornare a casa.

Scrivere l'elenco degli uccelli che vedi durante la tua passeggiata.

Osservare gli uccelli che vengono a beccare il mangime sul davanzale della cucina. Non chiedere di essere fortunata.

Mentre mi sforzavo di fare una piccola cosa e poi aggiungevo un'altra piccola cosa, fui bloccata di colpo dal pensiero della foto che aveva rubato, io accovacciata sul suo telefono, la mia nudità che riempiva la fredda tavoletta nella sua mano.

Non mi avrebbe mai più richiamata.

Dovevo fare in modo che mi chiamasse.

Piegai il telefono in una direzione e nell'altra, corsi in giro a sistemare le luci, allontanai la faccia dall'obiettivo mettendo in primo piano qualche parte del corpo. Mi piaceva un sacco come stavo, non mi ero mai vista così bene. E non riuscii a inviare. Pensai all'antro umido della sua bocca, cercai di fotografare la linea del mio collo, l'incavo del ginocchio. Volevo mostrargli la sensazione di tenere gli occhi chiusi.

Ricordo che una volta gli chiesi a cosa stesse pensando. Disse che stava pensando al calcio. Dissi: Che intendi? Cosa vedi nella tua mente? Programmi la formazione? Riproduci le mosse? Discuti con l'arbitro? E lui disse: Penso solo di controllare i risultati.

Mi ricordo della volta in cui parlò di suo fratello Cathal che non ha avuto una luna di miele, c'era così tanto da fare con la mandria, e il padre gli stava sempre addosso. Non hai idea, disse, di tutto il lavoro che c'è, tra spalare merda e le fatture del veterinario, gli infiniti moduli da riempire. Di quant'è difficile anche solo andarsene per un appuntamento, anche solo per una sera. Disse che la terra era una cosa difficile da amare e che non ti mollava mai.

Me lo ricordo seduto sulla mia piccola poltroncina, mentre si abbottonava la camicia, dopo avermi chiamata piccola. Disse: Non penso di poter andare avanti con questo. A essere onesto, è come bere. Lo fai anche se influisce sul tuo gioco. E la disperazione che ho visto – non sto scherzando – in alcuni dei ragazzi. Ti ho raccontato di quella volta che eravamo a Praga e un tizio ha tentato di farsi fuori nella sua stanza d'albergo, e noi l'abbiamo riportato indietro, sull'aereo abbiamo bevuto ancora, e nessuno si è accorto di niente. Mi sono sempre sentito in colpa per questo. Mi sento in colpa a stare seduto qui. Che ci vuoi fare – è così e basta. Ma non voglio essere questa persona per sempre, capisci cosa sto dicendo?

Ricordo tutte le volte che mi ha rivolto quello sguardo. Lo sguardo cristallino di bambino triste, che rendeva il colore dei suoi occhi più intenso e faceva brillare le sue pupille nere.

Salvami. Amami. Scopami. Solo tu.

Lo sguardo che perfora l'anima.

Mi sono svegliata nel cuore della notte sapendo che aveva messo online le foto: non solo quella triste di me seduta sul tappeto, ma anche quelle di me che mi tuffo sotto il piumino, del mio braccio grasso, della mia gamba probabilmente pelosa e della mia orribile fica scintillante, forse, e non c'è modo di uscirne, dovrò bloccarlo, cambiare username, staccarmi dalla rete. Nome nuovo, passaporto nuovo, paese nuovo, pianeta diverso.

Dovrò morire.

Devo morire.

Sarebbe una soluzione. Sarebbe bello.

Al mattino penso: Forse le foto non sono poi così brutte. Di sicuro mi ero depilata le gambe quel giorno. Di sicuro, ha pensato che stessi bene. E chi se ne frega, non è niente di che. Ce ne sono un miliardo online, chi le clicca? C'è più pornografia che persone per guardarla. E non è nemmeno pornografia. Succede di continuo.

Questi pensieri ricorrevano inutilmente nella mia testa, molte volte al giorno, e si concludevano sempre con una vocina implorante che si tendeva verso di lui, lo strattonava.

Cancellale!

Chiddik!

Se avessi potuto fare in modo di piacergli, avrei potuto mettere fine a quella cosa.

Cancellale!

Se avesse saputo che ero infelice, probabilmente avrebbe fatto quello che chiedevo.

Chiddik, chiddik!

Pensavo di poter risolvere il problema parlando alla persona che lo aveva causato e questo mi sembrò sempre più urgentemente vero finché, alla fine, inviai un messaggio.

"vediamo un po'! una foto per favore"

Ed ebbi una risposta all'istante.

"mandane una bella!"

Dopo quell'uscita da pelle d'oca, mandò messaggi per due giorni di fila.

"dove sei?"

"che fai?"

"fammi vedere"

E poi, niente.

Sto sotto la doccia finché non finisce l'acqua calda. Ci rimango finché i polpastrelli non diventano tutti rugosi, mentre gli orsi polari dondolano le teste tristi da una parte all'altra, in cerca di tutta la neve perduta.

Domenica mando un messaggio a Carmel per dirle che non ce la faccio ad andare a pranzo da lei, credo che mi stia buscando qualcosa.

È un errore.

"Vieni a sdraiarti sul divano e ti preparo degli spaghetti."

"Vuoi che passi a prenderti?"

"Hai bisogno di paracetamolo?"

"Sono lì in 20 minuti"

Mando un messaggio vocale, perché a volte funziona.

Ciao mamma, me ne sto solo raggomitolata qui con un libro, non ho fame in realtà, penso sia qualcosa di virale.

Dieci secondi dopo, il telefono squilla per una conversazione di persona e in diretta. Carmel usa la sua voce beige, vagamente felice. Non c'è nessun problema. Non è affatto preoccupata per me. Quando abbiamo chiuso, ho promesso di essere a casa per le tre.

Mi trascino alla stazione e prendo il treno per la baia. La marea è lontanissima – ettari ed ettari di sabbia piatta fino all'orizzonte, dove un'enorme nave cisterna sta poggiata su una sottile strisciolina di mare.

Ho quest'idea, simile a un filo scintillante, che lo farò a pezzi. Lo farò soffrire in una maniera così fredda che mi ringrazierà. Questo pensiero mi fa chiudere gli occhi. Quando li riapro, vedo la baia da un'altra angolazione, un po' più avanti lungo i binari: il massiccio inceneritore bianco, grande come un castello d'acciaio, le ciminiere di Pigeon House, Howth Head, pacifica e austera, la gigantesca nave cisterna accovacciata su un nastro d'acqua.

È come se tutti i pezzi fossero troppo grandi per la scacchiera.

La cosa che dimentico sempre di mia madre è che non è tipo da dare rassicurazioni. La sua amica Aedemar una volta me lo disse chiaro e tondo, disse: Tua madre non dice alle persone che andrà tutto bene.

E io dissi: Ma andrà bene, vero? E Aedemar disse: Certo che andrà bene, tesoro. Certo, andrà tutto bene.

Carmel dice cose tipo: Penso che forse stai ingigantendo il problema. Oppure: Non vedo nessun segno di infezione, ma terremo la cosa sott'occhio. Dice anche (e questo è terrificante): A volte, le brutte cose succedono, e che vuoi farci allora?

Ma la prima cosa davvero insopportabile che fa è cercare un problema totalmente diverso. Stai mangiando? Hai mangiato? Hai bisogno di reidratarti? Sei andata di corpo oggi? Tutte queste domande vengono poste tra il momento in cui arrivo, mi fermo ad appendere il cappotto, faccio uso del bagno e vado in cucina per aiutarla ad apparecchiare la tavola.

Dico: Ho ventitré anni.

E allora?

Ho ventitré anni.

Mi preoccupo per te.

Non devi.

Però lo faccio. Sei pallida.

La vista delle sue mani mi fa un certo non so che mentre sceglie le ciotole dalla credenza. Sono mani da lavoratrice, molto semplici e molto forti. Ha così poca vanità, mia madre. Non ha mai avuto una grande storia d'amore.

Come? dice.

I tovaglioli?

Al solito posto.

Da mangiare c'è, come ha promesso, un semplice piatto di spaghetti, con una salsa di pomodoro così densa che è quasi nera – la sua pasta speciale che gravita nell'orbita del suo stesso aglio, si vede quasi pulsare la sua aura. Insalata verde. Olio di noce. Ne valeva la pena.

Cominciamo in silenzio. Oh. Buono, faccio.

Ah sì?

Carmel non riesce mai ad assaporare la sua cucina. È come se immaginasse di preparare qualcosa di meglio.

Allora, come stai?

Bene.

Giro la forchetta finché la matassa di spaghetti è abbastanza ordinata da mettermela in bocca, me ne perdo un po', avvolgo di nuovo. A Carmel piace vedermi mangiare, ma i suoi occhi sono così ingordi che non riesco mai a sfamarmi granché. Ha bisogno di informazioni, ha bisogno di novità. Sul suo viso c'è quello che chiamo uno sguardo da babbea, un po' a palla e stupido.

Ci sono novità?

(Che posso dire? Ho evocato io stessa uno stalker che adesso mi ha abbandonata, sono precipitata nel più profondo abisso.)

Niente di che.

Come sta Maya?

Non sento mai Maya, non mi interessa quasi per niente Maya, ma ci seguiamo online e quindi Carmel pensa che siamo amiche per la vita.

Sì, bene.

Che combina di bello?

È a Galway, a fare improvvisazione, o seguire un corso d'improvvisazione.

Improvvisazione? Mio Dio. Quella ragazza.

Mamma.

Non ho mai conosciuto una bambina a cui non piacesse il gelato.

Be', non è una cosa che puoi controllare, mamma.

Si capisce!

Trovo difficile essere d'accordo con mia madre, perché ogni volta che sei d'accordo con lei, è come se tu perdessi e lei vincesse. Ma a volte siamo d'accordo. E che vuoi farci allora?

Non la vedo da secoli, in realtà, dico.

No?

È un'incredibile tirapacchi.

Racconto a Carmel che inviava tipo diciassette messaggi dicendo che forse ce l'avrebbe fatta e poi non poteva, o che era per strada ma era successo qualcosa di pazzesco, e poi un'altra roba pazzesca, che aveva capito male l'ora o il posto, o perfino che c'era quasi, aspetta, e non arrivava comunque.

Che senso ha dire un orario, se non lo pensi davvero? dice Carmel. Io arrivo.

Anch'io, dico. Anch'io arrivo.

È un grande mistero.

Carmel mette le posate da insalata di legno nella terrina.

Dentro ci sono un po' di broccoli precoci dell'orto, e sono deliziosi. Ce ne sarà un sacchetto in attesa nel frigo che porterò via con me e che, per qualche ragione, non riuscirò a mangiare.

Gli uomini non lo fanno, dice Carmel. Non trovi uomini che dicono: Oh, scusa, ero appena uscito dalla porta e poi un gabbiano si è avventato sugli occhiali del vicino e mi sono dovuto fermare per aiutarlo perché è anziano e quasi cieco e *devi* credermi perché *sappiamo tutti e due* che questa storia non è vera. Gli uomini vanno avanti e basta, disse.

Ma avanti con cosa?

Qualsiasi cosa. Quella cosa lì.

Intendi lo stupro, la violenza?

Dio, ma la tua è un'ossessione, disse. Non sto parlando di sesso, sto parlando di puntualità. Gli uomini arrivano puntuali, perché non è così complicato.

Come il fascismo e i treni.

Sto solo dicendo che tutte quelle storie – quali che siano – succedono esclusivamente tra donne.

Oppure lui non ti messaggia e poi non si fa vivo?

Oh, tesoro.

Onestamente a volte penso che ti ci metti proprio di impegno.

A fare cosa? dice Carmel.

Lo detesto. Detesto il modo in cui dici che sono tutti stupidi e non hanno da incolpare che se stessi. Soprattutto le donne.

Quand'è che ho detto questo?

Soprattutto le donne. Lo dici sempre.

Non c'è nessun sempre, dice Carmel.

E non c'è solo il buonsenso nella vita, dico io, con voce piena di buonsenso, perché Carmel è diventata fredda, e lo sento come uno schiaffo in faccia, una vera mazzata. È come se fossimo in un'altra stanza, il colore delle pareti ha cambiato tonalità, l'ambiente è più grande e più blu.

Torno all'insalata e la inforco.

Cosa ne pensi dei broccoli?

Sì, buoni.

Carmel regge le posate tenendo i gomiti alti. Sporge in fuori le braccia come ali, taglia, le ripiega, infilza, solleva, mastica. Io faccio lo stesso dalla parte opposta del tavolo e la frase che si affaccia nella mia misera mente è:

Mangiati il fegato, mamma.

Mangiati il fegato.

Quando abbiamo finito, sparecchio e impilo e mi chiedo perché non possiamo salvarci a vicenda – due persone che hanno sicuramente bisogno di essere salvate e il cui amore reciproco è assoluto. Perché io amo mia madre. La amo così tanto che mi inorridisce quello che mi accingo a fare ora.

Dico: Mamma, credo che ho bisogno di un po' di soldi.

D'accordo.

Credo che ho bisogno di andare via.

Va bene. D'accordo.

Solo per un paio di mesi, forse tre? Ne ho bisogno.

Di cosa?

Voglio fare questa cosa del viaggio.

Questa cosa?

Lo sai. Sì.

Sul treno che mi riporta in città, la linea di mare argenteo ha provocato un'inondazione che avanza lenta su se stessa in onde lunghe e basse verso la linea ferroviaria.

Mi feci fare il tatuaggio tre giorni dopo – completamente sobria, su appuntamento, un mercoledì pomeriggio. Chiesi che mi venissero incise le parole *l'amore è una marea* sotto la clavicola.

Non in una linea ondulata, sarebbe stato sbagliato, e nemmeno con un uccello che vola sopra, anche questo sarebbe stato banale. Il carattere era minimale, tipo grafia a mano, con parecchia pelle tra una lettera e l'altra.

L'amore è una marea.

La citazione era un messaggio al mio io futuro, il tipo di verità che volevo dimostrare nel tempo. Quando fu finito, ero così soddisfatta e così piacevolmente dolorante che mi lanciai un bacio davanti allo specchio del bagno, dove si leggeva al contrario.

L'aere è un aroma.

Si vede così pure su Snapchat, anche se non nelle foto scattate da altre persone. Non capisco perché di questo non se ne parli di più. Non riesco proprio a leggere il mio logo personale qui, ragazzi, a meno di contorcermi e strizzare gli occhi, e anche così "afferro" solo la "marea".

Ma lo adoro.

Ci passo sopra il dito in silenzio, sotto l'osso, e credo che in futuro arriveranno cose migliori.

Ci furono degli oh! e qualche complimento, ma nessuno chiese da dove venisse la citazione, e io non lo dissi. È tratta da una poesia scritta da mio nonno, Phil McDaragh. Perciò alla mia pelle sembra che già le appartenga. Sarà qualcosa di casa, che posso tenere con me quando sono lontana.

O questo è quel che dissi a mia madre che notò l'inchiostro sotto il mio colletto, la sera in cui portammo via le mie cose da Ballybough e le caricammo sul retro della sua auto.

Cos'è quello?

È un tatuaggio, dissi.

Giusto.

Vuoi vedere?

Chiuse il bagagliaio.

C'è tempo, disse. Lo guarderò per il resto della mia vita.

Ci sedemmo nell'auto in silenzio mentre riflettevamo sulla sua affermazione – su quanto vera, o falsa, potesse rivelarsi.

Più tardi, mentre sistemavo le cose nel mio vecchio guardaroba, e ne mettevo una parte in valigia, entrò con una tazza di tè.

Allora, vediamolo, disse, e io mi aprii la camicia.

Molto discreto, disse.

Penso di sì.

Be', ora l'hai fatto, basta così.

Non riconosci il verso?

Guardò di nuovo e i suoi occhi si assottigliarono, come a dire: Oh giusto.

Non lo trovi romantico?

Be', se ti piace, disse con la sua voce beige. Allora piace anche a me.

Il calendario degli uccelli
(tradotta dal Libro di Leinster,
anonimo, dodicesimo secolo)

Dal nove di gennaio
tutti gli uccelli salutano l'alba
nel loro buio sottobosco,
a qualsiasi ora spunti

L'otto di aprile
le rondini guizzanti ci accolgono
perché così possiamo chiedere
dove siano state da ottobre

Nella felice ricorrenza di Ruadan
ogni becco è spalancato, e
il diciassette di maggio, il cuculo
chiama senza sosta nel suo boschetto

A Tallaght, gli uccelli sospendono il canto
il nove di luglio per Máel Ruain,
imbattuto dalla cornacchia,
l'uccello della guerra. Preghiamo per la sua protezione

Attraverso mari freddi arrivano le oche facciabianca
nel giorno di Ciarán, figlio del carpentiere.
Alla festa del saggio San Cipriano,
il cervo bruno muggisce sulla pianura rossa

Per seimila anni bianchi
il mondo ha goduto di bel tempo,
ma i mari irromperanno ovunque
mentre la notte finisce e gli uccelli stridono

Dolce è ancora il loro canto di lode
al Signore Dio in cielo,
il Re splendente delle nuvole –
siate lieti e ascoltate il loro richiamo.

Carmel

Quando Nell aveva nove anni e Carmel cercava disperatamente di tornare nel mondo, conobbe un uomo durante una coda per i biglietti all'Abbey Theatre. La prese per il gomito e disse: "Oh, mi scusi, credevo fosse un'altra persona," dopodiché disse: "Lei è la figlia di Phil McDaragh." Era così dolcemente stupito che Carmel avrebbe voluto dirgli che, *in realtà*, non aveva nessuna idea di chi fosse. Avrebbe anche voluto, in un secondo momento, essere perdonata da lui per tutte le sue mute crudeltà.

"Sì. Sì, sono io."

"Adoro la sua piccola poesia sullo scricciolo."

Nell'intervallo, si avvicinò e bevve qualcosa con lei e Orla Hughes e parlò della rappresentazione. Era da solo, disse. E in effetti sembrava il tipo di persona che va a teatro da sola. Orla lo riconobbe dai tempi della scuola. Era Ronan Bresnihan di Emor Road.

"Dove sei stato?"

"A Londra," disse.

Chiese a Carmel se scriveva poesie e lei gli disse di andare affanculo.

"No."

Lui avrebbe tanto voluto esserne capace, disse.

Più tardi, le chiese il suo numero. Sembrava a posto.

Si frequentarono in un modo normale. O almeno, in un modo un po' romanzesco – nessuno prima di allora le aveva mai chiesto il numero, non era così che succedeva. Ma Ronan la invitò a uscire una volta alla settimana e, dopo tre settimane, andarono a letto insieme, molto semplicemente, dopo una lunga chiacchierata sul divano di lui. Il sesso fu più un mormorio che un grido, ma le piacque il suo corpo minuto sotto il piumone. Il suo petto era ricoperto di sottili peli biondi e la pelle aveva, inaspettatamente, il colore del miele. Non era un uomo che ti saresti mai immaginata svestito.

Ronan suonava il clarinetto. Era in un piccolo ensemble che accompagnava un coro amatoriale tutti i giovedì sera, e faceva anche matrimoni e funerali, per i quali veniva pagato, a volte piuttosto bene. Aveva un amico prete che era felice di raccomandarlo alle coppie o ai familiari dei defunti.

"Certo," disse Carmel, la quale supponeva che pure i preti dovessero avere degli amici, sebbene forse di un tipo un po' generico. Si vedevano e facevano delle cose insieme, a quanto pare, passeggiate e tazze di tè.

"Di che parlate?"

"Non saprei," disse Ronan. "Di rugby?"

Carmel si stupì che seguisse il rugby, era così pacato e incline all'astrazione. Inoltre non beveva alcolici, anche se saltava su per andare al bar ogni volta che il bicchiere di lei si stava svuotando, era felice di farlo. E anche se a Carmel sarebbe piaciuto qualcuno di più eccitante, pensava ugualmente che potessero andare d'accordo. Ronan era simpatico. Ed eccoli lì, tutti e due, che bevevano acqua frizzante nell'intervallo di un concerto dato da un quartetto d'archi troppo moderno.

"Segui il rugby?"

"Mio padre," disse – e c'era nella parola una certa dose di complicazione – "era un grande tifoso del Leinster."

Forse era questo il motivo, un padre bastardo. Poteva essere sufficiente a fare qualunque cosa fosse stata fatta a quell'uomo non reclamato di trentacinque anni, che parlava di questa o quella ex senza rancore. Si vestiva come un agente di cambio in vacanza ed era costantemente, incresciosamente intelligente. Ronan non faceva che riflettere ad alta voce e scusarsi.

"Mi dispiace, è solo che penso..."

"Se ci pensi. Mi dispiace, ma. Penso davvero."

"Non è esattamente Rembrandt, vero? Mi dispiace."

Ti rovinava sempre la festa, a te o a qualcun altro, ma le cose che ammetteva a volte erano dolci. Trovò una lavastoviglie nel suo appartamento sei mesi dopo essersi trasferito. Pensava fosse l'anta di un armadietto difettosa finché, un giorno, una borsa si impigliò nella maniglia mentre metteva a posto la spesa e, quando la tirò, quell'affare si aprì verso il basso invece che di lato. Un cubo in acciaio satinato, che brillava di nascosto solo per sé sotto il bancone. Non puzzava nemmeno.

Carmel non era mai stata in un condominio moderno di Dublino. La casa di Ronan aveva una grande finestra panoramica nel soggiorno, con vista sul fiume Dodder, e davanti al vetro c'era un leggio con accanto il suo clarinetto, che stava dritto in piedi come se crescesse dalla moquette. Carmel cercò di venirne a capo e vide un treppiede alla base.

“Oh,” disse, “è attaccato a una mazza,” e lui ridacchiò alle sue spalle, come se avesse detto qualcosa di maleducato.

Il suo letto era duro e pulito. Carmel non era sicura di avere mai fatto sesso con un uomo le cui lenzuola erano così immacolate. La terza volta che lo fecero, pensò che forse lui non avesse raggiunto l’orgasmo, ma usava il preservativo quindi era praticamente impossibile capirlo. Si diede una sistemata in bagno prima di tornare a letto dove si addormentò beatamente accanto a lei. Carmel sgusciò da sotto il piumone e si vestì al buio senza fare rumore. Quando si voltò indietro verso la porta, vide che era di nuovo sveglio e prese quell’immagine come qualcosa da ricordare. La grande finestra, il verde notte degli alberi fuori, il cuscino bianco dove la testa di lui formava un incavo, la sensazione degli occhi di Ronan che la guardavano, in una stanza illuminata dalla luna.

Iniziò a controllare il telefono durante il giorno per vedere se c’erano messaggi, anche se lui chiamava sempre il mercoledì all’ora di pranzo per organizzare qualcosa per il sabato sera. Ci vollero un paio di mesi per cogliere lo schema.

“Sì. È il giorno in cui chiamo.”

“Molto affidabile,” disse lei.

“Cerco di esserlo,” disse lui, senza nessun tentativo di charme. Andarono a cena e lui chiese di Nell, come faceva sempre, con la giusta dose di interesse e la giusta dose di distanza. E non propose mai di andare da lei dopo, come se capisse cosa avrebbe potuto comportare.

In prossimità del Natale, Carmel decise di prendere l’iniziativa. Chiese se poteva portare Nell alla funzione coi canti natalizi che il suo coro avrebbe tenuto in città.

"Oh," disse lui.

"Se no, non preoccuparti."

"No, è solo che. Mi dispiace, non è esattamente il King's College," qualunque cosa volesse dire. Carmel gli prese la mano mentre camminavano e se la portò alla guancia.

"È fredda," disse.

Aveva mani belle e sottili.

Ronan l'aveva avvertita di arrivare presto, ma anche così la chiesa era quasi piena e dovettero penare per trovare un posto a sedere e poi aspettare mentre non succedeva nulla per circa venti minuti. Nell era mezzo nevrastenica quando i musicisti sfilarono finalmente fuori dalla sacrestia e cominciarono ad accordare gli strumenti e ci fu un altro ritardo prima che uscisse il coro, con aria emozionata e solenne. Erano vestiti in varie fogge di nero e alcuni indossavano cappelli da Babbo Natale o cerchietti con le corna di renna che ballonzolavano mentre cantavano. Facevano su e giù e ondeggiavano. Sorridevano e voltavano pagina. Le donne erano tutte di forme ed età diverse e per un attimo Carmel si immaginò in mezzo a loro, a muovere le labbra sulle sillabe luminose e inaspettate di *Good King Wenceslas*. Quando Ronan suonava, sentiva una gran fitta al cuore.

Alla fine portò Nell da lui a dire ciao e, anche se la bambina non lo aveva mai incontrato prima, e non aveva idea, a livello cosciente, di chi potesse essere, fece una cosa che la lasciò di stucco. Ronan le chiese quale fosse il suo canto natalizio preferito e lei disse: "*Santa Baby*," una canzone che Carmel pensava fosse fuori moda da un pezzo. E nel farlo, Nell ruotò i fianchi e la pancia descrivendo un cerchio timido e infantile. Si protese verso la mano di Ronan e la toccò, come per verificarne il calore e il peso.

"A te piace *Santa Baby*?" chiese Nell, con la testa piegata di lato.

La bambina stava flirtando – ammesso che flirtare fosse la parola giusta, a nove anni. Lo stava facendo male, o scandalosamente bene, perché Ronan si spostò e sua madre si raddrizzò di qualche centimetro, dicendo: "È ora di andare, Nell."

"Avevi detto che avremmo mangiato un gelato."

"Un gelato? Non mi pare proprio."

Così litigarono per questo motivo invece.

Carmel si ritrovò, dopo tutto questo, con una figlia nuova e più indisponente. Ne parlò a Bronagh, un'altra madre single della scuola, e Bronagh, che era di estrazione un po' più operaia di Carmel, scoppiò a ridere. Disse di sua figlia, Maya: "Adora gli uomini. Oh mio Dio, è assolutamente pazza di loro. Basta che le fai vedere un uomo. Un vigile urbano, o un medico, o chiunque sia alto in realtà. Se supera il metro e ottanta diventa tutta..." e si mise le mani sotto il mento come un paio di ventagli da geisha.

In piedi su un lato della sala, guardavano le figlie assaltare in gruppo il mercatino di Natale. Le bambine indossavano delle gonne sopra i leggings e stivali UGG all'estremità delle gambette magre e si precipitavano da una bancarella all'altra. Nell correva felice dalle chincaglierie ai pesci rossi, indicando, afferrando, tenendo in mano qualcosa per chiedere il prezzo. E ogni volta che Maya riusciva ad arrivare davanti al piccolo capannello affaccendato, il resto della banda si spostava.

Le altre bambine stavano escludendo Maya e Bronagh, che se ne rendeva perfettamente conto, era pallida di preoccupazione. Non poteva certo andare da loro e dirgliene quattro – a quelle *stronzette*, disse – e gli insegnanti non erano di alcun aiuto, la trattavano come una donna di facili costumi perché il padre di Maya non c'era. Carmel pensò che poteva anche avere ragione. Si avvertiva un po' un senso di gelo lì, era una scuola retta da suore. Perfino le coppie separate fingevano di stare ancora insieme, e i bambini fingevano di non importarsene.

Carmel, che conosceva Maya dalle feste e dai pigiama party, vide la bambina cercare di capire in cosa stesse sbagliando, e non riuscire nemmeno in questo. Seguiva stancamente il gruppo, col visino tirato e sempre più arrabbiato, pensò Carmel. Se fosse stata un'adulta, quegli occhi vuoti e ardenti sarebbero sembrati totalmente folli. Era qualcosa di atroce, avere nove o dieci anni. Maya stava entrando nella pubertà, il che sicuramente non aiutava. L'ultima volta che aveva dormito da lei, Carmel aveva dovuto procurarle degli assorbenti prima di piegarsi ad allacciarle le scarpe da ginnastica nuove, perché lei non sapeva farlo.

"Il coniglietto ha due orecchie, gira intorno all'albero, e va nella sua tana."

A Nell, come al solito, non importava un tubo. Quando i bambini corsero fuori in cortile, lei si mise a camminare lungo il filo del marciapiede, con le braccia distese e mulinanti, come se si trattasse di un'impresa per la quale aveva bisogno di una completa e impavida solitudine.

La settimana dopo Natale, Ronan si fermò a dormire da lei per la prima volta.

"Martedì un mio amico si ferma per la notte, Nell."

"Come?"

"Faccio un pigiama party."

Carmel parlò con la sua voce "neutrale", che il più delle volte funzionava. Era il tono che usava quando Nell, a quattro anni, chiamava uno sconosciuto al parco giochi "papà", perché pensava fosse così che le bambine chiamavano gli uomini grandi. Era la voce che Carmel usava per tutte le domande sulle origini: "No, tesoro, non tutti hanno un padre," e per i vari dolci malintesi di Nell – per anni aveva pensato che l'espressione "madre sola" significasse "madre di un solo bambino". Nell era ancora gloriosamente il centro della sua vita – anche se cominciava ad avere dei sospetti. Di solito aveva una reazione neutrale alla voce neutrale, ma negli ultimi tempi non sapevi mai dove potessero andare a parare le cose.

"Il mio amico, Ronan."

"Ok," disse Nell.

"È simpatico."

E poi eccolo lì. Due giorni dopo Natale, Ronan arrivò al piano di sopra vestito di tutto punto, unendosi in ritardo al tavolo della colazione, dove si pizzicò i pantaloni chino sulle ginocchia e si sedette dicendo: "Certo, del porridge. Squisito. Scusa, sì, sarebbe perfetto."

"Ti ricordi di Ronan, Nell."

Dopo aver inghiottito un paio di cucchiaiate, Nell si allontanò dal tavolo e corse fuori dalla stanza.

"Tutto bene?"

Era via da così tanto che Carmel cominciò a trattenere il fiato. La bambina tornò pestando i piedi sulle scale ed entrò dalla porta avvolta in una catena di cigni di carta. La sbrogliò, la srotolò e la dispose sul tavolo come se Ronan non fosse d'intralcio. Mentre spostava e spingeva ogni cigno al suo posto, si mosse lateralmente verso di lui. In un certo senso, sgattaiolò al suo fianco.

"Li ho fatti io," disse.

Nella sua risposta, Ronan fu quasi elegante.

"Sono tutti uguali?"

"Questo no."

"Forse è una gazza?"

Nell restò in silenzio, considerando quel suggerimento al tempo stesso stupido e intrigante.

"Hai mai visto una gazzella?" disse Ronan.

"Una gazzella?"

"Scusa."

"E non è *nemmeno* una gazza," disse lei.

"Lo so. Scusa."

Carmel passò lo straccio sui piani di lavoro fingendo di non guardare. Nell era regredita in una maniera sorprendente. Si comportava come una bambina di cinque anni, ma non era la bambina di cinque anni che sua madre ricordava. Stava inaugurando una nuova versione di se stessa, una nuova linea.

In un lampo di incertezza, chiese fra i denti alla madre.

"Come si chiama?"

"Ronan," disse Carmel.

Si voltò verso di lui.

"Ronan," disse con voce formale. "Ti piacciono?"

Quando era piccola, Nell non permetteva a Carmel di parlare con nessun altro essere umano: né con un commesso, né con un insegnante, né con un vicino di casa per strada. Appena perdeva l'attenzione della madre, iniziava a tirarla e a piagnucolare.

"Mamma."

"Mam-ma."

"Ma-aa-mma!"

Carmel si aspettava che all'arrivo di Ronan fosse possessiva, non le era proprio venuto in mente che sarebbe stato lui quello che avrebbe voluto possedere.

Né si aspettava quella *ruffianeria*.

"Lascia stare in pace Ronan, Nell."

"Gli sto solo facendo vedere i miei origami, mammina."

Quindi era "mammina" adesso. La bambina era già passata a un'altra classe sociale. Carmel cercò di pensare che impressione desse sua figlia con quel suo nuovo modo di parlare. E in effetti, sembrava il tipo di bambina che a scuola si coalizzava contro altre bambine.

"Puoi togliere la tua ciotola da tavola, Nell?"

Nessuna risposta.

Carmel impilò con un certo vigore i piatti della colazione, tirò l'orlo del sacchetto della spazzatura e fece un bel nodo forte. Non riusciva a crederci. La quantità infinita di tempo che aveva dedicato a quell'essere umano. Nove anni della sua esistenza che non riusciva a ricordare con chiarezza – una specie di sirena che aveva suonato nella sua vita per nove anni di fila. La consapevolezza che era stata così totalmente intrappolata, e ora veniva messa da parte, la travolse con furia.

"D'accordo, tu. Quando è troppo è troppo."

Nell si voltò verso di lei con uno sguardo arrogante.

"Un. Minuto."

Ronan, che stava ancora discutendo dei cigni di carta, abbassò lo sguardo.

"A meno che non siano anatre," disse con voce sommessa.

Aveva ragione lui. Non c'era nulla di serio, ed era tutto adorabile. Le attenzioni di Nell erano innocenti – se non del tutto innocue – e lui le rispondeva nel modo più semplice possibile per adeguarsi a lei. Proprio un bello spettacolo.

Erano i giorni vuoti dopo Natale, quando non c'era niente da fare a parte mangiare avanzi mentre, in tutto il paese, le famiglie restavano a casa. Nel pomeriggio fecero una passeggiata a Seapoint, Nell col cappotto nuovo avuto da Babbo Natale, il cui grazioso aspetto vittoriano strideva un po' con i suoi stivali di montone. Parlottava in modo accattivante con Ronan mentre schivavano i bambini sui monopattini e le biciclette di Natale nuovi. Quando svoltarono sul molo ovest, lei indietreggiò di fronte a un cane – Carmel non pensava che Nell avesse paura dei cani – e Ronan le disse che lui aveva il dono della pacificazione con gli animali. Sapeva cosa fosse?

"Cos'è?"

Ronan guardava la baia, come se la storia che doveva raccontare fosse scritta sull'acqua. Portava il nome di un santo, disse, di tanto, tanto tempo prima, che era salpato dall'Irlanda su una barca fatta di pietra. Quando era sbarcato in Francia, il posto era pieno di lupi e san Ronan era andato nella foresta che all'epoca copriva tutta l'Europa. E i lupi si erano avvicinati e avevano annusato l'orlo della sua veste. Si erano accucciati e avevano guaito, si erano sdraiati e rotolati sul dorso per mostrare le pance mezzo pelose e mezzo pelate, perché era un santo irlandese e quello – ci crederesti? – era il suo dono. Proprio come la barca di pietra, che non affondava.

Contemplarono tutti e due la superficie liscia e oleosa del mare e un dramma di nuvole violacee nel cielo serale.

“Preferiresti essere uccisa da un leopardo o da un lupo?” chiese lui, e Nell, che aveva dimenticato di essere civettuola, rispose: “Boh, che ne so. Forse un leopardo?”

“Domanda trabocchetto, Nell. I lupi cacciano solo in branco. Mi dispiace, ma se incontri un solo lupo, non stai per morire.”

Arrivarono a casa rincuorati, si buttarono sulle poltrone del soggiorno e non ci fu nessuna discussione con Nell a proposito di schermi o idiozie, lei fu impegnata tutto il tempo, suggerì giochi da tavolo e portò libri da leggere, li piazzò sulle ginocchia di Ronan e lui non respinse le sue richieste, nemmeno una volta.

Dopo cena, si sedettero tutti e due sul divano a sfogliare le pagine di un libro sui marsupiali. Nell disse che gli ornitorinchi hanno spine velenose sui gomiti.

“O comesichiamano,” disse sfregandosi il gomito, e Ronan fu sinceramente colpito da quell’informazione.

“Accidenti,” disse. “L’Australia.”

“Lo so,” disse lei.

Carmel tenne a freno il clamore che sentiva dentro di sé, guardandoli insieme. Impossibile capire se quella nuova configurazione fosse reale, o se fosse una specie di gioco che Nell stava inventando mentre gli adulti la assecondavano. Erano una famiglia. Era una cosa sconvolgente, e forse falsa, e le procurava troppo piacere.

A mezzanotte e mezzo Nell era ancora in piedi e quando alla fine Carmel l’ebbe letteralmente trascinata dabbasso, nella sua camera da letto, ci furono altre distrazioni e ritardi per la storia della buonanotte e quale storia, finché Ronan, da fuori la porta, suggerì che poteva leggergliela lui, se lo desiderava.

“Assolutamente no,” disse Carmel.

"Ma io sì che voglio," disse Nell.

"No."

"E invece sì," protestò lei tra i denti. E ci fu una breve, muta crisi di nervi; Nell un demonio che tratteneva il fiato sotto il piumone, col corpo teso come una corda, mentre dall'altra parte della porta Ronan si ritirava rispettosamente.

Pieno di scuse e rammarico, Ronan se ne andò prima di pranzo e, quando furono sole, Carmel si girò verso Nell.

"Allora?"

"Cosa?"

"Che ne pensi?"

"Sì, è a posto," disse lei.

Mezz'ora più tardi la casa era troppo silenziosa e, quando andò a controllare, Carmel trovò sua figlia nel bagno al piano di sotto. Stava fissando una catastrofe di sangue che macchiava la tazza del gabinetto. Era smalto per unghie in realtà, Nell ne aveva versato una boccetta intera sulla ceramica, con estrema cura, in nome di un gioco dimenticato.

"È successo e basta," gridò. "È successo e basta."

Strillarono e si agitarono nello spazio piccolo della stanza, tutte e due in preda a uno stato di caos e sconcerto.

"Che hai fatto? Che cosa stavi *facendo*?"

"È successo e basta."

"A che pensavi?"

"Non lo so! È successo e basta. È successo e basta."

Finché Nell non trovò l'uscita e, come una vespa dal barattolo della marmellata, si dileguò.

Ronan trascorse il Capodanno con sua madre e la zia, che vivevano insieme in un cottage sui monti Wicklow. A gennaio ripresero le telefonate del mercoledì, seguite dalle gite culturali o gastronomiche nel fine settimana. In un certo senso, era come se la giornata con Nell non ci fosse mai stata. Ronan andava avanti con le sue riflessioni; col triste compito di correggere le molte idee sbagliate del mondo, e chiedeva ancora di fare sesso come se domandasse indicazioni a una sconosciuta per strada.

Simpatica. Ma pur sempre sconosciuta.

Il suo talento con i bambini – o il suo talento nel dimenticarli – indusse Carmel a interrogarsi sulla sua vita. Può darsi che avesse un figlio suo da qualche parte, e lei non lo sapesse. Aveva passato dieci anni a Londra, era tornato a Dublino quando suo padre stava morendo e ci era rimasto. Quell'uomo era stato un grande consulente ospedaliero; molto conosciuto. Era stato a causa sua che Ronan se n'era dovuto andare, doveva cambiare aria. Ma c'era comunque un grande affetto tra loro, nonostante tutto.

"È naturale," disse Carmel.

"Sì. Mi dispiace. Non so."

Suo padre non era una persona facile – Ronan aveva abbandonato il suo dottorato, molti anni prima, perché non riusciva a essere all'altezza delle sue aspettative.

"Non hai idea." A quel pensiero il suo viso si svuotò.

Aveva lavorato così duramente.

Carmel non seppe cosa rispondere.

"Avevo completato le mie ricerche," disse. "Troppe ricerche."

"Pazienza," disse lei.

"Scusa?"

La guardò e sbatté le palpebre.

Ronan era così fortunato, pensò Carmel. Aveva un appartamento che poteva chiaramente permettersi, un lavoro che prendeva sei ore alla settimana. Quell'uomo aveva più tempo libero di chiunque altro conoscesse. Aveva una parete di libri con la copertina rigida, quadri ereditati alle pareti, passava parte della giornata a meditare. Di tanto in tanto si cimentava nella poesia, ma nulla di quel che faceva era decente, diceva. Una sera mostrò a Carmel una cartellina di fotografie di grande formato scattate nei dintorni del cottage della madre, ed era chiaro che contavano qualcosa per lui, anche se lei non riusciva a capirne il motivo. I colori erano ordinari e le montagne sembravano molto massicce e vicine. Ma qua e là si intravedeva il bagliore lontano di un campo di colza, un minuscolo agitarsi di vento in un campo di orzo acerbo; qualche accenno di movimento catturava il tuo occhio; un'increspatura che rigava l'acqua immobile, un rapido passaggio d'ombra su un comune lembo di torbiera. Carmel non riusciva a decidere se quell'effetto fosse casuale o ricercato.

"Bellissimo," disse. "È vicino a Bohernabreena?"

"In realtà, mi dispiace, ma quello è Kippure."

Si conoscevano da cinque mesi. Mentre guardava le foto, ebbe l'impressione di non aver fatto nessun passo avanti con Ronan. Era come se non avesse trovato ancora la lavastoviglie, anche se sapeva che doveva essercene una.

Col passare degli anni, Carmel cominciava a pensare che ci fosse qualcosa degli altri che non capiva. *Carmel tu non hai nessuna immaginazione.* Certi giorni, era come se non cogliesse il sapore delle cose – finché non vedeva Nell, naturalmente, e allora il film tornava sempre in technicolor. Ma certi giorni la sua vita senza Nell era come stare seduta in una stanza vuota. Il primo giorno di febbraio, spuntarono i suoi bucaneve; tremavano nella parte in ombra del giardino. Era il tipo di cosa che Ronan avrebbe potuto fotografare, pensò, e terrorizzò se stessa con la sensazione di qualcosa di nuovo.

Il sabato successivo, spedì Nell a un pigiama party e passò la notte da lui. Quando si svegliò e la vide nel letto, Ronan scattò su come una molla.

"Caffè?" disse.

Dopo colazione volle fare una passeggiata lungo il Dodder. Erano le nove del mattino, dopo una notte di pioggia battente, e Ronan discorreva dei fiumi di Dublino, un argomento sul quale la gente spesso si ingannava di grosso. Prendiamo il Liffey, per esempio – spiacente, ma quello non era il nome del fiume, era il modo in cui veniva chiamata la pianura alluvionale. Il fiume era il "corso potente", il che aveva molto più senso, perché quand'è che una palude diventa un ruscello? Quand'è che il normale movimento dell'acqua si trasforma in una linea blu su una mappa?

Carmel non lo aveva mai visto così espansivo.

Suo padre ci aveva scritto una poesia, disse.

"Sul Liffey?"

"No, certo che no." (Come poteva sbagliarsi così tanto a proposito di suo padre?) Era una piccola canzoncina, un dum-dii-dum che iniziò a canticchiare e ricostruire.

"Vuoi venire a ballare la polka / Disse il Dodder al Tolka."

Oscillò un'allegra bacchetta immaginaria.

"Vuoi dum-dii dum-dii dum-dii."

Si voltò verso di lei. Era molto felice.

"Com'è che fa?"

"Non ne ho idea," disse lei. "Sul serio, penso che te la stia inventando di sana pianta."

"Disse il Poddle allo Slang!"

La poesia era *Conversazione tra fiumi*, doveva ricordarsela. Ma lei non la ricordava affatto. Si stavano avvicinando alle arcate del viadotto di Milltown, che attraversava da un capo all'altro la stretta valle. Ronan si fermò e indicò l'altra sponda.

"Ed eccolo lì. Sul serio. È proprio lo Slang."

Nessuno conosceva l'esistenza di quel corso d'acqua, disse, che scendeva dalle montagne e attraversava Dundrum, tutto sottoterra, in una grande tubatura di cemento. Scorreva sotto i complessi residenziali e le rotatorie, sotto il parrucchiere e la scuola. E sai, "slang" era un termine che designava una striscia di campo lungo un fiume. Oltre a essere il nome di quel particolare fiume. E anche una parola che indicava un genere di parole, nel senso di "gergo".

E sebbene a quel punto Ronan fosse diventato assolutamente irritante, Carmel rimase zitta mentre guardava la confluenza dei due fiumi, acqua nera che si riversava in acqua nera. Accadeva da tempo immemore. Arrivavano lungo vecchi percorsi, portando tracce diverse. Era un modo segreto di raccontare la terra. Sentì i piedi di suo padre mettere radici nelle sue scarpe, e qualcos'altro insediarsi nelle sue spalle: la falcata inquieta di lui, il modo in cui si guardava intorno, senza perdersi nulla, divorando la scena.

Avevano raggiunto il riparo degli archi in pietra grigia e Ronan si girò verso Carmel.

"Bello, vero?"

Non si riferiva alla poesia, ma a tutto.

Stava ricominciando a piovere, ma c'era luminosità nell'aria. Il fiume scorreva pieno e veloce, e tutti i colori erano più intensi per il fatto di essere bagnati.

"Sì," disse lei.

La baciò.

"Ehi!"

La pietra risuonò mentre sollevava il viso e gridava.

"Ehi!"

Carmel lo afferrò per i baveri e lo spinse verso il fiume.

"Per favore, sta' zitto," disse.

Era perché lei gli piaceva. Per questo stava parlando così tanto. Perché aveva passato la notte a casa sua, si era svegliata nel suo letto e ora stava passeggiando accanto a lui sotto la pioggia.

Quella sensazione attraversò repentinamente Carmel, lasciandola mortificata.

Lei gli piaceva.

Ronan stava ancora parlando di Phil, che aveva risalito a piedi il corso del Dodder fino alle montagne. Gli pareva d'averlo letto in un articolo su "The Bell".

"Chi l'ha scritto?" disse Carmel.

"In realtà l'ho dimenticato." Era una cosa eroicomica. Quando passò davanti alla casa di Austin Clarke – che si trovava sul ponte di Templeogue – lanciò un disco di letame di mucca secco contro la finestra, per via di una recensione che Clarke gli aveva fatto sull'"Irish Times".

"La conosci di sicuro."

"Sì, forse," disse lei, ferma sulla parola "disco". Sembrava proprio una cosa da Phil.

Girò su se stesso in strada e lo scagliò, alla vecchia maniera, "come Ulisse ai giochi dei Feaci". E Carmel si ritrovò a casa, un sabato mattina, quando era piccola: tutta quella storia terribile del giornale, di nascondere il giornale, o di rinviarlo, perché il padre si alzava irritabile e tardi, e se faceva colazione prima di avere il giornale c'era una possibilità che non perdesse le staffe per Austin Clarke che, in cima alla pagina dei libri, emetteva giudizi sui poeti d'Irlanda. Nelle giornate brutte il giornale veniva ficcato nel bidone della spazzatura, praticamente intonso, in quelle peggiori ti beccavi uno scapaccione, e girava sbraitando per tutta la casa cercando di trovare le altre scarpe. Doveva essere stato in uno di quei sabati che aveva lanciato merda di mucca contro la finestra di Austin Clarke e poi era andato a vantarsene in tutti i pub.

Come Odisseo ai giochi dei Feaci.

Si vergognavano terribilmente dei suoi discorsi – del modo in cui ti si potevano ritorcere contro.

Come, in effetti, era appena successo. A distanza di quanti decenni?

Ma non si vergognavano affatto, pensò Carmel, delle urla e delle botte, che sembravano una specie di fatto interno. Quell'uomo era grande il doppio di lei ed era suo padre, quindi il dorso della sua mano era come il cattivo tempo, bastava tenersene alla larga. E se non ci riuscivi, potevi incolpare solo te stessa.

Non c'era nessuna cattiveria in lui, così diceva la madre. Era un bambinone.

Ronan stava parlando della ciminiera in mattoni che avevano oltrepassato sulla riva del fiume, appartenente alla fabbrica da cui la zona di Milltown prendeva il suo nome, e Carmel lo interruppe per dire: "Penso che tornerò a casa."

Lui non ebbe tentennamenti. Mentre ripercorrevano all'indietro il sentiero, indicò delle gallinelle d'acqua che nuotavano sotto la pioggia.

"Buon tempo per le anatre," disse.

Alcune settimane dopo, era previsto un evento presso la biblioteca locale per celebrare un lascito dell'archivio di Phil e Carmel non sapeva se invitare o meno Ronan. La situazione era già molto tesa. Il materiale proveniva dalla moglie americana, una donna che adesso erano costrette a chiamare "Connie". Si era offerta di donare gli ultimi quaderni di Phil e Imelda era convinta che si trattasse di una specie di mossa da parte sua. C'erano state telefonate e uno scambio di lettere per chiarire a chi appartenesse cosa, e Carmel ne aveva fin sopra i capelli di tutte quelle storie.

"Non si sta *prendendo* niente," disse, "sta regalando qualcosa."

Al che Imelda rispose: "Sì, certo."

L'anno prima, Connie era venuta a Dublino e le aveva invitate tutte e due per un tè allo Shelbourne, dove si erano sedute su divanetti bassi, guardando l'alzata con i dolci e discutendo di aeroporti.

"Sei arrivata dal JFK?"

"In realtà ho preso l'aereo a O'Hare."

C'erano focaccine al piano più basso, piccoli sandwich al centro e pasticcini glassati in alto – e nulla di tutto questo era ancora stato toccato. Era una piccola gara.

"Allora, cosa ti porta in Irlanda, Connie?"

Erano passati quindici anni dal funerale del padre, ed eccola lì – un fantasma in pantaloni di crêpe e blazer di buona qualità. Le sue mani erano precise sulla tazza e il piattino sollevati, la voce tenue e calma. Era importante mettere le cose al posto giusto, e il posto giusto per gli ultimi quaderni di Phil era l'Irlanda.

"Tu credi?" disse Imelda.

Connie stava cercando di "riequilibrare la sua vita", disse. Da come ne parlava, il lascito del padre sembrava un trattamento benessere, o una scelta di stile di vita. Non menzionò il fatto che l'aveva scopato, sposato, rubato, tirato su dal pavimento del bagno quando era morto. E non disse nemmeno che era la loro matrigna – sarebbe stato assurdo. Aveva circa due anni in più di Imelda. E dieci chili in meno di Carmel, a occhio e croce.

"Credo che sarebbe felice di vederli tornare a casa."

La donna si interruppe, zittita da qualche ricordo visto con l'occhio della mente. Lo captarono tutte; il lampo e la postluminescenza di Phil.

Carmel si sporse all'improvviso in avanti e prese un piccolo bignè dal piano superiore.

"Penso sia una bella idea," disse.

"Ne sono molto lieta."

Connie posò la tazza e il piattino e ci fu un silenzio ponderato.

"È stato bello vedervi," disse. Carmel pensò che l'americana fosse dispiaciuta per il suo primo matrimonio, che ormai volesse chiudere e buttarselo alle spalle.

Forse questo valeva per tutte loro. Era ora di lasciare andare il vecchio stronzo.

"Cosa te n'è parso?" chiese a Imelda mentre tornavano a Dawson Street, e la sorella maggiore disse: "Che faccia tosta, quella donna. Che completa, assoluta faccia tosta."

Il lascito fu celebrato da un piccolo incontro in una biblioteca locale con alcuni poeti minori e un tavolo di vino mediocre. Ronan arrivò in giacca di tweed e pantaloni di velluto a coste color senape. Era perfettamente in tono. Quando fu presentato a Imelda, disse: "Ho sempre amato le sue traduzioni dall'irlandese, sono così poco pretenziose." E lei disse: "Sì, sì."

Furono pronunciati discorsi, alzati bicchieri. Imelda, in qualità di figlia principale e portatrice di lutto designata, srotolò molti fogli di carta, chinò il viso verso il microfono e parlò del grande amore tra suo padre e sua madre che, nella poesia di Phil, non sarebbe mai svanito.

Connie rimase in disparte tutto il tempo e continuò a sorridere. Indossava un tailleur pantalone grigio tortora su una camicetta di raso nero e Carmel si chiese brevemente cosa ci avesse visto in Phil, che era così poco presentabile, anche secondo i criteri dell'epoca. Si chiese anche se si fosse fatta qualche ritocchino da quando l'avevano vista allo Shelbourne, perché ora dimostrava diversi anni meno di Imelda, che stava declamando in gramaglie vedovili sul podio.

"E riconoscenti di aver potuto chiamare 'papà' un uomo del genere."

Nell osservò tutto con occhi solenni e alla fine fece lentamente il giro delle fotografie esposte. Ecco lì suo nonno con un gilet lavorato a maglia su una strada in mezzo alla foresta, ed eccolo lì con uno stelo di fieno in bocca. Alcune delle immagini erano familiari a Carmel, altre mostravano una vita che le sue figlie non avevano mai conosciuto. Phil con lo stesso gilet lavorato a mano, ma con dei grattacieli alle spalle. Phil in toga universitaria che riceve una pergamena su un palco. Un paio di istantanee in bianco e nero in una Grecia dalle tonalità grigie e sovrailluminata, scattate forse da un giornalista. Un'angolazione molto bassa mostrava un uomo seduto a un tavolo all'aperto, col petto nudo e abbronzato, ed era Phil, che scriveva una poesia. Allo stesso tavolo, una scena di dopocena: il braccio di Phil cinge le spalle di una donna che si scosta da lui per posare con un uomo anziano. La donna ha i capelli scuri ed è bella come lo si può essere solo da giovani – ma perfino Phil sembra insopportabilmente giovane. Tre anni dopo averle lasciate a Dublino, aveva un aspetto semplicemente splendido.

E tenebroso, in un modo alquanto poetico. La ragazza era quella che aveva buttato fuori in strada in camicia da notte – almeno così si diceva. Nella foto, sono chiaramente nel bel mezzo di una lite. Nella poesia, lei sanguina dal polso.

> Persefone lascia il suo trono
> nove semi di vivido sangue
> l'osso a mo' di braccialetto le cingono

Non c'era nulla che Carmel potesse fare con quelle storie, se non ignorarle nel corso degli anni.

Era l'estranea al cancello, aggrappata alle sbarre con guanti di lana rossa. Era una donna che piangeva al suo funerale, che non aveva nessun diritto di piangere. Era una ragazza innamorata della morte, che era andata a letto col padre di Carmel perché sentiva che andare a letto con lui era come morire.

Connie era in piedi accanto a lei, in un effluvio di profumo leggero, e Carmel trasalì. Era come se l'americana si muovesse sui pattini a rotelle. Disse: "Grazie per essere stata così comprensiva e generosa in tutta questa faccenda. Era una cosa che avevo bisogno di portare a termine. Sono così felice che abbiamo avuto la possibilità di stare insieme stasera, è stata molto speciale per me. Oh, e questa dev'essere Nell?"

"Sì. Saluta, Nell."

"Ciao, nonna."

Connie rise, e sembrò una persona diversa, del tutto aperta.

"Nonna acquisita, sì. Suppongo di esserlo."

Ronan stava osservando la fotografia della scena al tavolo. Teneva una mano dietro la schiena e si chinò per leggere la didascalia.

"È la poetessa?" disse raddrizzandosi.

Stava parlando con Connie.

"La conosce?"

"Oh no," disse lui. "Oh santo cielo, mi dispiace. No."

C'era da dire che Ronan stava diventando un po' snervante – tranne che a letto, dove era sempre meno timido. Carmel cominciava ad attendere con impazienza la fine dei loro sabati sera, anche se c'era parecchio da chiacchiere prima di arrivarci. Era un uomo davvero molto loquace. Ronan aveva l'abitudine di chiedere cose che altri uomini non avrebbero chiesto. Sapeva come cambiare il pin di una carta bancomat? Qual era la differenza tra le lampade a incandescenza e quelle fluorescenti? Sapeva guidare un furgone? Bisogna fare un esame speciale per guidare un furgone? Avrebbe dovuto usare un dentifricio sbiancante o uno per denti sensibili? Il governo possedeva le sue coordinate bancarie, o quelle di tutti, e lei personalmente come pagava il fisco? Avrebbe dovuto abbandonare il clarinetto e passare alla chitarra?

Gli piaceva fare lunghe camminate e, dopo quella prima passeggiata lungo il Dodder, divenne una proposta domenicale fissa. Una settimana andarono sul Bray Head e quella successiva si fecero i moli. La cosa scioccante era che Nell ci veniva volentieri, posava il Nintendo e andava a cercare le scarpe. Nel parcheggio di Killiney corse incontro a Ronan e cominciarono a risalire la collina insieme, come se entrambi fossero venuti lì per questo.

Carmel li seguiva più indietro ed era un po' triste. Il ginestrone era in fiore e l'aria era aromatica proprio come l'aveva descritta Phil, al suo primo appuntamento con sua madre. Carmel immaginò Terry camminare su quel sentiero con la sua gonna color giacinto di bosco che non aveva mai buttato via, dopo. Per anni era rimasta appesa nell'armadio a Dún Laoghaire. La vita era minuscola, doveva misurare circa quarantacinque centimetri. Loro due sgattaiolavano dentro per provarla, ma Terry era più curata e più bella di entrambe le sue figlie. Era di un cotone con riflessi lucidi, non sapeva come si chiamasse quel tessuto.

Vicino alla cima della collina, Ronan e Nell si fermarono a guardare la costa in direzione di Bray.

"Sono tutti protestanti," disse lui, indicando le lussuose proprietà immobiliari in basso. "A parte l'arcivescovo, la vedi quella torre in lontananza vicino agli alberi?"

Stava parlando non delle celebrità e degli avvocati che abitavano adesso nella zona, ma delle famiglie che si erano stabilite lì più di un secolo prima. Indicò una casa appartenuta a un uomo che possedeva delle piantagioni di tè a Ceylon. In quella accanto c'erano due figli gemelli, nati nel 1900, alla soglia dei tempi moderni.

"Ho fatto le mie ricerche," disse.

Uno dei gemelli era un medico che si era unito agli Alleati durante la guerra, o subito *dopo* la guerra. Era andato a Bergen Belsen e aveva portato con sé in Irlanda cinque orfani e quest'uomo si chiamava Collis.

Si corresse.

"Si chiamavano entrambi Collis."

E poi, come irritato da qualche implicazione: "Erano gemelli."

"L'hai già detto," disse Nell e Carmel comprese che stava parlando della sua tesi, il grande lavoro che aveva abbandonato molti anni prima.

L'altro gemello si era arruolato volontario nel *land army* ed era andato a zappare per la vittoria nella campagna inglese, e poi lo aveva raccontato in un libro, in cui aveva descritto la campagna, l'alternarsi delle stagioni e come mettere i finimenti a un cavallo. Lo aveva intitolato *The Worm Forgives the Plough*, il verme perdona l'aratro. Ecco dunque, di cosa aveva scritto ognuno di loro. Del genocidio e del lavoro nei campi.

"Certo," disse Carmel, chiedendosi come distrarre Nell dalle sue chiacchiere.

Questi gemelli – stava insistendo ora Ronan – avevano scritto dei libri su due cose importantissime, completamente diverse.

Rappresentavano un bivio nella strada dell'umanità. Il crepaccio. Inoltre, la loro madre aveva preferito il fratello maggiore fin dal giorno in cui erano nati. Era molto chiara su questo punto. C'erano appena pochi minuti tra loro e lei preferiva il primo.

"Erano *identici*."

"Sì," disse Nell.

Rimasero in silenzio per un attimo, a guardare il panorama. I raggi del sole al tramonto scivolavano, bassi e orizzontali, lungo una piega del paesaggio riempiendolo di una foschia gialla che terminava sul lungomare di Bray. Dietro, il Sugarloaf e il Little Sugarloaf – cominciò a nominarli per Nell –, Katty Gallagher, Djouce, Kippure.

Nell disse: "Penso che è ora di tornare alla macchina."

"Penso che tu abbia ragione. E quella lì?" disse indicando Carmel. "La portiamo con noi?"

Nell rise alla sua battuta. Prese la mano di Ronan e la mano di Carmel, come una bambina in un musical hollywoodiano alla fine della storia, quando tutto si è aggiustato.

La domenica successiva percorsero il tratto di scogliera tra Bray e Greystones e poi tornarono indietro al parcheggio. Quando Carmel tirò la cintura di sicurezza, lui le chiese un favore.

"Mi servirebbe un passaggio mercoledì. Per una cosa al Vincent's. C'è bisogno di una sedazione leggera, e non ti danno l'autorizzazione se non c'è qualcuno che ti riaccompagna a casa."

"Una cosa?"

"Sì, ecco..."

Carmel era occupata il mercoledì – lo sapeva perché non

c'era un giorno in cui non fosse occupata. Inoltre, da come ne parlava, non si trattava di una devitalizzazione, ma di qualcosa sotto la cintola.

"Che cosa? Che genere di cosa?" disse Nell dal sedile posteriore.

"A che ora?"

"Non lo so," disse lui. "In mattinata."

Carmel si chiese come potesse essere vivere una vita suddivisa in tranche generiche, come "mattinata" e "pomeriggio". Inserì la retromarcia e si guardò alle spalle.

"Sì, certo."

Durante il viaggio di ritorno lui rimase in silenzio e, quando arrivarono a casa sua, si girò verso Nell con un'aria tragica.

"Lo vedi quel fiume?" disse. "Si chiama Dodder e c'è un martin pescatore che vive da qualche parte lungo l'acqua, non so dove, ma se fai molto silenzio, li vedrai, perché ce ne sono due, e hanno entrambi colori brillanti. Sono una coppia. Sai riconoscere un martin pescatore?"

"Sì."

"Devi far finta di non guardare e, se sei fortunata, arrivano."

"Sì."

"Non dimenticarlo ora."

"No."

"Buona fortuna, Nell!"

Si trattava, ovviamente, di una colonscopia. E l'infermiera, ovviamente, aveva conosciuto suo padre da studentessa, "adorava quell'uomo". E lo specialista, per quanto potesse sembrare incredibile, chiese a Ronan della morte di suo padre prima di introdurre la telecamera. Sulla via del ritorno, Ronan era frastornato. Carmel dovette portarlo fino all'appartamento e aspettare che l'effetto della sedazione svanisse, perse mezza giornata.

Polipi. Grazie all'irritante aggancio medico di Ronan, la mattina dopo, magicamente, lo specialista telefonò per dire che "passando" li aveva rimossi e aveva mandato tutto al laboratorio. Una settimana più tardi i polipi erano benigni, a parte quello che non lo era, che avrebbe richiesto un altro piccolo intervento e la perdita di un po' di tessuto intestinale – non molto – appena fosse stato possibile programmarlo. Ronan era sconvolto. Un sabato che andarono a teatro, si agitò tutto il tempo sulla poltroncina accanto a lei. Non riusciva a mangiare. Le telefonava per parlarle delle sue abitudini al bagno. Dopo una prestazione un po' angosciata – in cui pronunciò ripetutamente il nome di lei – cessò ogni prestazione di tipo sessuale.

Il giorno dell'operazione, lo accompagnò in ospedale, lo scortò fino alla sala operatoria con la mano poggiata sulla barella e gli occhi di lui fissi nei suoi. Stavolta ci volle un'anestesia totale e non era ancora uscito dalla rianimazione quando Carmel tornò dall'ufficio qualche ora dopo. Rimase lì, con sedici cose da fare lasciate in sospeso, senza capire che stesse succedendo.

L'infermiera disse: "Può darsi che venga dimesso anche domani, non sappiamo ancora dire quando."

"Certo."

"Potrebbe essere in qualunque momento. Giusto per metterla sull'avviso. Dipende."

"Domani?"

"O dopodomani."

"Giusto."

Il suo nome doveva essere sul modulo. Carmel non sapeva cosa ci fosse scritto accanto al nome – compagna, fidanzata – ma sembrava che Ronan fosse sotto la sua responsabilità ora.

Solo perché erano andati a letto insieme? Era sufficiente? Non sembrava una cosa plausibile da chiedere all'infermiera, che stava sfogliando, con efficiente tristezza, una spessa cartella clinica.

"Avete il mio numero?"

"È qui."

"Ottimo," disse.

L'infermiera pensava che lei amasse Ronan? E amare significava tutto questo?

Carmel non riusciva a capire. Come si era ritrovata con quel lavoro, per il quale non aveva mai fatto domanda? Era stato il sesso – che diventava piacevole per circa due minuti e poi non lo era più? O il fatto di fermarsi per la notte da lui? Forse proprio allora era stato lanciato il sortilegio. Forse, se eri donna, il solo dormire era sufficiente. Poteva succedere su un autobus, o in aereo. Potevi appisolarti e svegliarti accanto a un uomo strano al quale ora ti toccava badare per tutta la vita. Carmel voleva ridere, ma in realtà nella sua testa rimbombava un grido interiore che diceva: Ho una figlia. Ho una figlia. Ho una figlia, brutta stronza, ha solo nove anni.

L'infermiera controllò il suo viso, posò una mano sull'avambraccio di Carmel.

"Si sta riprendendo benissimo."

Ronan non si riprese bene. Ci fu un'infezione, una piccola crisi, un intoppo, una degenza di tre settimane. Gli crebbe la barba, leggermente bionda sulle punte, e il suo garbo continuò a spezzare il cuore di Carmel. O lei avrebbe voluto che le spezzasse il cuore. Avrebbe voluto potersi sdraiare – solo una volta, solo per un pochino – e ristabilirsi dalla sua vita. E avrebbe anche voluto avere delle persone che si prendessero cura di lei, come Ronan aveva, senza alcun dubbio, donne che desideravano prendersi cura di lui. Infermiere adorabili e un'ottima addetta ai prelievi, una persona sorridente e triste con cui forse era uscito in passato. Carmel le incontrò attorno al suo letto, donne del coro con biglietti e cioccolatini, una sorella – mai nominata prima –, la sua anziana madre, intravista da lontano, mentre la aiutavano a entrare nell'ascensore. E anche un uomo, il suo amico prete, che si sedette in silenzio e lesse il giornale che gli aveva portato in dono, prima di lasciarlo sul letto.

"Buongiorno, padre."

"Ah, Carmel. Ho sentito parlare così tanto di te."

Dopo che Ronan fu dimesso, lo portò al cinema e a fare una passeggiata all'Herbert Park. Un giorno andò a casa sua e lo trovò seduto lì, a guardare il fiume fuori dalla finestra. L'appartamento era in ordine, ma i libri e gli antiquati dipinti a olio lo facevano sembrare per qualche motivo in prestito. Ronan disse che forse sarebbero dovuti partire in modo che lui potesse riposare al sole, pensava che sarebbe stato bello andare in Italia, in qualche posto con una piscina per Nell.

"Sarebbe meraviglioso," disse lei.

Quando era in ospedale, disse, pensava a lei tutto il tempo.

"Tutto il tempo," ripeté, e la guardò dritto negli occhi. Quello, si rese conto Carmel, era il segnale per andare verso di lui e baciarlo sulla bocca, che ora sembrava più rossa per via della barba.

Più tardi, le chiese di portare giù la spazzatura quando se ne andò, e lei acconsentì, chiedendosi perché stesse facendo tutto questo per una relazione sessuale senza sesso, cercando di dare una forma a un uomo che era innamorato della sua stessa delusione, che la coltivava e la cercava.

Lei non richiamò. Lui non chiamò.

Fu allora forse che Nell smise di venire nel suo letto la mattina del fine settimana per una chiacchierata e un po' di coccole, e quando Carmel le chiese di una nuova gonna che si era comprata, Nell rispose: "Gesù, mamma, *chissenefrega.*"

"Che ne pensi?" Volteggiò come una sciocca davanti alla figlia.

"Che cosa dovrei pensare?"

"Ti piace?"

"Perché dovrebbe piacermi? Hai tipo cent'anni. È una *gonna.*"

Conversazione tra fiumi

Disse il Dodder al Tolka
Vuoi venire a ballare la polka,
Vuoi raggiungerci per la quadriglia
Disse il Poddle allo Slang

È il gorgogliare del Dargle
Quando smette i gargarismi
È una danza di acqua felice,
Dal Santry allo Swan.

E il mio sangue va veloce,
Il mio battito inizia a parlare
Sto scorrendo verso il lato
Dove decidi di camminare
Mentre arriva la tempesta.

L'amore è una marea, è foschia
Che diventa nuvola, è pioggia
Sul fiume, acqua nell'acqua
Cuore nel cuore. Da qui
In avanti è tutta discesa.

Vuoi venire a ballare la polka,
Disse il Dodder al Tolka
Vuoi raggiungerci per la quadriglia
Disse il Poddle allo Slang.

Una delle luci della cucina cominciò a fare i capricci e spegnersi e quella scocciatura proprio non le ci voleva. Le lampadine avevano un grosso filamento industriale; venivano da un negozio costoso in città e Carmel aveva provato una soddisfazione assurda quando le aveva comprate. Dopo Ronan aveva tolto i vecchi mobili componibili, e più guardava la nuova isola che aveva fatto installare, più si rendeva conto di quanto fosse enorme e brutto quell'affare. Dopo qualche settimana di disperazione passata a sfogliare riviste d'arredamento, aveva trovato quei paralumi in un arancione vintage, che sembravano allegri cappelli di latta. Aveva sistemato una ciotola piena di arance sull'isola per deviare l'attenzione dal cacchetta deprimente del ripiano di pietra e la soluzione aveva funzionato, più o meno. L'occhio andava dal colore vivace sopra al colore vivace sotto, così il banco usciva dalla visuale e la ciotola, che era di una bella tonalità di azzurro, sembrava galleggiare al centro della stanza. Azzurro ceruleo. Carmel comprava delle favolose arance di Giaffa con la buccia ruvida da mettere nella ciotola e a Nell piaceva prenderne una al ritorno da scuola. Si sentiva il plaf plaf mentre girava per la cucina, lanciandole oziosamente da un palmo all'altro.

Con un salto al negozio di luci, la lampadina morta fu sostituita e tutto andò bene, finché non partì anche quella, poco dopo. Carmel non riusciva a spiegarselo. La fila di lampadine era collegata allo stesso binario, il fusibile non era bruciato. Al successivo salto in città, Carmel fece scorta di lampadine e dieci giorni più tardi accadde di nuovo. O meglio, non accadde. Girò l'interruttore e quella tra l'isola e il lavello non si accese, di nuovo.

Quando finalmente riuscì a far venire a casa un elettricista, questi controllò il lampadario e, anche se non riusciva a trovarci nulla di guasto, lo sostituì con uno nuovo. La volta seguente, lo convinse – contro ogni buonsenso – a rifare l'impianto fino all'interruttore della luce, e la nuova lampadina si fulminò prima che riuscisse a trovare un operaio per far chiudere la traccia che correva lungo la parete.

Carmel pensò che sarebbe impazzita. Ogni volta che credeva di aver risolto, sentiva quello stesso fioco *din din* che precedeva la morte della lampadina, e quando entrava in cucina e girava l'interruttore sulla parete rovinata, otteneva lo stesso risultato. Nell, che stava sbucciando la sua arancia vicino al bidone della spazzatura, non diceva nulla. Oppure alzava lo sguardo e diceva: "Hmm."

E Carmel capì.

"Sei stata tu?" disse.

"Io cosa?"

"La luce, sei stata tu?"

"Io cosa?"

"Hai rotto la luce?"

"No."

"Hai tirato l'arancia contro la luce?"

"Se l'ho tirata?"

Quella ripetizione, nel linguaggio di Nell, significava "sì".

"Sì, tirata. Sì, tirare."

"Quella cazzo di arancia," disse Carmel.

"Quella cazzo di arancia," ripeté lei.

"Hai cazzato l'arancia?" La grammatica di Carmel si dissolse e afferrò la bambina per il braccio lungo ed esile, schiaffeggiandole le gambe mentre lei le girava intorno – cercando di colpirla, e quasi sempre mancandola. Allora Carmel allungò la mano nella ciotola e lanciò un'arancia dopo l'altra contro le gambe di Nell, e sembrò funzionare, dopodiché le arance erano finite e Carmel lanciò la ciotola vuota che rimbalzò sulla schiena di Nell e cadde sul pavimento, frantumandosi, sicché Nell iniziò a saltellare e ballare tra i cocci, cosa che di certo non preoccupò sua madre, che aveva passato molto di peggio, infinitamente di peggio, di una stupida ciotola rotta.

"Pensi che questo sia brutto?" disse. "Pensi che questo sia brutto?"

Diede a Nell una botta sulla tempia con le nocche del pugno e, quando la bambina cadde a terra, Carmel si abbassò per assestarle sulla coscia piccola e nuda una manata forte, da cui subito si levò come un'eco una vampata di rossore, mentre da qualche altra parte proveniva del sangue liquido, sangue che era fuori dalla pelle di Nell e striava il pavimento di rosso.

Nell portava la divisa della scuola, che aveva anch'essa il colore del sangue scuro, e non stava urlando. Quella gambetta sottile. E la testa. Carmel aveva sferrato a Nell un colpo così forte da provocarle una commozione cerebrale. Nell, che aveva strillato tutto il tempo mentre volavano le arance, adesso era silenziosa e ansimante, girata dall'altra parte sul pavimento, con gli arti piegati, la guancia sul parquet imbrattato, le culotte – a dieci anni – in mostra. E la rovina con cinque dita della mano di Carmel accartocciata, sollevata in alto. La mano che aveva colpito Nell.

Fuori, un pedone passò, ignaro.

"Dove stai sanguinando, dov'è il sangue? Devo vedere il sangue, Nell."

"No."

"Nell, devo vedere. Nell."

Nell alzò lo sguardo verso la madre e fece l'Espressione. La faccia deformata della rabbia, con gli occhi fuori dalle orbite, come una forma tirata in due direzioni sbagliate.

Allora Carmel si sentì vuota e un po' sciocca. Può darsi che avesse addirittura riso. Tese la mano verso la figlia, ma Nell lanciò a sua madre un'*occhiataccia*, che si trasformò poco a poco in uno sguardo ferito, da cui emanava una certa soddisfazione.

Hai perso.

Hai perso le staffe.

Carmel si sedette su una sedia con la schiena dritta e le mani poggiate in equilibrio su ambedue le gambe. La mano che aveva usato per picchiare la sua bambina era ancora stretta e premette la base del palmo sulla coscia. Assomigliava a una statua. Una piccola figurina. Oppure era enorme e di pietra, un faraone seduto nel deserto. Ai margini del suo campo visivo c'era la trac cia ancora aperta dell'impianto, con brandelli di intonaco che pendevano lungo i bordi. Per terra, Nell si fece più piccola. Un lieve raschiare di coccio mentre si rannicchiava su se stessa in silenzio e cercava di piangere.

Carmel si ricordò di come avesse controllato la finestra. Ricordò il movimento improvviso del suo sguardo, il passante sconosciuto che poteva aver sentito, e una sciabolata di vergogna la aprì come una zip. Questa era la frattura che aveva chiesto. Non era più una persona, non era nemmeno qualcosa di diverso.

Semplicemente non era. Quella sensazione era peggio dell'orrore, perché non riusciva a raccogliere l'orrore dentro di sé. Era un quadro dipinto da un uomo di cui non ricordava il nome, un essere con la testa di un gatto. E suo padre, suo padre. Era. Suo padre era. Proprio lì. Suo padre era più grande del mondo e molto meno meraviglioso. Era immenso, come un muro.

Nell stava piangendo ora, e Carmel fece uno sforzo di volontà per tornare nella stanza. Sentì il pulsare del sangue nei suoi piedi e chiese al sangue nei piedi di salire su fino alle mani e alla testa.

Si mosse.

Si inginocchiò accanto alla figlia sul pavimento e Nell era cambiata di nuovo. C'entrava in qualche modo la breve assenza della madre dal mondo, qualunque cosa fosse stata – la sua assenza da se stessa. Nell si buttò di slancio tra le sue braccia. Poverina. Bella bambina. Chiedeva di perdonare, di essere perdonata.

"Oh, mi dispiace."

"Mi dispiace."

"Mi dispiace così tanto."

Si sussurrarono paroline dolci.

"Non volevo dire davvero quello che ho detto" (anche se doveva averlo voluto).

"Non volevo farlo" (anche se).

Nessuna delle due voleva. Nessuna aveva mai voluto nulla.

"Mi dispiace così tanto."

Il sangue sul parquet proveniva da un taglio sul piede di Nell – più un graffio, in realtà, e si era già fermato quando Carmel l'aveva fatta girare per trovare e valutare il danno. Nell non sembrava avere una commozione cerebrale, nemmeno lontanamente. Non c'erano lividi, ed era molto difficile da credere. Le arance l'avevano colpita o mancata, senza lasciare traccia. Il segno rosso sulla pelle perfetta della coscia era impallidito – sbiadito e scomparso. Pareva che tutto il dramma non fosse altro che la rottura di quella stupida ciotola.

Cosa si dovrebbe fare, si chiese Carmel, per mandare davvero all'ospedale una bambina? La sua meravigliosa figlia, la felicità e la sola gioia del suo cuore.

Nell.

Non sembrava possibile: avevano spaccato il mondo intero e non c'era nessuna prova visibile del crimine. O meglio – dovette correggersi – era stata lei a spaccarlo, era stata solo Carmel a fare quella cosa.

Qualche giorno dopo, vide un'ombra scura lungo l'attaccatura dei capelli di Nell, un livido ingiallito nella curva della sua schiena, dove la ciotola aveva colpito ed era rimbalzata. Carmel fece per chiederle qualcosa, ma poi desisté. Erano entrambe troppo confuse. Erano impegnate a dimenticare.

Il velo cade

Sono Tasso,
solido, basso a terra
dove estraggo bossoli arancioni,
brandelli di stoffa marcia, il paesaggio osseo
di un altro animale, la cosa che ti cadde
il giorno in cui accadde.
Tasso sapeva
dal fruscio della caduta
sopra la sua testa.

Tasso riconosce
il peso di un corpo,
la misura di un passo d'uomo.
Tasso ridacchia e aspetta che il vento
spiri forte, l'erba spunti, la terra si depositi sopra
l'oggetto che hai perduto: una ghianda, un sassolino,
una moneta con una gallina sul davanti.

Mio padre aveva magnifiche strisce,
mia madre era un tasso fantasma, bellissimo.
Quel che devi fare coi cani, mi disse,
è bloccargli il muso, di traverso.
Lascia al cane
la fatica di scappare.
Sono Tasso, nuoto nella terra
la attraverso.

In questi giorni, mi aggiro fiutando nella mia
cattedrale di radici,
disponendo gusci di lumaca in fila.
Sopra di me, il vento annerisce
un soldino caduto e i cani fanno ciaoo.

Phil

C'erano due campi nella piccola azienda agricola dove sono cresciuto, a pochi chilometri da Tullamore, e ciascuno era, per la mia infanzia, un universo. Il campo vicino era una distesa di erba e senecione di San Giacomo, calpestata avanti e indietro dalle nostre poche mucche. Il prato lontano era un mondo ronzante e frusciante di fieno alto e api sonnolente. Un terzo posto era racchiuso in mezzo, come un pisello dentro il baccello della siepe. Era una piccola cava di roccia, da tempo in disuso, e la consideravo un luogo fatato. La sera vi lasciavo, disposti secondo segrete configurazioni, dei piattini di latte, e il giorno dopo li trovavo soffusi di rugiada. Un cespuglio di rovi frastagliato sul margine era l'unica conferma di cui avessi bisogno. Si trattava di un albero fatato. La nostra famiglia era osservata e ignorata dal popolo degli Shee; esseri ultraterreni che guastavano il burro e scambiavano i bambini nella culla. Queste creature fatate erano le grandi sostitutrici: vedevano quello che volevi e ti davano qualcos'altro.

Il nostro nucleo familiare comprendeva sette bambini e due adulti in una casupola di pietra, che era imbiancata a calce e, sulla facciata a timpano rivolta a nord, piano piano, nuovamente rigata di rosso. Di notte, il Vecchio Tasso strideva nel cortile, la volpe si batteva e gridava e le minuscole creature verdi, che vivevano nella paglia del tetto, fissavano i puntini fiammeggianti dei loro occhi sul tuo sonno. L'alba era preceduta dal fruscio frettoloso degli uccelli a caccia, e per me era non tanto una casa quanto una nave scricchiolante, una lamentosa creatura notturna, che solcava le onde scure.

Quando avevo nove anni, alla vigilia del solstizio d'estate reclamai il mio turno di dormire sul bordo del letto e, appena tutti furono sprofondati nel sonno, mi liberai della coperta, raccolsi i miei vestiti e feci scattare il chiavistello della porta d'ingresso. Fuori, mi infilai i calzoni in un'aria che conservava, ancora, un barlume di luce fosca. Preparai i pantaloni attillati di tartan tirandoli al rovescio, come protezione contro il Foidín Mara, la strana sensazione di smarrimento che può colpire un uomo in un luogo familiare, segno che è entrato nel lato fatato delle cose, e la cura consiste nel rivoltare i vestiti al contrario – va bene anche fronte-retro.

Con i pantaloni stretti nel pugno per tenerli su (perché avevo dimenticato la cintura), i miei piedi allenati trovarono il sentiero per la vecchia cava sulla terra scabra e in mezzo all'erba fresca. Raggiunto il limitare del luogo, mi avvicinai al cespuglio di rovi che cresceva sul margine e mi sedetti leggermente in disparte, in attesa di scorgerli o addirittura di catturarne uno. Quando avessi avuto in pugno l'uomo fatato, avrei espresso il mio desiderio.

Questo desiderio era molto semplice: che Hanorah Casey mi lasciasse camminare accanto a lei mentre tornavamo a casa da scuola. Che prendesse il fiore che le porgevo e lo tenesse nella sua giovane mano fino a casa. Che mettesse questo fiore, e ne conservasse per sempre il fantasma sottile come carta, nel suo messale. Indistintamente, nei recessi del mio desiderio, c'era anche l'aspirazione di poter toccare i suoi capelli neri, che erano più lunghi di quelli di tutte le altre bambine e venivano spazzolati cento volte ogni sera. Hanorah Casey era l'unica figlia di suo padre. La madre era morta mettendola al mondo e sua nonna stravedeva per Hanorah. Le spazzolava i capelli con una spazzola dal manico di porcellana e le setole di maiale, comprata un giorno di fiera a Tullamore al prezzo di un maiale rosa. Nelle sere d'estate le si poteva vedere fuori casa, Hanorah su una sedia da cucina e la nonna dietro di lei, che cantavano mentre il sole tramontava, e la gente pensava che tutte quelle cure avessero insuperbito la bambina.

Quando le lezioni erano finite e scorrazzavamo in strada giocando, lei se ne stava di lato in disparte. Agli incroci si allontanava senza uno solo sguardo indietro. Perciò era precisamente questo che desideravo. Con tutto il cuore e gli occhi strizzati forte, desideravo che Hanorah Casey potesse voltarsi un giorno dopo essersi avviata verso casa. Dopo aver sciolto la treccia del giorno di scuola, mentre ammiravo il luccichio di lontra dei suoi capelli neri, desideravo che sbirciasse indietro da sopra la spalla e vedesse che la stavo ancora guardando.

Il cielo notturno del solstizio d'estate traboccava di stelle. L'ultima luce di ieri e la luce imminente del domani cingevano il pallido orizzonte. Mi sedetti e fissai le radici scure del cespuglio di rovi fatato. Fissai finché l'aria di fronte a me non divenne pulviscolo. E in quella fuliggine vidi… qualcosa: un movimento nell'erba, una breve losanga di luce che sfarfallò e si spense.

Venne un'oscurità scintillante e tremolante. E ci fu una risata. Un suono che udii con la stessa chiarezza di qualunque altra cosa mi sia capitato di sentire in vita mia, sia prima sia dopo.

La risata scaturì da un profondo, vellutato silenzio. Si sprigionò così vicino al mio orecchio, che quell'esserino avrebbe potuto starci seduto dentro. Sapiente, delizioso, dispettoso: nell'istante in cui udii il suono, capii che una parte della creazione di Dio era invidiosa dei capelli neri di Hanorah Casey.

Non ricordo come riuscii a tornare alla porta della nostra casupola, anche se il trambusto che provocai al mio arrivo rimase negli annali di famiglia come la notte in cui me ne andai con le fate.

"E a volte penso," era solita aggiungere mia madre, "che non lo abbiamo più riavuto indietro."

Ero sempre stato un bambino con la testa fra le nuvole. Dopo quella notte, cominciai a pensare che forse ero un bambino crudele, come se la risata fatata mi avesse immischiato in tutto ciò che c'era di sinistro in questo mondo. Andai a fare la confessione, che a quei tempi non era una cosa organizzata, e raccontai al prete che avevo rubato uno dei fiammiferi lunghi dalla scatola di cartone sulla trave sopra il focolare. In effetti, avevo ancora il fiammifero in tasca. Gli raccontai che avevo intenzione di bruciare la casa e, quando mi chiese cosa mai mi fosse preso, risposi che era colpa dei piccolissimi occhietti rossi che brillavano di notte in mezzo alla paglia del tetto.

Il prete, un uomo amante dei libri che si chiamava padre Madden, considerò il problema. Mi disse di rammentare le lacrime della Vergine Maria, che spegnevano tutte le scintille di malvagità, e il miracolo di quelle lacrime era che erano state versate solo per me.

Gli raccontai che inoltre avevo dato un calcio a mio fratello Francis nel letto, perché non mi lasciava in pace e padre Madden disse che un fratello può essere tanto un fardello quanto una benedizione, basta pensare alla storia di Esaù e Giacobbe, e uno che non sta mai fermo nel letto può essere una grande croce.

"Mi fa schifo," dissi.

"Ti mette le mani addosso?"

A questo non ci fu risposta.

"Mi dà dei pizzichi, padre."

Padre Madden disse che se mi avesse toccato di nuovo avrei dovuto sussurrargli l'Ave Maria e, se questo non avesse funzionato, scendere e dormire sul pavimento.

Tale era il potere dei preti negli spazi soffocanti d'Irlanda che, dopo quella volta, il mio fratello di mezzo fu spostato definitivamente vicino al muro, con il più grande disteso tra noi. E sebbene, ancora oggi, dorma meglio con il naso che sporge dal bordo del materasso, mi fu difficile trovare della gratitudine per il prete, che aveva insinuato in profondità nei miei sogni certe cose che sapeva su di me.

In questo modo, il peccato si aggiungeva al peccato e pensai che non ci sarebbe più stata fine. Prima dello scadere del mese ero di nuovo inginocchiato nel confessionale, e dicevo a padre Madden che avevo peccato contro l'amore di Dio, a causa della mia caparbia disperazione, e si trattava di una cosa grave che mi faceva temere per la mia anima mortale.

L'intera faccenda del peccato, una volta che ci eri dentro, poteva solo peggiorare, dissi. C'era sempre un peccato più grande dietro quello più piccolo, se eri intenzionato a guardare.

"Quanti anni hai?"

"Ho dieci anni e due mesi, padre."

E in quel momento, credo, padre Madden decise che avrebbe fatto di me un prete.

Ogni venerdì dovevo passare alla canonica, andare nel suo studio, prendere un libro dalla sua scrivania e posare il libro della settimana precedente. Se la stanza era vuota, cosa che accadeva di rado, significava che un parrocchiano stava morendo e lui era stato chiamato ad amministrare l'estrema unzione. Così ai miei molti altri peccati si aggiunse ora la speranza che qualche povera anima uscisse di scena un venerdì pomeriggio, perché il prezzo di ogni libro era la relazione che facevo a padre Madden, con il volume successivo, bruciante di possibilità, già infilato sotto il braccio.

La canonica era un posto riecheggiante. Il primissimo tappeto che sentii sotto i miei piedi nudi era nell'ingresso, perfino il pomello di legno della porta del suo studio sembrava ricercato. La governante rimase a guardare mentre tiravo, e dall'altra parte della porta giunse la voce stanca di padre Madden.

"Giralo. Gira."

Dentro, c'era un fuoco in inverno, una finestra luminosa con molti pannelli, scaffali di libri e a volte un biscotto lasciato su un piatto, dal tè pomeridiano.

"Allora, che cosa ne pensi?"

Questo rituale proseguì per più di cento libri. Passammo dagli opuscoli devozionali alle vite dei santi, specialmente dei santi irlandesi, e poi ai *Songs of the Gaels*. Quest'ultimo era il mio preferito: il solo indice poteva accendere antichi dolori e nuovi desideri nel cuore di un bambino: "La figlia del conte palatino", "La canzone delle patate nere", "La città del mare bianco come schiuma", "Sto dormendo e non svegliatemi".

Credo che a padre Madden piacesse la mia precocità. In piedi davanti alla scrivania, con le dita dei piedi che scalpitavano sul tappeto turco e un biscotto in mano, cantilenavo le mie risposte. Ogni visita durava dieci minuti e non di più. Col passare dei mesi, mi sembrò troppo poco tempo per tutto quello che mi ero riservato di dirgli.

Il mio stretto legame con la chiesa portò altre benedizioni e sembrò che le sorti della nostra piccola famiglia cominciassero finalmente a cambiare. Fu trovato un posto a mia madre come supplente per una classe in città, che divenne in seguito un impiego fisso. Ben presto, andava al lavoro in bicicletta, con le guance rosee e le braccia smagrite a furia di picchiare bambini che non erano i suoi. Quel Natale ci furono i soldi per una fetta di bacon e una torta piena di uvetta. L'estate successiva ci saremmo trasferiti in una casa salubre, con il tetto di ardesia, in una strada di Tullamore, una casa con in più l'eccitante novità di una rampa di scale che portava a camere da letto separate al primo piano.

Quell'ultimo Natale nella casupola di pietra fu un momento di chiusure. Mia sorella Deirdre andò a seguire un corso di infermiera in Inghilterra e ciò fu occasione di molti pianti e molti addii. Nel mezzo di tutte le sue vicende, il maggiore se la svignò. Accadde all'improvviso. Era a Dublino per qualche motivo di poco conto, e subito dopo si era dileguato in America. Si trattava di mio fratello Barry, che era sempre stato gentile con me.

Mio padre rimase sulla porta con la lettera di Barry in mano, e guardò i due miseri campi, l'unica mucca con una mammella orba, i pochi buoi. Non c'erano grandi proprietà da ereditare per un figlio, eppure la partenza del suo primogenito fu un colpo così duro che il suo nome non sarebbe stato mai più pronunciato in casa.

Allora, per l'invidia di tutti, il mio fratello di mezzo, Francis, fu ritirato da scuola per occuparsi della fattoria, sicché era sempre nei paraggi adesso, e libero di tormentarmi in qualsiasi momento. I miei pomeriggi li trascorrevo a nascondermi da lui, girovagando per le strade poco frequentate, dove ero il re delle siepi. Osservavo i nidi degli uccelli, conficcavo ramoscelli negli escrementi di vacca; vedevo le efemere fendersi per far uscire un'efemera migliore. Mi si poteva trovare sul ponte della ferrovia, intento a salutare i barcaioli che scivolavano sotto di esso coi loro carichi di torba o birra scura. Un altro piccolo ponte permetteva al canale stesso di scavalcare il fiume Tullamore, e quell'intersezione era misteriosa per me: l'acqua lenta incrociava l'acqua veloce e ognuna procedeva in una direzione diversa. Nei pressi di quel luogo c'era un castello in rovina, con un tratto di foresta dove toccavo le cicatrici degli alberi secolari, raccoglievo acqua piovana dalle loro lunghe gemme. In una macchia di cespugli di salici che non interessava a nessuno, intrecciavo le verghe intorno alla mia testa e in quella piccola tana portavo i libri del prete da leggere, con i suoni della campagna che venivano e se ne andavano portati dal vento e dall'umore.

Il merlo dice: Prendilo tu stesso, o rimani senza

Il re di quaglie dice: Tardissimo, tardissimo

Il fringuello dice: Pink, pink

L'allodola dice: Pii-pii-pii. Nessun calzolaio sulla terra può fare una scarpa per me

Con l'arrivo della primavera, sentivo sempre di più il bisogno disperato d'un cenno di riconoscimento da parte della dolce Hanorah Casey, ed era lo stesso anche per gli altri ragazzi della scuola. In tutti i nostri giochi, il premio era lei. Nel mio rifugio gocciolante di verghe di salice, scrivevo poesie d'amore non corrisposto. (Ancora oggi, non sono sicuro che esistano poesie d'altro tipo.) Un certo istinto mi diceva che non erano la lotta o il calcio a impressionarla, così iniziai a leggere con passione e in pubblico, usando i libri del prete come un'esca.

Una mattina, la fortuna girò. Avevo una guida dei fiori selvatici irlandesi datami da padre Madden, che sfogliavo mentre camminavo, in cui si spiegava la differenza tra la veronica e il nontiscordardimé, e come in un sogno, me la ritrovai a fianco, intenta a guardare nel fossato e controllare la pagina.

"Abbiamo bisogno di qualcosa per l'altare di maggio," disse.

E così lei raccoglieva e io dicevo il nome: un'Eva delle paludi e il suo devoto Adamo. Trovammo geranio dei boschi e viola mammola, una manciata spelacchiata di vecciola. Hanorah staccò le foglie e fece un mazzolino per il tavolo in fondo all'aula, con la statua della Madonna e due vasi di boccioli, uno per lato. Di tanto in tanto guardavamo l'altare e una o due volte ci scambiammo un'occhiata, e in seguito non fui mai così felice come lo ero stato in quel primo giorno di maggio.

La sera prima, che era la notte di Valpurga, mio padre andò nella terra a spargere acqua santa agli angoli dei due campi e rientrò, come da un funerale.

"Questo sarà l'ultimo," disse.

In realtà, detestava il lavoro agricolo e sarebbe rifiorito in città, dove avrebbe intrapreso, a tempo pieno, la sua occupazione di mascalzone a piede libero. Mio padre, Damien McDaragh, era un uomo basso, terribilmente bello, un grande ballerino in gioventù. Poco tempo prima della mia nascita, l'orbita del suo occhio destro era rimasta impigliata nel corno di una mucca e, pur avendo conservato l'occhio, non poteva impedirgli di deviare verso il muro. Quello strabismo gli conferiva un'aria inaffidabile e lui faceva del suo meglio per esserne all'altezza.

Aveva una smania irrefrenabile per il gioco d'azzardo. La domenica se ne stava agli incroci, in mezzo a un capannello serrato, a lanciare monetine di rame, e adesso stava camminando su e giù nel campo all'imbrunire, osservando attentamente la tana del tasso sul confine. C'era qualcosa nel Vecchio Tasso che era un affronto per mio padre: non poteva lasciare quel posto prima di averlo sloggiato dalla sua terra. Alla grande fiera di Tullamore, trovò l'uomo che aveva i cani per saldare i conti una volta per tutte.

Quella sera entrò dalla porta chinando la testa, mezzo sbronzo di birra, sbattendosi il berretto sulla coscia. I cani erano i più forti di tutta la contea di Offaly. Uno era un terrier di razza mista, l'altro un Kerry Blue. La voce si era già sparsa, il sabato avrebbero scavato nella terra e l'incontro avrebbe avuto luogo un giorno più tardi, la sera dopo la processione di maggio.

La tana si trovava all'estremità del prato lontano, in un pezzo di terra sconnesso che lasciava il posto, dall'altra parte di un semplice filo metallico, ad alcuni alberi. Questi appartenevano a Jackie Mike, un uomo strambo che non dava fastidio a nessuno. Sotto a quegli alberi, nella primavera del mio undicesimo anno, dilagava un'imminente marea di giacinti.

Il sabato segnò l'arrivo dei cani. Gli uomini di casa si recarono sul posto con badili, un barile e un vecchio telo per la spulatura. Dato che ero il più piccolo, fui inviato sotto il filo dal lato di Jackie Mike, dove riempii tre buche con giunchi e grasso di sego e accesi la paglia con un lungo fiammifero. Quando fumavano da un po', l'estraneo prese il più piccolo dei suoi cani e lo slanciò nel tunnel che era la porta di casa del Tasso. Dopo un lungo silenzio, un grido giunse dalle viscere della terra sopra cui ci trovavamo: la sua profondità, attutita dall'argilla, fu molto commovente. Il cane uscì indietreggiando, trascinando un cucciolo per la collottola, che scosse vigorosamente, appena ebbe tirato fuori il piccolo tasso.

Per qualche miracolo il cucciolo, a metà scossa, si aggrappò alla spalla del cane e i due rimasero avvinghiati in una palla di pelo sgroppante e insanguinato. Con un grandissimo sforzo, il cane si liberò del tasso, ma perse anche un pezzo di pelle, lasciando sull'erba una spirale di vivido sangue. Il suo addestratore si gettò all'istante su di lui, schiacciandogli il muso a terra e immobilizzando il giovane tasso con lo stivale. Dopo un finto accenno di resistenza, il cane fu costretto a cedere la sua preda.

L'estraneo chiese a cenni una pala, che sollevò in alto e abbatté velocemente sulla testa stretta ed elegante del tasso. Si udì un fragore, il rumore del metallo che colpiva l'osso. Il cucciolo si contorse e lo fissò, con il cranio intatto. Quando la pala fu sollevata di nuovo, guardai negli occhi dell'animale e lui nei miei e ci capimmo completamente. Tasso mi conosceva altrettanto bene della sua morte. In quel momento eravamo tanto intimi quanto potranno mai esserlo due creature viventi. La pala si abbassò di nuovo, nell'istante esatto in cui distolsi lo sguardo.

Mio padre e Francis, intanto, stavano scavando per allargare l'imboccatura, dove ora il fumo si sprigionava in spirali dall'argilla semicrollata. Fu da lì che sbucò di colpo il Vecchio Tasso, magnifico e imponente. I cani, abbaiando, scattarono in avanti e arretrarono, l'estraneo gridò: "State indietro." Si affrettò col telo per la spulatura, ma calcolò male la brezza e atterrò a vuoto. I cani tennero a bada il tasso e ci fu un secondo lancio. Questa volta, Tasso trovò l'orlo e sgusciò fuori, dirigendosi verso il terreno aperto. Un terzo, rapido tentativo andò a segno. L'animale si spostò alla cieca sotto la canapa, una montagnola in movimento che si fermò, si mosse di nuovo e poi si fermò del tutto. L'estraneo si inginocchiò e avvolse abilmente il tessuto sotto il suo corpo. Lo attorcigliò in un sacco e lo sollevò in alto. Poi quell'oggetto sussultante e stridulo fu fatto cadere nel barile e il coperchio venne abbassato.

Fui l'unico del gruppo a vederlo andare: un tasso fantasma, non completamente bianco, le strisce due ombre fulve su un viso onesto e saggio, il pelo uno scintillio rossiccio nel bosco screziato di luce. Al suo fianco c'era un cucciolo bianco e nero e dalla bocca le penzolava quello che avevamo cercato di uccidere. Era zampettato via da sotto lo stivale dell'estraneo quando il Vecchio Tasso era saltato fuori per affrontare i suoi aggressori e salvare il proprio piccolo.

Non lo dissi a nessuno.

Quella sera, col cuore in fiamme, tornai alla tana distrutta e arraffai dei giacinti di bosco sotto gli alberi di Jackie Mike. Li portai a casa di Hanorah Casey, dove bussai e rimasi impalato e tremante. La porta si aprì abbastanza da permetterle di sgusciare fuori. Restò lì in piedi e anch'io. Nessuno dei due si mosse. Le cacciai davanti il mazzolino e lo guardò, poi con delicatezza prese i fiori nella sua mano. Hanorah mi accompagnò fino al muro, poi più avanti sulla strada e, senza alcun invito formale, ci ritrovammo a passeggiare insieme nella sera di maggio, parlando di cose belle e piccole cose e di tutto quello che ci pareva.

La domenica mattina, in uno stato di amore esaltato, mi trattenni accanto al cancello della chiesa con gli altri ragazzi, aspettando la processione di maggio. Prima il curato col suo libro, poi il capo chierichetto con un crocifisso su un lungo bastone. Ai suoi lati c'erano due chierichetti meno importanti con candelieri d'oro e un'espressione arcigna. Erano seguiti da un centinaio di bambine in abito bianco, intruppate da un paio di suore sferzate dal vento. Dopo di loro venivano delle ragazze più alte, con lunghi veli spettrali gettati di lato sul viso, un battaglione di ragazze in mantellina blu, altre piccole con cesti di fiori, alcune che reggevano lunghi nastri attaccati al catafalco su cui veniva solennemente trasportata una statua di legno della Vergine. Alla fine di tutto, come se cercassero di attraversare un gregge di pecore, venivano i preti in cotta e berretta, tra cui padre Madden, che camminavano sotto la pioggia.

Stavo con gli occhi aperti per vedere Hanorah, il cui viso era velato da un tulle di pizzo. L'avrei riconosciuta dal suo modo regale di tenersi in disparte, non l'avrei confusa con nessun'altra ragazza. Ma pioveva a dirotto e, in quella massa fradicia di bianco, nonostante tutto non riuscii a distinguerla.

Quello stesso pomeriggio si tenne l'incontro nella cava, dove il suolo roccioso avrebbe impedito al tasso di scavare. Gli spettatori, tutti uomini, erano disposti in un cerchio minaccioso lungo il bordo. La maggior parte dei soldi andò all'estraneo, si lamentò dopo mio padre, anche se era stato lui a fornire il Tasso, che era al tempo stesso eroe e vittima, e il Colosseo perfetto per ucciderlo. Quanto a lui, perse ogni giudizio e si giocò l'intero profitto.

Io avevo un grosso penny rotondo che puntai sul Kerry Blue, e lo persi altrettanto rapidamente quando il cane venne fuori ululando. Il terrier rosso, con la spalla ancora annerita dal sangue del giorno prima, fu fatto entrare nel tubo che dava nel barile e indietreggiò lentamente tra grandi acclamazioni. Queste si spensero quando vedemmo, attaccati al suo muso, i denti serrati del tasso. Il cane non stava tirando fuori Tasso, ma cercando di liberarsi da lui e, quando ci riuscì, si lasciò dietro metà del muso.

"Lasciatelo finire," disse l'estraneo, perché ormai il cane non valeva più niente. Pazzo di dolore, il terrier si avventò con ferocia sulla zampa posteriore del tasso, ma aveva sangue negli occhi e non tardò a commettere un errore di calcolo. Con un attacco fulmineo, la sua gola fu strappata di netto e Tasso si voltò sibilando verso l'avversario successivo. Era il Kerry Blue, che si sarebbe nobilmente ritirato senza un orecchio, ma non prima che il tasso fosse completamente azzoppato dietro, costretto a trascinarsi sulla pancia.

Allora furono lanciati diversi cani più giovani per dare loro un assaggio, prima a coppie e poi tutti insieme. Ci volle un bel po' di tempo prima che il possente Tasso si immobilizzasse e anche allora non ci avvicinammo, nel timore che avesse ancora la forza di azzannare.

Gli uomini si dispersero a gruppetti di due o tre. Se ne andarono in silenzio per paura delle guardie, ma anche per riverenza verso ciò cui avevano assistito. Tra di loro c'era il padre di Hanorah, che quel pomeriggio non mi rivolse la parola, né io la rivolsi a lui. Perché avremmo dovuto? Lui era un uomo silenzioso, io un ragazzo di undici anni. Ma sentii i suoi occhi posarsi su di me, una o due volte. Quando tutti se ne furono andati e mio padre contava i soldi mettendoli in mano all'estraneo, Francis, il mio fratello e tormentatore, mi sgusciò accanto per dirmi: "Hai saputo cosa è successo alla tua amata?"

Mi stavo occupando del tasso, con le sue labbra ritratte, nella morte, sui denti minuscoli, e i suoi occhi fissi. Mi voltai in preda alla rabbia e con gesto goffo spinsi quella cosa pesante e insanguinata contro il petto di mio fratello. Fu l'unica volta che ebbi la meglio su di lui, quando incespicò all'indietro e gli caddi addosso, con il cadavere disonorato del Vecchio Tasso che si raffreddava tra noi.

La mattina dopo, che era un lunedì, Hanorah arrivò a scuola e i suoi capelli neri non c'erano più. Erano stati malamente tagliati alla base del cranio.

Suo padre le aveva preso la treccia. Era andato da un vicino per chiedergli in prestito le sue forbici buone, in modo che l'intero contado sapesse cosa si apprestava a fare. Era stata vista fuori a passeggio con un ragazzo, aveva detto.

"Be', e che male c'è?" aveva detto il vicino.

Si vociferava che avesse appeso la treccia recisa al cancello di casa, in modo che chiunque potesse toccarla, se lo desiderava così tanto.

Quel giorno, dopo le lezioni, la guardammo camminare in disparte. Hanorah era una ragazzina magra come un fuscello.

L'orlo della sua gonna era storto, un calzino rimase al suo posto e l'altro scivolò giù mentre i bambini prendevano in giro la sua nuca pelata. Cercò di mantenere una posizione eretta, e si curvò nello sforzo. Le braccia, anziché pendere liberamente lungo i fianchi, dovettero avvolgersi intorno al petto magro. Tale era la violenza dei miei sentimenti, che la presi in giro anch'io. Quella creatura. Lanciai una zolla d'erba che colpì il suo polpaccio stretto e nudo. La ragazza che avevo amato, ora la commiseravo. Gli occhi brucianti di lacrime non versate, fu allora che scoprii il vero significato di quella risata fatata.

Oh Maria, oggi ti incoroniamo di fiori
Regina degli Angeli e Regina del Maggio.

L'anno seguente, ero quel chierichetto arcigno seguito dalle bimbette di cinque parrocchie, tutte in bianco. La famiglia McDaragh, a quel punto, si era trasferita a Tullamore e mi mancava la mia vecchia vita di campagna. La città, per me, era un luogo di commercio, non di fede. Mi ricordavo di quanto sgangherato e deludente si rivelasse sempre quel giorno: i canti reboanti, l'assenza di meraviglia. Era povertà travestita da innocenza, di bianco immacolato. Ero alla soglia dell'età adulta. La Chiesa cattolica, con tutti i suoi tentativi di fasto, mi sembrava una cartolina a buon mercato dall'eterno.

Qualche tempo dopo, quello stesso anno, lo dissi a padre Madden. Gli dissi che in fin dei conti non aveva fatto di me un prete, ma un poeta.

A dodici anni, pensavo che non avrei mai dimenticato lo sguardo sul volto del vecchio prete, che proprio in base a quello avrei tracciato la mia strada. Ora so che la cosa davvero indelebile fu l'occhiata che scambiai con il cucciolo di tasso, mentre aspettava che calasse il colpo fatale. Niente nella mia vita, né prima né dopo, ha eguagliato quel legame. È stato una vetta di comprensione da cui la mia intera esistenza, con i suoi amori, le sue false gioie e le sue fastidiose perdite, è lentamente declinata.

Facit

In una grotta fuori Tullamore,
Vidi la Vergine piangere per me.
Era buio ed ero ubriaco
e supplicavo forte. Le sue lacrime

erano bianche, la sua guancia beige,
gli occhi levati a implorare.
Mi avvicinai impacciato, seguii la traccia
dell'argilla che si scioglieva in carne

lungo la fessura della sua bocca
ammorbidita, tastai col polpastrello sudicio
il bagnato, sentii il fruscio
della stoffa, le sue parole iniziali.

Faccio un monumento
del mio cuore faccio

Nell

Non so cosa mi aspettavo che accadesse a Londra, ma quel che accadde davvero fu una crisi abitativa, perché Lily ha una vita e una relazione e una stanza a King's Cross che misura esattamente venti metri quadrati. Non eravamo più studentesse, mi disse, e tra l'altro il lavandino non aveva un meccanismo autopulente, potevo togliere la sporcizia dallo scarico dopo che avevo finito? Cercai online delle case a cui badare in assenza dei proprietari, ma ci volevano referenze e spese di agenzia, ed era tutto molto difficile. Quello che desideravo, più di ogni altra cosa, era un po' di tempo ininterrotto per piangere. Avevo un bisogno impellente di stare da sola. Non dissi così a Lily, le dissi che dovevo scrivere un libro. Il che, a pensarci bene, probabilmente è un modo in codice per dire lo stesso.

Poi la sua ragazza se ne interessò e mi trovò un lavoretto di dog sitter in un posto sperduto in mezzo al nulla. Un treno, poi un autobus fino a un paesino nel Norfolk, dove due esuberanti signore vennero a prendermi con la loro Volvo e mi diedero istruzioni, urlando una più dell'altra. Erano come una doppia Carmel, dovetti ripetere tutto, più volte. La villetta aveva tappezzerie chintz d'antan, travi basse e scure, e un wi-fi pessimo. Il cane era quasi tutto pelo, con al centro un paio di occhi amichevoli e stranamente indifferenti.

Al mattino mi svegliai in una campagna piatta e senza un briciolo di segnale sul telefono. Il frigorifero era pieno, c'era una minuscola macelleria nel paese, a un chilometro e mezzo di distanza, dove si potevano comprare anche latte e pane. Davanti all'ingresso del negozio, c'erano dei ragazzi adolescenti seduti su una ringhiera messa a guardia di un semaforo deserto. Erano al sole senza maglietta e mentre entravo cercai di non guardare i loro torsi magri e pallidi. Non riuscivo a ricordare perché avessi mai voluto andare a letto con un uomo, non mi sembrava clinicamente possibile. Non che desiderassi una donna, anche se nelle tre settimane seguenti colsi qualche guizzo di tanto in tanto – una madre che chiamava i figli nella palude, una ragazza che si aggiustava le ciglia nello specchietto dell'auto – qualcuno che avrei potuto amare o che avrei potuto voler essere, in una vita diversa.

Due volte al giorno il cane mi trascinava lungo il viottolo designato e si dileguava in un tratto di acquitrini e giunchi, per poi tornare ballonzolando quando facevo tintinnare il suo barattolo di leccornie. Due volte al giorno scattavo una foto per le signore e andavo al cancello per trovare un po' di segnale e inviarla. Ogni tanto ricevevo in risposta una foto "per il cane". Eccoci nella città blu di Jaipur, eccoci davanti al Taj Mahal. La sera leggevo i loro romanzi inglesi e guardavo la loro tv inglese, dormivo col brusio basso del BBC World Service in sottofondo, sognando le *it girls* degli anni Sessanta o la storia della poesia persiana, svegliandomi col cane che dormiva illecitamente sul letto, steso di traverso sui miei piedi.

Ogni giorno aprivamo la porta su un clima nuovo e andavamo alla palude, dove seguivo il suo fruscio in mezzo all'erba secca, o mi lasciavo trascinare più lontano, attraverso i campi e gli acquitrini. Ogni giorno volevo stare da sola, ma c'era il cane, che grattava sulle porte, che non poteva stare lontano dal mio fianco. Il cane era una vera e propria macchina dell'umore. Quando piangevo, leccava l'interno salato della mia mano penzolante. Quando vagavamo sotto quel cielo immenso, avevo l'impressione di cercare il limite della mia stessa paura, e ogni ritorno raccoglieva qualcosa da riportare dentro di me.

Il mondo era bellissimo. Era troppo bello per abbandonarlo. O era troppo bello per viverci? Era molto difficile rispondere a queste domande. Prestavo un'attenzione suicida ai minuscoli cambiamenti nelle siepi, alle differenze sotto i piedi, a tutte le cose che erano difficili da lasciare. Un pomeriggio mi voltai verso il *ciip ciiip* di un canarino su un filo di ferro che si rivelò essere una cutrettola gialla – così rara! – dal dorso olivastro, il ventre e la testa macchiati di curcuma. Con un piccolo salto di gioia, pensai: Posso uccidermi ora che ho visto questa cutrettola, e poi pensai: Ma che ne sarà del cane? Tre volte al giorno mangiavo pane tostato e formaggio con il suo mento pesante appoggiato sulla coscia, i suoi occhi di cane che mi imploravano.

Quando le signore tornarono, aprii la bocca e parlai per la prima volta dopo una settimana o più. Il suono della mia voce si diffuse e rimase lì sospeso.

Mi mancherà così tanto, dissi.

Baciai il cane prima di andarmene (la realtà è che già da un po' avevo preso l'abitudine di baciarlo) e sul treno indossai il maglione che odorava più di cane. Durante il viaggio per

Folkestone ebbi quella sensazione del paesaggio. La linea che attraversava la campagna era una cerniera che si chiudeva e io stavo passando oltre.

A Parigi conobbi un ragazzo irlandese.

Riconosco un certo accento? disse.

Suppongo di sì.

Restammo insieme fino a sera, bevemmo, mangiammo, bevemmo ancora, pomiciammo. Me lo portai nella mia minuscola camera d'albergo per fare sesso in vacanza e va benissimo, perché siamo a Parigi e ci sono tende di tulle che si sollevano nella stanza in una calda corrente d'aria, c'è un sacco di vecchia carta da parati eccentrica illuminata dal lampione fuori, e io sollevo il cellulare per registrare tutto questo. Lo tengo sopra di noi e scatto la foto: la sua coscia, la mia coscia, un pezzo di lenzuolo, la pancia, il rigonfiamento in ombra del seno. Mi collego e la invio al numero di Felim come se nulla fosse.

din!

"bella"

Felim è sveglio e pronto a reagire. È a un nanosecondo di distanza. È proprio lì.

Cazzo, dice il tipo accanto a me. L'hai fatta tu adesso?

No.

Sul serio?

È sceso dal letto e ha afferrato il mio telefono, sta guardando la foto, che non include il suo volto. Avrei potuto dirglielo. Lo lascia cadere di nuovo.

Gesù, dice.

È tutto ok.

Come no. Accidenti.

Non ti piace? dico, ma la voce mi esce come distorta.

È una cosa davvero strana da fare.

Non ti piace?

Sto facendo le moine – è questa la parola giusta per descrivere il mio modo di parlare.

È da matti.

Mi allontano di scatto da lui. Mi guarda e prende una decisione, torna nel letto stretto e cigolante.

Vieni qui.

Circondandomi con il petto, le braccia, la parte superiore della gamba, mi accarezza i capelli, dice: Non volevo spaventarti, va bene?

Sono con uno sconosciuto che mi sta consolando ed è anche nudo. E io sto pensando: E che cacchio, mister bravo ragazzo? Da dove salta fuori tutta questa carineria? Non vedo l'ora che se ne vada, così potrò tornare per le strade di Parigi, dove mi butterò indietro i capelli, metterò le mani ai lati del viso e continuerò a camminare, rifiutandomi di piangere.

Sul treno successivo, passo il tempo a guardare foto del cane: ingrandendo, esaminando, controllando. È un Goldendoodle femmina che si chiama Sookie e mi ama tanto quanto io amo lei. Ho quarantasette foto di questo cane. Guardo i suoi occhi simili a bottoni, le zampe infangate, la linguetta rosa.

Vado da Mal a Utrecht, dove sta facendo un master e fuma troppa erba. Vive su un canale, o forse è un fiume. Ha una bicicletta, ma qui si può andare dappertutto anche a piedi. Quindi andiamo a piedi. Gli olandesi lasciano le tende aperte e passando per strada si vede nei loro soggiorni, e nel centro di Utrecht quelle stanze sono perfette, ogni finestra incornicia una natura morta. Mal dice che i bambini olandesi giocano fuori da soli e vanno dove vogliono, purché siano a casa per cena. In più, una sera beviamo fino a tardi e il barista si rifiuta di servire Adnan, l'amico di Mal, perché non è bianco.

Accaduto.

La prima sera siamo arrivati e ci siamo sistemati nell'appartamento di Mal al quarto piano, che è un'unica stanza enorme con delle travi che salgono fino a un certo punto, come una barca rovesciata. Mal dice che costa poco per via del rumore dei bar lungo i canali, ma io sbircio un po' in rete e penso che in realtà non costi poco, e che Mal sia totalmente sovvenzionato dal padre speculatore immobiliare. La parete sopra la sua scrivania è tappezzata di foto di quegli edifici futuristici con giardini pensili e alberi sui balconi, e chiedo come mai non vengano mai costruiti.

Be' sì, dice.

Sono solo alberi. Non è esattamente alta tecnologia.

Dillo con un accento olandese, dice. Forza.

Quando l'ho visto alla stazione ferroviaria, ci siamo abbracciati e mi sono ricordata di quanto magro e spilungone fosse. Ha il tatuaggio recente di un'ape al di sopra del pollice e sull'avambraccio una spilla da balia aperta. Gli mostro il mio *l'amore è una marea* e lui si tira giù il colletto per farmi vedere la lettera “A” in corsivo alla base del suo collo.

Chi è A? dico.

Annie.

Questo è un ragazzo che si fa incidere l'iniziale della sorella minore sopra la clavicola. È la persona più dolce che ci sia e gli voglio bene come se non fosse mai scomparso, come se non avesse mai levato le tende e cancellato tutti i nostri bei momenti.

Come sta Lily? Per chi lavori adesso?

Sono ancora freelance.

Fantastico.

Per qualche ragione, non mi sento creduta.

Più tardi, gli dico che ho avuto una storia con qualcuno. Difficile dire se siamo una vera coppia. Ma comunque. Si chiama Felim e, non so. È un po'… coercitivo forse?

Mal distoglie lo sguardo e dice: Ma dài!

Stiamo fumando della Kush leggera e dolce, e mi passa lo spinello.

È solo molto indifferente, dico. E piuttosto cattivo.

Il mio tipo, dice Mal.

Sì, be'.

I rumori dei caffè e dei bar dabbasso. Ci sono persone in kayak sull'acqua, anche se è buio, e tutti là fuori si stanno divertendo.

Parliamo delle persone di casa. Mal non si vede granché con nessuno, raramente controlla il telefono. È un ragazzo strano, Mal. Prende quel che ha davanti e lascia indietro il resto.

Gli dico che Lily ha una relazione con una donna più anziana a Londra, e penso che lei sia un po' una tiranna. Shona è entrata nell'informatica e si è innamorata di un tipo che è nell'informatica, il che sembra impossibile quando lo dici tutto d'un fiato, ma lei è davvero entusiasta, è a dieta per il vestito, va in cerca di "location su un'isola", tra virgolette, per il grande giorno. Il romanticismo è chiaramente qualcosa che sente di potersi permettere, o sono solo invidiosa? Perché io non posso permettermelo, questo è certo.

Quello che non capisci, dice.

Io?

Ok, le donne. Quello che le donne non capiscono è che l'amore e il sesso sono due cose opposte.

Oh, chiudi il becco.

È vero.

Non hai mai avuto una cotta?

Non puoi credere quanto, dice.

Embè?

Sto solo dicendo che l'amore è una funzione superiore, e io faccio assolutamente il tifo perché, ti prego, sì, tutti possiamo arrivarci un giorno. Nel frattempo, il sesso è una bestia.

Mi viene da ridere, anche se non voglio. Questa roba sballa di brutto e non riesco a fermare la ridarella. Mi sale su e schizza fuori dalla faccia in un'onda peristaltica al rallentatore. Sono una donna col cuore infranto, intrappolata in un corpo che trova tutto esilarante. È un po' come vomitare.

Che cazzo è?

E Mal dice: Buonasera, Utrecht.

Dopo un tempo imprecisato, ricordo quello che volevo dire.

Non è vero.

Mal disegna dei cerchi nell'aria con la canna.

L'amore richiede (fa una pausa, cercando il termine giusto) due atti di sottomissione, e il sesso (fa un'altra pausa) no.

Il sabato sera Mal va su nella grande città e rientra dalla porta segretamente compiaciuto – come se avesse appena ucciso qualcuno e l'avesse fatta franca. La domenica è un calo totale. Si sveglia tardi, mangia tre Koka Noodles di fila, poi si sdraia sul divano per una lunga disputa esistenziale.

Mal studia gli spazi urbani. Tutto quello che fa lo riporta solo alla cosa da cui sta cercando di scappare, dice. Alla fine si ritroverà a lavorare per qualche costruttore, per far approvare il suo brutto mucchio di mattoni dalle autorità di pianificazione. Ma cosa puoi farci, la gente deve pur vivere da qualche parte. Tanto vale piantare per loro qualche cazzo di albero.

Giusto.

Pensi di potertene andare, ma in realtà non puoi andartene, perché, indovina un po'? Non c'è nessun altro posto dove andare.

Giusto.

Quindi sì. Credo. Sì. Tanto vale piantare qualche cazzo di albero.

Sono seduta su una sedia sottile, alla moda, tipo uovo: un lungo cucchiaio di pelle arancione su una base girevole. Un oggetto oltre i sogni di qualsiasi padrone di casa irlandese. E vedo un futuro per Mal, perché è un po' come il suo passato. Ma non vedo un futuro per me.

Mal mi racconta una storia che ha letto da qualche parte su un pianeta dove sono tutti dello stesso sesso, chiamiamolo "maschile". Così sono tutti uguali e felici, finché a uno di loro non inizia a piacerne un altro un pochino più del resto. Desidera la compagnia di questo ragazzo, la sua attenzione particolare, comincia a sentirne la mancanza quando non sta con lui, è possibile che ne sia addirittura – scandalo e orrore – attratto, e questo sentimento si diffonde in tutto il suo organismo come un rossore. Ed è un vero e proprio cambiamento metabolico, il suo corpo inizia a cambiare, il che è mortificante perché tutti possono vederlo, compreso il ragazzo speciale, che prova anche lui un totale imbarazzo e forse un po' di disprezzo. Nel giro di qualche settimana, quello con la cotta ha fatto una transizione completa a un sesso diverso, chiamiamolo "femminile", e qualche maschio se lə scopa, forse nemmeno il maschio che voleva all'inizio, ed è così che la specie si propaga. Quindi il trucco su questo pianeta è non innamorarsi. Mai. Perché se succede, si è letteralmente fottuti.

Hmm, dissi.

Sei una chiavata.

No, ho capito, grazie. Ho capito.

E può darsi che ti piaccia essere una chiavata, perché può essere anche bello.

Ai tempi dell'università Mal diceva che la regola d'oro era non scoparsi mai qualcuno che ha più problemi di te, ma stette per sei mesi con uno così incasinato che non riuscivi a stargli vicino troppo tempo. Questo tipo, Paul, era un campionario di guai, supermagro, si mordicchiava le labbra, ce le aveva tutte. E ogni volta che li vedevi insieme, bisticciavano e si lamentavano, neanche fossero usciti dagli anni Novanta.

E Paul, allora? Era amore?

Oh Cristo, dice Mal. Non lo so. Non potevo aggiustare tutto. Non potevo.

Cosa?

Era davvero difficile.

Adesso Mal frequenta i club di bondage nel fine settimana e dico: È così eccitante, posso venire? Mi piacerebbe un sacco vedere un po' di… com'è che… di pissing. Ma in realtà non lo penso davvero e mi preoccupo per lui. Ho paura che possa farsi male facendosi fare male. Ho paura – non riesco a farne a meno – che questo lo renda una persona peggiore, a lungo andare.

Non funziona così.

Perché?

Perché no. Entri dalla porta. Ed è quello che è. E poi te ne vai.

La mattina Mal va a lezione e io passeggio per le strade scattando foto e prendendo appunti. Compro un biglietto per la torre del duomo che è, dicono, la più alta dei Paesi Bassi e poi ho un attacco di panico all'interno di questa torre, tumulata nelle sue mura di pietra, cento metri sopra la sana, bella città di Utrecht. Ci sono 465 gradini e mi viene sul gradino numero 440, o giù di lì.

Il mio viaggio verso l'alto inizia in una magnifica sala con una scala stretta nell'angolo. Questa gira ad angolo retto, su gradini di pietra consumati dall'uso, scivolosi e neri, fino a uno spazio alto con enormi finestre su ciascun lato. Al centro di questa stanza c'è una massiccia struttura di legno che sostiene file di campane. Le persone si curvano sotto le travi per mettersi all'interno di quella più grande, che ha un batacchio lungo quanto un uomo. Lo faccio anch'io, per sentire il peso e l'equilibrio della campana, per percepire un ronzio all'interno delle pareti metalliche. Do un colpetto con una nocca e penso al suono come a una forza che potrebbe scaraventarti a terra.

La stanza al livello successivo contiene un cilindro d'ottone rotante simile al meccanismo di una gigantesca scatola armonica, molti ingranaggi e ruote dentate, un altro telaio di campane, azionato da una tastiera un po' goffa. Questo insieme, mi dice un cartello, è il carillon.

E poi infine, la scala a chiocciola per il tetto, che sembra stare all'interno del muro – una rotazione in fila indiana attorno a un sottile palo di pietra, con uno spazio insufficiente per passare se si dovesse incontrare qualcuno che scende. Ce n'è a malapena per mettere tutti e due i piedi sullo spicchio stretto di ogni gradino. Una persona molto grassa potrebbe rimanere incastrata qui dentro, penso, e allora mi sento grassissima, sempre di più. Giro e rigiro intorno all'asse centrale e non ho tanto l'impressione di salire più in alto quanto di avvolgermi più stretto, di strizzarmi.

Non riesco a respirare.

La coppia dietro di me è polacca forse, e dietro di loro ci sono voci che sembrano americane. Riempio la scala a dismisura, sono un impedimento internazionale. I polacchi si fermano e si voltano per dire: Un momento per favore, e sotto di loro una voce americana dice: Mamma? Sotto di me la scala si intasa e poi si intasa un altro po'.

Ora sto facendo davvero lavorare i polmoni. Penso che forse riuscirei a procedere lateralmente, con la schiena contro la parete che gira, ma c'è un'apertura per scagliare le frecce e penso che potrei precipitare fuori e schiantarmi al suolo. Ho paura di sbattere la testa sul tetto, anche se so che il tetto si alzerà con me mentre avanzo, perché il tetto è il lato inferiore dei gradini che salgono al prossimo giro. Il mio corpo non lo capisce. Il mio corpo pensa che il tetto si stia abbassando. Il mio corpo vuole strisciare e, dopo un po' di tempo, lo lascio scivolare giù, allungo le mani, uso la gamba sinistra, la gamba sinistra, come un mezzo granchio demente, un gradino dopo l'altro, finché non sbuco all'aria aperta.

Sono in piedi in una gabbia di rete metallica, tesa tra decorativa pietra gotica. Si vede la città in basso e la piattezza della campagna in tutte le direzioni. La famiglia americana guarda l'Olanda, la coppia polacca guarda. La gabbia metallica si svuota e si riempie di nuovo, si svuota e si riempie, mentre mi concentro sulla linea razionale dell'orizzonte olandese. Questa vista è disponibile fin dal 1382. Nelle belle giornate si vedono sia Amsterdam che Rotterdam. Penso allo skyline distante che si è lentamente ingolfato di nuovi edifici nel corso dei secoli. La brezza è piacevole.

Alla terza o quarta volta che il posto si svuota, sgombero anch'io, seguendo un ordinato quartetto di mezza età, probabilmente coreano. La parete è sotto la mia mano destra e questo mi fa sentire meglio, anche se riesco a usare ancora un solo piede, ripetutamente. Mentre scendo, mi dico in testa più e più volte la parola "carillon".

Carillon

Carillon

Carillon

Ai piedi di questa terribile vite il carillon è più antico e più bello di prima. Sto camminando attraverso uno strumento musicale, ci sto dentro.

Un altro livello più in basso, le grandi campane sono di nuovo splendide. Mi fermo a guardare la struttura da cui dipendono – col cuore in preda a uno stato di esaltazione.

Credo che forse dovrei smettere di fumare quella spaventosa erba olandese di Mal. Non so se soffro di claustrofobia o vertigini, se ho paura delle torri, paura delle scale a chiocciola (perché l'ansia viene sempre descritta come una spirale?). Ho un dismorfismo corporeo, ho il panico, ho problemi. Ma penso anche che la colpa sia della bellezza, perché senza bellezza non può esserci paura.

Come esprimerlo? La macchina della torre mi ha spinto in un altro luogo. La paura che ho è la paura degli angeli. Non è terrore, ma timore reverenziale.

Aspetto che non ci sia nessuno sulla scala stretta di pietra scivolosa, che affronto sul sedere, non perché abbia paura di cascare o delle persone dietro di me, ma perché non me ne frega più niente. Ho scoperto l'angelico. Raggiungo la grande sala. Scendo l'ampia scalinata ed esco con passo noncurante, respirando aria e luce.

Tornata all'appartamento di Mal, dico: Ti voglio bene, ma devo andare. E quando alza lo sguardo dalla scrivania, penso che anche Mal sia un po' un angelo.

Non ancora, dice.

Presto.

Quella sera provo a scrivere un post sulle fobie, prendendo spunto dall'elenco su Wikipedia, il che non è proprio originale, lo so.

Paura del giallo

Paura degli occhi

Paura dei bottoni

Paura dell'amore

Non include una paura delle scale, anche se compaiono in tutti i film horror mai girati.

Ti ricordi di quell'aggeggio per disegnare quando eravamo bambini che si chiamava spirografo?

Mal dice: Certo.

Trova un video, mi offre uno spinello che rifiuto, e guardiamo un paio di mani anonime che creano forme geometriche e fiori, tramite una penna infilata in una rotella di plastica. La rotella gira dentro un anello in modo stranamente asimmetrico, dando un petalo in più ogni volta.

Non serve preoccuparsi del lato matematico, dice il nerd del video, mentre cambia un pennarello verde con uno rosso.

E pensi che possa continuare a spiraleggiare all'infinito, ma la forma si completa da sola ogni volta, la linea si unisce per chiudere un ultimo petalo, quindi non è tanto una spirale quanto un cerchio complicato e attorcigliato, e questo è molto soddisfacente. Mal porta il video a un quarto di velocità, lo silenzia e lo fa scorrere.

Cerco paura degli angeli e approdo su Christian Internet, un luogo terrificante che mi dice che le prime parole emesse dalle labbra di tutti gli angeli sono: Non avere paura.

Tutti gli angeli che siano mai apparsi.

Non temere, non temere.

Dal treno diretto a sud, io e Mal continuiamo la nostra conversazione sull'amore. Ora so cosa voglio dire.

"L'amore non è una funzione superiore. È la prima funzione, è la prima cosa che conosciamo."

Lui invia un meme. Una citazione di qualche scrittore giapponese sullo sfondo (per qualche motivo che ignoro) di un bel tramonto. Dice:

"Il masochista ha sempre il controllo."

Intendo scrivere una guida per viaggiatori ansiosi, forse su WordPress. O addirittura un libro vero. Una breve autofiction. La intitolerò, non lo so.

È per le persone che pensano di potersi uccidere se vedono una cutrettola gialla.

Per le persone che credono di essere loro il problema.

Per noi che abbiamo madri autoritarie, cioè tutti.

È per le persone che guardano i motivi disegnati dal loro orologio quando cambia numeri, invece di riconoscere quei numeri, invece di pensare: È ora di alzarsi adesso.

È per me. Perché la mia vita è andata in pezzi e io ho chiamato quel Felim. O l'ho chiamato: Sii cattivo con me.

Il titolo del libro è: Il padre bello e tutte le cose belle del padre.

Il titolo del libro è: Non avere paura.

NELL'S BELLS, *un blog per il viaggiatore ansioso*

Terza settimana: Firenze

I quadri degli Uffizi sono troppo famosi per essere visti in modo appropriato. Vi sentirete letteralmente sussultare quando, girando in una di quelle sale, riconoscerete sulla parete *La nascita di Venere* del Botticelli. È lì, e voi ci state di fronte. L'oggetto fisico vi porta alla presenza non solo del dipinto, ma delle intenzioni del pittore. Riuscite a distinguere le pennellate. Pensate: Questo è genio. Non toccate. Nessuno tocca, anche se un sacco di persone vorrebbero toccare. Lisciano e accarezzano l'aria a cinque, sei centimetri dalla tela e scatta l'allarme. I custodi non si preoccupano. Il posto è gremito.

Nessuno nella folla guarda gli altri, guardano solo le pareti. O forse gli innamorati si scambiano occhiate. *Sì, eccoci qua. Abbiamo visto tutto questo insieme.* Per lo più, gli astanti si comportano come se fossero soli, in intima comunione con la grandezza in mezzo alla calca. *Levatevi di torno!*

Il giorno in cui sono stata nella sala del Botticelli, ho visto una ragazza con le lacrime che le scendevano sul viso. Ho visto un giovane con una copia de *La nascita di Venere* stampata sulla maglietta. Ho visto persone ammettere di averla vista con un cenno del capo e passare alla cosa successiva. Una donna si è seduta per terra ad allattare mentre guardava il quadro e, all'inizio, ho pensato che ci fosse qualcosa di molto strano nel suo seno. Sopra c'era una grossa macchia marrone e molliccia, grande circa la metà del viso del bambino. Ma ovviamente si trattava del capezzolo. Che era di dimensioni pazzesche.

Sul muro, il capezzolo di Venere è pallido, e preciso come quei bottoni irritanti che sono troppo piccoli per tenere la camicia chiusa. Tutte le donne dipinte agli Uffizi sono più bianche di qualsiasi carne umana. Molte assomigliano a Cate Blanchett, se Cate Blanchett non sapesse recitare. Questo vale soprattutto per le prime sale. Qui, gruppi di persone pallide e serene fissano lontano in direzioni diverse recitando la loro parte davvero male. Oh, sto nascendo dalle onde. Oh, sto rimanendo incinta parlando con un angelo. Oh, sto morendo tra atroci sofferenze. Oh, sono sessualmente attraente. Più avanti, e più in là storicamente, la recitazione migliora, poi diventa follemente esagerata, Massacro! Distruzione! Che bella festa, ridiamo tutti!

Quanti corpi nudi ci sono nella Galleria degli Uffizi? È una domanda vera. Probabilmente ci sono più sederi che seni. Ho trovato particolarmente belli i sederi leggermente schiacciati di figure sedute su una roccia, avvolte in un tessuto che non copre il sedere. Ci sono Vergini che allattano – è una reggia dell'allattamento al seno – e una quantità di piccoli Gesù Bambino, tutti con un aspetto solenne e minuscolamente dotati.

In una sala ho contato cinque peni, quattro adulti e uno infantile. Molte delle centinaia di peni presenti agli Uffizi sono piccolissimi e anche anatomicamente scorretti. Difficile da descrivere, ma le palle in qualche modo pendono attorno all'intera base della mazza e non sotto. Hanno un… la parola che mi viene in mente è "tegumento" sbagliato. È stato proprio per via di questo errore che ho iniziato a vederli. Se fossero stati raffigurati in modo accurato, avrei potuto archiviare queste centinaia di genitali sotto la voce "Arte" e lasciarmi andare all'esperienza del sublime.

Non si vede mai un pene in pubblico. Nella vita reale. Se uno lo vedesse, si metterebbe a strillare, a correre, chiamerebbe la polizia. Non lo troverebbe "sublime". Sarebbe "scioccato", sarebbe "spaventato", potrebbe sentirsi "disgustato" o "insozzato". Qualcuno, per favore, mi dica perché.

Comunque, dopo tutte quelle robe storiche, belle e stranamente imprecise alle pareti, cominci a notare le decapitazioni. Giuditta che taglia la testa a Oloferne, Medusa oltraggiata, col capo mozzato all'altezza del collo, almeno due Salomè che sbavano davanti alla testa di Giovanni Battista su un piatto. Sempre la testa (così, solo per dire), nessuno perde un piede o un braccio.

Tra le migliaia di figure dipinte, ho avvistato solo una persona di colore, anche se era già passato un po' di tempo quando mi è venuto in mente di tenere il conto. Nelle foto che ho sul cellulare, il cento per cento dei turisti è bianco. Molti di loro sono donne, sebbene sulle pareti abbia visto le opere di un'unica artista donna. Gli Uffizi sono totalmente *weird* e molto di nicchia. Quasi alla fine, c'è una bellissima immagine di una donna con il petto scoperto di fronte a un vecchio. Lo sta allattando. È suo padre.

Poi, un autoritratto di Rembrandt, che mi ha fatto piangere lacrime annacquate di gioia salata.

Vestito di tutto punto, non bello, un po' abbattuto.

Salve, signor Harmenszoon van Rijn.

Non ho lasciato la galleria lentamente, sono corsa fuori a gran velocità. Mi sono precipitata giù per le scale e sono andata a sbattere contro un muro di calore. Dall'altra parte della strada c'è un colonnato, dove i turisti più giovani possono sedersi e masticare un enorme panino rotondo venduto da una bancarella locale. Ed è quel che ho fatto. Riprendendomi dall'Arte, osservando un piccione che raccoglieva briciole, con un moncherino rosso dove un tempo c'era stata la zampa sinistra. Senza pensare a nulla, col cervello svuotato.

Imperdibile. Da vedere prima di morire. Per poi morire.

Cinque stelle.

Il tarabusino cinese
(tradotta da *An Bonnán Buí* scritta nell'irlandese
di Cathal Buí Mac Giolla Ghunna, 1679-1756)

Oh tarabusino cinese, il mio cuore è con
le tue piume nel campo, le tue ali
sparse come le ossa insepolte del grande Ettore.
Non avevi fatto alcun male –
nell'umida campagna, è stata la sete a ucciderti:
una chiave girata nel tempo e il lago
era chiuso nel ghiaccio. Se solo mi avessi chiamato,
lo avrei spaccato
perché tu potessi inumidire il becco,
bevitore di buon cuore, amico mio.

Tutti gli altri non li piango,
il cuculo, lo scricciolo, l'airone cenerino,
ma il verso dei tarabusini nelle paludi
era il mio stesso pianto dolente di ubriaco.
Mia moglie dice che sarà la mia morte,
e io dico: Guarda quel povero bastardo d'un uccello,
ucciso dalla sete. Mettete del ghiaccio nel gin,
amici miei, e tracannatelo. L'aldilà
è un lungo Venerdì Santo con i pub chiusi.
Bevete! finché avete una bocca.

Carmel

Carmel aveva già varcato la soglia dei cinquanta quando si rese conto che avrebbe potuto trovare da qualche parte su Internet la vecchia intervista televisiva di Phil. Un venerdì sera, sul tardi, cercò e in pochi clic eccola lì – un fatto che la indusse a spegnere il computer e trascinarsi al frigo per prendere un altro bicchiere di vino. Accese la tv per la prima volta da mesi, si sedette sul divano e si dimenticò di andare a letto. A un certo punto della notte, sognò di aprire una porta in casa sua e trovare una stanza piena di argilla.

Quando la mattina scese al piano di sotto, il portatile era lì dove l'aveva abbandonato sul tavolo da pranzo. Carmel cliccò per trovare l'immagine di suo padre congelata sullo schermo. Lei era più vecchia di una lunga notte rispetto all'ultima volta che l'aveva visto, lui aveva ancora cinquantatré anni.

Phil era piegato in avanti, gli occhi castani ed espressivi socchiusi, a metà battito di ciglia. Difficile dire se fossero sul punto di chiudersi o aprirsi. Era troppo da considerare in una volta sola. Carmel chiuse il portatile e si guardò intorno nella stanza.

Tutto era in ordine. I ripiani della cucina erano sgombri, i cuscini del divano solo leggermente storti. Lungo il lato della casa che dava sulla strada, la finestra catturava la luce del mattino e la veneziana rosseggiante sembrava più grande del quadrato assegnatole.

Si dedicò alla colazione, avvitando la caffettiera con un cigolio stridulo e mettendola sul fornello. Era troppo presto per la radio e il silenzio faceva sembrare le sue azioni molto rumorose. I fiocchi d'avena frusciarono uscendo dal sacchetto di carta, i frutti di bosco congelati tintinnarono sul piatto.

Si chiese cosa stesse aspettando.

Carmel aggiustò i cuscini mentre il porridge girava nel microonde, prese la bottiglia di vino della sera prima dal pavimento, raddrizzò la piccola pila di libri sul tavolino. Nell sarebbe tornata a casa in settimana. Aveva promesso di telefonarle e dirle in quale giorno. Per questo Carmel aveva cercato suo padre su Internet? Clic, clic. Come se fosse qualcosa di casuale?

Tenne una mora intatta in bocca per un istante, prima di morderla fino al cuore.

All'estremità della stanza, la veneziana si offuscò e poi pulsò al dileguarsi di una nuvola passeggera.

Phil disse loro di non raccogliere mai delle more dopo la fine di settembre; di non mangiarne mai una quando si era ridotta in poltiglia. Questo solenne avvertimento fu dato una volta che erano andati in cerca di more sulle colline di Dublino coi loro poncho antipioggia di plastica e i sandali estivi di gomma. Un giorno che Phil aveva una macchina.

Secondo il padre, alla fine di settembre il diavolo pisciava sulle bacche. Era solo superstizione – loro ci credevano, anche se sapevano che non era vero. Un insetto si riproduceva nei frutti alla fine dell'estate; sbavava saliva o spruzzava le sue uova tra le protuberanze. O forse era un fungo. Probabilmente aveva spiegato loro anche questo. Il diavolo, che in realtà era un fungo, entrava nella mora per trasudare e riprodursi, e ammorbidiva la polpa dall'interno.

Carmel ricordava il cic ciac dei suoi piedi nei sandali di silicone bagnati, la sensazione della pioggia fresca sulla pelle graffiata. Lei e Imelda portavano il loro raccolto in sacchetti di plastica bianchi, gonfi e insanguinati, e le loro impronte digitali erano tinte di un viola livido, come carnefici della natura. E non sapeva se quello fosse un ricordo felice, o solo un paesaggio – la collina lontana fulva di felci, le due bambine in coni di un giallo brillante sotto un cielo plumbeo. Da qualche parte laggiù, il padre in piedi di spalle, che faceva qualcosa.

Mentre sciacquava la ciotola del porridge, Carmel fu presa dall'impulso di pulire il frigo. L'apparecchio continuò a fare bip mentre lei strofinava spostandosi, man mano, dal ripiano superiore al cassetto della carne, maneggiando il panno bagnato finché non le si gelò in mano. Decise, già che c'era, di sbrinare i cassetti del freezer, per eliminare gli ultimi hamburger di fagioli e prodotti Quorn della figlia, da tempo abbandonati. Le confezioni uscirono scricchiolando, ghiaccio contro ghiaccio, e il cartone si afflosciò nell'aria calda. Carmel passò un panno lungo sul soffietto di plastica della guarnizione, arrotolò un asciugamano usato per raccogliere l'acqua e buttò via il cibo scaduto. Si guardò intorno, controllò le tasche e uscì di casa.

Fuori era una radiosa giornata di agosto. La luce del sole lambiva una fila di negozi sull'altro lato della strada e la via era percorsa da auto lente in cerca di un buco dove parcheggiare. Carmel andò nel negozio nuovo che aveva aperto da poco e comprò curcuma fresca, un mango maturo, insalata di feta, gamberoni surgelati. Prese della salsa di pesce dallo scaffale, la rimise a posto e considerò il peperoncino tritato. Da adolescente, Nell andava matta per il peperoncino. Ora non tanto.

Ora impazziva per la quinoa e il tofu vellutato. Nell aveva ventisette anni, una laurea in Social Media e Comunicazione, un diploma in Marketing digitale, guadagnava come una matta per tre mesi di seguito e poi, al prezzo di uno sforzo colossale che Carmel non riusciva a capire, partiva e faceva quello che le piaceva. E quello che le piaceva era una purezza leggermente irritante, pause yoga, weekend di surf, insegnare inglese ai rifugiati. E su tutto questo, naturalmente, c'erano continui aggiornamenti online, coi pollici di Nell che volavano sullo schermo – quasi che il tardo capitalismo (come lo chiamava lei) potesse essere sconfitto a colpi di hashtag e mangiando kimchi.

Anche Phil il poeta era contro il capitalismo, rammentò Carmel. Grande fan dei lavoratori, Phil si sedeva per prendere il "tè" alle sei e consumava il resto dei suoi pasti in piedi. Una salsiccia fredda, o un pezzo di prosciutto preso dal frigo, piegato in un pezzo di pane bianco a fette. Col burro, naturalmente. Suo padre era un appassionato carnivoro. Da bambina, Carmel veniva mandata tutti i pomeriggi dal macellaio per la sua costoletta d'agnello, la sua costoletta di maiale, una bistecca. C'era anche una costoletta "di secondo taglio" e Carmel non sapeva cosa fosse – come si poteva tagliare due volte un pezzo di carne? Guardò il poster di una mucca e chiese al macellaio dove fosse il "secondo taglio".

"Tu dove pensi che sia?" disse lui.

I suoi occhi erano azzurrissimi.

A quel ricordo, Carmel si fermò un istante sul marciapiede e sentì la pesantezza delle buste nelle sue mani.

Quando arrivò a casa, il frigo aperto e spento dava al luogo un'aria di abbandono. Carmel tirò via la patina interna delle sue narici – l'odore della macelleria era rimasto impigliato lì dentro. Polvere di pino posata sul marciume dolciastro del sangue. Totalmente reale.

Si soffiò il naso e si lavò le mani, riattaccò il frigo alla corrente, si fece il secondo caffè e uscì a berlo nel giardino sul retro che stava prendendo il sole.

Là fuori era tutto incantevole. Le foglie larghe della pianta di zucchine erano argentee di muffa e i fiori erano splendidi. Arancioni o gialli. Il colore era indescrivibilmente denso e brillante – la veste di un angelo di Botticelli, forse. Portò fuori il telefono per fotografarli alla luce del sole; puntò alla cieca per via del riflesso sullo schermo e scattò. Si potevano friggere i fiori in pastella, a quanto pare. Avrebbe potuto cercare la ricetta sul computer, se suo padre non fosse stato in agguato sul computer, come lo era stato per tutta la mattinata, aspettando che lei lo riaprisse. Aspettando di completare un battito di ciglia.

La mia vita adesso, disse a se stessa.

Aveva le mani serrate, le braccia rigide lungo i fianchi.

La mia vita adesso.

Stava fissando quello stupido fiore di zucchina, che spremeva fuori una zucchina gialla come uno stronzo vegetale infinitamente lento. Stava spuntando dalla parte posteriore del fiore, perfino mentre lo guardava.

Doveva tornare in cucina e chiudere definitivamente quel vecchio bastardo, pensò. Clic, clic, clic. Nell sarebbe stata presto a casa, avrebbe fatto uno squillo per dirle quando. Nel frattempo, non c'era bisogno di scoprire cosa stesse per dire quell'uomo proteso in avanti, morto da tempo e non particolarmente famoso.

Ma quando rientrò, cercò il numero di Aedemar invece, e le inviò una foto dei fiori di zucchina, provando nostalgia per le lunghe chiacchierate al telefono che erano solite fare in passato. Naturalmente quelle conversazioni, se ne ricordava bene, ruotavano per lo più intorno a Aedemar e alle molte persone affidate alle sue cure. Era tutt'un altro modo di essere ossessionati da se stessi, pensò Carmel, perché non si trattava mai di te – non era mai di te che Aedemar si preoccupava, quando si preoccupava delle persone, e cioè praticamente sempre. Succedeva ogni volta che Carmel si dimenticava di se stessa abbastanza da sentirsi un po' triste. All'improvviso, Aedemar si ricordava di tutti i tumori entro un certo raggio e dei molti anziani ai quali (se solo lo sapessero!) stava per essere diagnosticato il morbo di Parkinson.

"Sai in cosa mi sono imbattuta su YouTube?" avrebbe detto Carmel, e appena la storia su suo padre fosse stata mezzo iniziata, Aedemar avrebbe cambiato discorso per parlare del padre di qualche altra donna che era su una lettiga all'ospedale St. Vincent's in attesa di un letto. Qualcuno che Carmel non aveva mai conosciuto.

"Sei così fortunata," le aveva detto Aedemar una volta – quanti anni erano passati? "Sei così *fortunata* che i tuoi genitori siano morti."

"Sì," aveva detto Carmel, sentendosi miseramente intrappolata nel suo egoismo.

No, non aveva senso chiamare Aedemar.

Sul tavolo, il computer silenzioso rimaneva timidamente chiuso, con la bocca cucita. Suo padre Phil, l'amante della carne, non diceva nulla. Costoletta d'agnello, costoletta di maiale: l'odore del suo alito doveva essere terribile, anche se lei non se n'era mai accorta quando si arrampicava sulle sue ginocchia per infilargli le dita in bocca, tirare e far scattare di nuovo indietro la gomma da masticare.

Flup. Flup.

L'intervista era stata registrata in America, doveva essere il 1982 o il 1983, quando Phil insegnava lì. Uno studio televisivo, cavernosamente buio. Al centro, un paio di supporti per microfoni, incrociati. Ai due estremi di questa croce scintillante, due uomini, che dimostravano più anni di quanti dovevano averne, conversavano da poltroncine girevoli di cuoio marrone chiaro. Carmel toccò la barra spaziatrice e li lasciò partire.

Le voci degli uomini erano colloquiali e limpide, ma le parole provenivano da dietro un debole schermo sonoro e Carmel aumentò il volume per verificare cosa fosse. C'era il sibilo bianco del deterioramento elettronico e, in aggiunta, le ombre di altre voci, come se riemergesse una registrazione più vecchia. Oppure il nastro, in un modo o nell'altro, si era magnetizzato sulla bobina e alle parole degli uomini si sovrapponevano le loro parole future, incise più avanti sul rotolo. Quest'emorragia acustica era uno degli indicatori dell'epoca, l'altro era il fatto che suo padre fumasse dall'inizio alla fine; sporgendosi in avanti per scrollare la cenere in un massiccio posacenere di cristallo, poggiato su un tavolino di vetro e acciaio cromato. La cravatta di Phil non era dritta, la sua giacca era il solito sconcio. Si torse in avanti, si tirò indietro di scatto, si ingobbì sulla sedia e scostò il tweed per grattarsi in un punto sulle costole. Eccolo lì, otto lunghi anni dopo il lenzuolo sollevato e la sedia rotta.

Papà.

Phil parlò di giacinti, della differenza tra i boschi americani e le torbiere spugnose di Offaly, e di come lì gli mancasse lo scricciolo, gli mancasse la piccolezza degli uccelli irlandesi, e soprattutto lo scricciolo che era il re di tutti loro. Evocò la corte fatta a sua moglie, che aveva passeggiato al suo fianco in boschi costellati di giacinti quando lui era giovane. Era di Dublino e non aveva familiarità con la campagna, e questa, in un certo senso, era stata la ragion d'essere delle sue prime poesie. Erano il suo regalo per lei. Un mazzolino di fiori. No, come si dice? Un piccolo bouquet. Avevano vissuto insieme a Dublino per qualche tempo, disse, ma lei si era ammalata, sfortunatamente, e il matrimonio non era sopravvissuto.

Carmel premette pausa. Tornò indietro.

"natamente, e il matrimonio..." abbassò tristemente lo sguardo, "non è sopravvissuto."

"*Sfortunatamente*," disse Carmel.

Pronunciare la parola ad alta voce nella stanza la aiutò a sormontare una certa difficoltà che aveva a guardare online, seduta al suo tavolo da pranzo, il padre morto.

Forse era per via dell'accento – la mente di Carmel si era svuotata a quel suono, oppure era assordata da un vuoto che non riusciva a eludere. Era così avvinta dal modo in cui aveva pronunciato "scricciolo", che non aveva compreso una sola parola di quel che aveva detto dopo. Era tornata una studentessa di vent'anni, che beveva pinte di birra giallo intenso da O'Neill's e diceva: "Zitti tutti." Perché i suoi amici snob dell'università potessero ridere del suo padre campagnolo.

"Qual è?"
"Tu quale pensi che sia?"

> Lo scricciolo, lo scricciolo di tutti gli uccelli il sovrano,
> Nel dì di Santo Stefano fu preso nel ginestrone

Era una canzone che a Phil piaceva, per il fatto che era un po' crudele.

La cantava ogni anno a Santo Stefano, che era il giorno lento dopo Natale. E Carmel era tornata ancora più indietro nel tempo, era al piano di sotto nella loro casa a Dún Laoghaire a guardare suo padre che inscenava la sua insurrezione annuale, mettendo a soqquadro la cucina. Phil usciva dalla porta principale ed entrava dal retro, con polvere di carbone sul viso e la borsa della spesa in macramè della madre calcata in testa; i manici di vimini agganciati sopra le orecchie. Picchiava sulle pentole, lanciava fogli di giornale, saliva su una sedia e faceva roteare la scopa intorno al lampadario, che tintinnava e oscillava.

> Evviva il forchettone e abbasso il mestolo
> E dateci due soldini per seppellire lo scricciolo.

Quando aveva cinque o sei anni, Carmel aveva applaudito e strillato come ci si aspettava che facesse. Non sapeva che nella canzone avevano ucciso il piccolo scricciolo – o il *dreoilín*, come suo padre chiamava l'uccello in irlandese.

> Dreolín, Dreolín, dov'è il tuo nido?
> È nel cespuglio che amo di più.

Era una tradizione contadina. I Ragazzi dello Scricciolo andavano in giro con costumi e maschere, suonando e chiedendo soldi nelle cucine del vicinato. Ma c'era qualcosa di osceno in quel verso – a proposito dell'amore per un cespuglio – o se lo stava solo immaginando ora?

Una volta, al bastone che sventolava era legato per la coda un topo morto. Era possibile? Che avesse dato una botta in testa a ciascuna con un topo morto? Carmel pensava di essersele immaginate quelle cose. Quando le persone le dicevano che *non aveva immaginazione*, pensava: *Sì che ce l'ho. Ho immaginato tutto questo.*

Le era sfuggito quello che stava dicendo il padre. Riprese il filmato dall'inizio e cercò di ascoltare bene, invece pensò a quanto apparisse giovane sullo schermo e al tempo stesso, al suo occhio di bambina, vecchio e sfinito. La registrazione era stata fatta due anni prima della sua morte. Non sapeva di essere malato. L'autopsia avrebbe scoperto un cancro all'esofago ma, fino all'ultimo, era stata solo questione di stile di vita. Phil aveva uno stomaco da bevitore, una tosse da fumatore. Era stato ucciso da una precoce e catastrofica emorragia polmonare.

E quando lui se n'era andato, pensò Carmel, una stanza nella propria testa si era riempita di terra.

Mise in pausa e alzò la testa per tendere l'orecchio a un ticchettio, da qualche parte nella stanza, ma scomparve appena cercò di afferrarlo. Forse era sul nastro.

Carmel controllò il telefono. Quattordici messaggi sulla chat di gruppo del suo coro, che parlavano di problemi alla tiroide. Qualche consiglio di lettura. Una battuta. Nessuna notizia da Nell. Era difficile non desiderare il suono della voce di sua figlia, anche se a volte, stranamente, non era facile da identificare. Soprattutto quando era piccola.

"Ehm. Mamma?"

"Sì?"

Alla voce di un bambino mancava quel qualcosa di riconoscibile: la grana, o la consistenza che la rendeva pienamente umana.

"Sì? Tutto a posto?"

A volte era come parlare con una bambola.

"Hai trovato l'indirizzo?"

"Cosa ha detto l'insegnante?"

"Stai tornando a casa?"

Nell diceva Sì o Nell diceva No. Quando loro due parlavano in quel modo, Carmel non sapeva cosa avessero condiviso – a parte il fatto che erano separate.

"Tutto a posto?"

"Sto bene, mamma."

"Dove sei? Stai tornando a casa?"

Guardò la fessura nera teletrasmessa della bocca del padre, mentre il linguaggio ne sgusciava fuori su volute di Lucky Strike. Le mani di Phil modellavano l'aria davanti al suo petto in disfacimento mentre parlava del piccolo scricciolo irlandese, e c'era appena un sussurro di alcol che ammorbidiva la sua lingua e inumidiva gli occhi maliziosi e affettuosi. Era così facile odiare quell'uomo – i fatti parlavano da soli – ma era comunque difficile trovarlo antipatico. Ed era sorprendentemente facile amarlo. Accorrere a frotte e levare un lamento funebre quando era morto, perché tutte le parole erano morte con lui.

Sullo schermo, il poeta irlandese Phil McDaragh stava discorrendo dell'opera di Robert Frost, la cui voce lo aveva richiamato nelle foreste del New England per *raccontare la caduta delle foglie*. Ma gli mancava Offaly, gli mancava il piccolo scricciolo irlandese. Parlò di boschi costellati di giacinti, di sua moglie, della sua malattia.

"Si è ammalata," abbassò lo sguardo. "Sfortunatamente, e il matrimonio non è sopravvissuto."

Quando lo rialzò, i suoi occhi erano umidi. Perché? Cercava compassione.

La nostra compassione. La compassione di Carmel. La compassione di tutti.

Povero Phil.

L'intervistatore lo osservò di sbieco con espressione grave e accavallò le gambe in senso inverso. Quest'uomo portava occhiali dalla montatura spessa che gli scivolavano lungo il naso e lo facevano sembrare intellettuale ma moderno, studioso ma anche un po' playboy.

"E Whitman?" chiese.

"Ah, Whitman," disse Phil, cogliendo il suo tono. "No, no. Whitman era l'opposto di un irlandese. Era tutto ciò che un irlandese non potrebbe mai sperare di essere."

Carmel aveva dimenticato le battute malinconiche di Phil – il modo in cui riusciva a prendere in giro il mondo con il suo finto dolore. Era così disarmante.

E leggermente viscido.

Ma ebbe appena il tempo di formulare quel pensiero che sparì di nuovo. Era come se Carmel ricordasse dentro il proprio corpo il suono arrotato della sua voce, che le ronzava lungo le ossa. Ascoltandolo in quel momento, a distanza di più di quarant'anni, sua figlia sentì di nuovo – come se ne tenesse una per mano – le due sillabe soppesate che le aveva dato per nome: Car-Mel. Lo diceva come se lei fosse il cuore della dolcezza, come se fosse il miele salato versato sul gelato.

Si alzò, aprì il frigorifero e lo richiuse. Era troppo presto per mangiare. Carmel si avvicinò alla finestra che dava sul retro e guardò in basso verso il giardino, considerando l'idea, come ogni tanto faceva, di qualche specie di ninfa o silfide di pietra da mettere tra il fogliame sul lato in ombra. Se solo fosse riuscita a procurarsi una ninfa. Le sculture da giardino erano introvabili.

Mandò un messaggio a Nell.

Il telefono tintinnò, ma quando lanciò un'occhiata vide che era Aedemar.

"Sì! Fiori di zucchina fritti! Solo tu!"

Carmel lasciò cadere il cellulare sul bancone, pensando a che risposta dare. Magari

"Sì, Aedemar."

Poteva scrivere così.

Non vedeva Aedemar da mesi. A volte non sapeva cosa significasse "essere amiche". Era solo un'idea che avevano di se stesse.

"Gourmet!" scrisse.

Forse poteva provare con un'emoji. Aedemar andava matta per le emoji, anche se Carmel non le capiva tanto bene. Cancellò il *Gourmet!* e inviò l'immagine del sole con gli occhiali scuri. Che cosa significava?

Niente di brutto.

Erano le tre di un lungo sabato dublinese e non aveva litigato con nessuno. Non c'era alcuna ragione per cui avrebbe dovuto farlo.

Sono spalancato,
san Kevin crocefisso
in una mano aperta
la covata di azzurro vuota
di un pettirosso e nell'altra,
una singola piuma
un ciuffo di lanugine.
Spariti i miei pulcini
il mio cuore un albero spoglio,
gli uccelli saltano qua e là
in cerca di compagnia.

Nella pozza del mio occhio, l'efemera si schiude
per mostrare un'efemera più bella
che spunta dal suo involucro
e le teste degli uccelli scattano, si fissano,
scattano, si fissano, nel crepuscolo crescente.

Finito di recitare, Phil abbassò la testa. L'uomo con gli occhiali che scivolavano sul naso sbatté lentamente le palpebre e tenne gli occhi chiusi. Poi si mosse e chiese se Phil stesse lavorando a un ciclo di poesie americane.

"No, no," disse Phil. Aveva provato a scrivere di altri luoghi, ci aveva provato davvero. Ma scriveva sempre e solo dell'Irlanda.

"Non me ne sono mai andato," disse.

Carmel pigiò forte sulla barra spaziatrice e lo guardò. Le diede un altro colpetto, per farlo riprendere a parlare: "Non puoi lasciare un posto come quello," disse Phil. "Resta sempre con te."

Carmel emise una piccola risata – uno sbuffo d'aria che le uscì dal viso.

"Lei ha una profonda comprensione delle donne," disse l'intervistatore, di punto in bianco.

"Credo di sì," disse Phil.

"Le loro pene."

"Sì."

"Ciò che passa loro per la mente."

"Be', non c'è nulla di così necessario come il cuore femminile. Molti scrittori. Molte persone lo fraintendono un poco."

Con un cenno del capo, l'intervistatore gli indicò di passare alla poesia successiva.

"Sì, le donne che ho amato. Quindi questo è una specie di bouquet."

Carmel non la conosceva, non pensava che fosse mai stata pubblicata.

"Vincibosco" era la perdita della verginità, a diciassette anni; la ragazza in un campo, i suoi capezzoli simili a fiori di caprifoglio, le braccia intrecciate. "Giacinti di bosco" era Terry, la loro bella madre, sulla collina di Killiney, col suo prendisole blu, che dopo non aveva mai buttato. "La spina sulla rosa in quarti inglese". Carmel trasalì, pigiò forte sulla barra spaziatrice. Come aveva fatto a dimenticarlo?

Quella era la causa di tutti i loro problemi. La puttana stessa.

Quella donna era venuta a casa loro – dentro casa loro. Si era piazzata sul divano, con le lunghe gambe che andavano da una parte e il braccio della sigaretta dall'altra. Carmel non riusciva a ricordare il suo nome, ma era "un'amica di Kingsley Amis" e quando l'avevano sentita parlare, avevano tirato tutti in dentro le guance e addolcito l'accento.

"Ooh sì, credo di sììì."

Tutti, a parte Phil, che aveva fatto l'irlandese per lei; ballando una giga pestante e goffa sul tappeto davanti al camino e finendo sul pavimento.

Scura, ricca, piena di contraccezione, "l'Airone", lui la chiamava anche così. Era la donna come autodistruzione e posizioni sessuali inimmaginabilmente sconce. Bunty, questo era il suo nome. Carmel stentava a crederci ora. Il padre li aveva lasciati per una donna che si chiamava "Bunty". Era venuta anche al suo funerale. Aveva percorso la navata con un grande cappello nero a tesa larga – come dimenticarlo – un cappello da puttana, accasciandosi presso la tomba sotto la pioggia irlandese.

> Gomiti alti, cretacea, agita e ripiega
> ali di cuoio, vecchio airone, grigia rapacità
> dell'amore.

Phil aveva odiato l'Airone più di qualunque altra donna della quale avesse disertato il letto.

L'ultima era l'asfodelo, il fiore bianco che si schiude nell'Ade. Si trattava della ragazza pazza della Grecia, che camminava per le strade in camicia da notte, sanguinando dal polso. Si era rivelata essere – in qualche modo, inevitabilmente – una poetessa di nome Selma Karras, che adesso era considerata una voce importante. La sua pagina Wikipedia diceva che era sopravvissuta a "una relazione abusante" a Mykonos con "il poeta irlandese Phil McDonagh" – ma almeno il nome dell'isola era corretto.

Non c'era nessun fiore per la moglie americana, che aveva conosciuto Phil quando aveva appena ventun anni. Una studentessa del Vassar curata e ordinata, le cui finanze familiari erano talmente discrete da assomigliare all'aria; Connie del Connecticut aveva così tanti soldi da non avere bisogno di spenderli. Amava la poesia, soprattutto la poesia irlandese. Più di ogni altra cosa al mondo, Connie avrebbe voluto una poesia per lei.

Questo, non l'aveva ottenuto.

Fuori, il vento leggero era rinforzato. Carmel tagliò una clematide troppo cresciuta che si allungava verso il minuscolo pero coltivato a spalliera poggiato al muro. Controllò le zucchine, che sembravano già più grandi che al mattino. Uno degli ortaggi gialli adesso era completamente spuntato e il fiore era avvizzito sulla punta. Erano davvero comicamente sconci, pensò. Ma non aveva senso star lì a ridere. Sarebbe stata una follia.

Si mise a cantare invece; una piena, sonora linea di contralto. Non c'era altro da fare. Suo padre era bloccato al piano di sopra, sul punto di essere ancora più stupido e doloroso. Con la sua finta modestia e la sua pena simulata. Suo padre era lassù a fare il bastardo per sempre.

Aveva un cuore presuntuoso.

Fiducia in se stessi? Non serviva altro? Di sicuro c'era bisogno di una dose extra di stupidità. Qualche tipo particolare di stupidità, che il mondo scambiava per saggezza.

Carmel rientrò in casa con passo pesante, improvvisamente convinta di qualcosa. Ed eccolo lì. L'orologio perduto era al polso di Phil. Incredibile. Era lì fin dall'inizio. Allargò le dita sul touchpad per ingrandire l'immagine. Lo stesso cinturino di pelle marrone chiaro, la stessa iridescenza color crema che si apriva a ventaglio dal centro del quadrante. Carmel si ricordava di quando la sera il padre glielo faceva penzolare nella manina. Ricordava come l'acciaio levigato trattenesse il calore concentrato della sua pelle, mentre il vetro sull'altro lato rimaneva fresco. Quando lo accostava all'orecchio, si sentiva un minuscolo battito prima di ogni *tic tac*:

Quasi. Ora.

Quasi. Ora.

E. Sì.

Il meccanismo era delicato e incessante. Era pieno di anticipazione e potenza.

Prima di rendersene conto, Carmel era al telefono e, prima che Imelda avesse il tempo di raccapezzarsi, disse: "Ti ricordi l'orologio?"

"No."

Un po' rapida, come risposta.

"L'orologio di papà."

"Se me lo ricordo?"

Imelda stava poggiando qualcosa, una tazza o un piatto, Carmel sentiva l'eco e l'acciottolio della cucina.

"Gliel'hai dato tu?"

"Che cosa?"

"Gli hai dato tu l'orologio?"

"In che senso *dato*?"

Per Imelda, le informazioni erano come i soldi. Non voleva che ne disponessi, per paura che li spendessi nel negozio sbagliato.

"Era il suo orologio," disse.

"Non sto dicendo che ha rubato il suo orologio," disse Carmel a Imelda. "Sto chiedendo come l'ha avuto."

"*Come* ha avuto il suo orologio?" disse Imelda. "Di che stai parlando?"

"Del giorno in cui se ne andò," disse Carmel.

"Quale giorno? Non c'è stato 'un giorno'." Imelda era confusa ora, oltre che seccata. "Non c'è stato un giorno in cui potevi dire. Cioè. Non è andata così."

Se insistevi troppo, Imelda avrebbe anche potuto dire che non se n'era andato affatto. Ma d'altronde aveva ragione – se n'era andato in molti giorni diversi. Phil aveva portato via le sue cose un po' alla volta: il pennello da barba in pelo di tasso, l'altro completo, le scarpe buone. Non erano molte. Potevi anche non accorgerti che non c'erano più, se eri concentrata a non accorgerti che lui stesso non c'era più. La madre, in effetti, a volte parlava come se fosse uscito per una lunga passeggiata.

Il giorno in cui le aveva dato "una beccatina" era il giorno in cui la memoria di Carmel aveva scelto di chiamare l'ultimo. Sarebbero passati sei lunghi anni prima che una lettera che annunciava il suo divorzio americano facesse tremare sua madre. Carmel aveva osservato l'incredulità di Terry da una leggera distanza. Se n'era andato – se solo la mamma avesse potuto ammetterlo – se n'era davvero *andato*, da quando Carmel era bambina.

"Sì, non lo so," disse a Imelda, girando con il telefono in mano. "Ho visto un filmato. Sapevi che c'era un filmato? Phil che rilascia un'intervista negli Stati Uniti."

"Certo che lo sapevo."

"Be', è lì. È online."

"Grazie," disse Imelda. "Sì. Bene. Lo sapevo."

Nella sua commemorazione del genio di Phil, Imelda era sempre più sola. C'erano ancora, di tanto in tanto, delle cerimonie letterarie, per le quali aveva un assortimento di giacche in blu scuro e nero. A volte le veniva chiesto di tenere un breve discorso, cosa che era sempre contenta di fare. Volgeva lo sguardo verso un punto né vicino né lontano, si chinava verso il microfono e, anche se si poteva pensare che stesse parlando di Phil, in realtà parlava, sempre e incessantemente, di sua madre. Di come avesse trovato una poesia sul cuscino e fosse uscita a baciare l'uomo che l'aveva scritta, proprio lì in strada.

"Dovresti mandarlo a Nell."

"Il video. No, dovrei, sì."

"Ha sempre adorato papà."

"Sì. Sì, è vero."

Allora Carmel si sentì dispiaciuta per Imelda, che era invecchiata nella storia delle vite dei loro genitori. Era una storia così ingorda e così piccola.

"Dov'è, a proposito?"

"Da qualche parte a Bali."

"È avanti o indietro con l'ora?"

In verità, Carmel non ne era sicura. Nell aveva fatto sei mesi in Nuova Zelanda, che era, più o meno, l'esatto opposto di Dublino in termini di giorno e notte. Ora stava tornando a casa per la via lunga e Carmel – di solito così efficiente – non riusciva a capire se stesse viaggiando a ritroso nel giorno o in avanti verso il mattino.

"Avanti, credo. Laggiù è notte fonda."

Mentre lo diceva, Carmel vide l'ombra della bambina aggirarsi per la cucina vuota, prendere un'arancia dalla ciotola e lanciarla in alto, più e più volte, il lento plaf, plaf, plaf del frutto che le ricadeva in mano.

"Pensavo fosse in Vietnam," disse Imelda – come se la sorella fino ad allora l'avesse in qualche modo tratta in inganno.

"No, è a Bali. Sta tornando a casa."

"Bene," disse Imelda. "Ti lascio andare ora."

"Sì, ciao."

"A presto."

"Ciao."

Lasciò tornare Imelda alla sua vita nella casa di Dún Laoghaire con le stesse tende di velour blu spelacchiato. In inverno, Imelda si ritirava nelle stanze più calde, che ora condivideva con Will Havelard, un fidanzato più anziano di incerto stato civile. Si era trasferito lì – finalmente! – dopo che una serie di lievi ictus lo avevano reso bisognoso di considerevoli cure. L'ex moglie, a quanto pare, pensava fosse un grande scherzo.

Erano le cinque e mezzo – ancora un'ora e mezza prima dell'ora di cena. Nell era a Bali, intenta a fare snorkeling in acque cristalline, passeggiare sulla spiaggia, montare dietro su una Vespa in infradito, scottarsi il polpaccio sulla marmitta. Era ubriaca, o sballata, faceva sesso con entusiasmo o contro la sua volontà con un uomo che aveva molti tatuaggi. Era triste. La bruciatura all'interno del polpaccio si era infettata, avrebbe dovuto camminare nell'acqua di mare, ma Nell la sapeva sempre più lunga, non le si potevano dare consigli. Non avrebbe sguazzato nel mare salato, e ora, le sarebbe salita la febbre nel cuore della notte, con la gamba gonfia tesa e calda come un forno, ed era troppo tardi per zoppicare in farmacia a chiedere della "Pomata, pomata".

E niente di tutto questo era vero. Carmel se lo stava solo immaginando. Sua figlia stava bene. Al piano di sotto, aprì la porta della stanza vuota di Nell nella parte anteriore della casa e inspirò l'aria che conteneva. L'arredamento era rimasto fermo a un momento imprecisato della sua crescita; un paralume a piume sul comodino, catenelle sbiadite di uccelli di carta che inghirlandavano le cornici delle foto. L'armadio, quando Carmel si avvicinò per chiuderlo bene, era un vero immondezzaio; si poteva dissotterrare l'intera vita di sua figlia scavando in profondità nel mucchio.

Aprì la valvola alla base del termosifone, sollevò il piumone per controllare che non ci fosse umidità. Mentre sbloccava il gancio della finestra a ghigliottina un po' dura, vide una piccola pila di libri sul davanzale, con le copertine sbiadite dalla luce – c'era anche un volume di poesie di Phil. Lo prese e si sedette sul letto, lo aprì a caso, cercando di leggerlo con gli occhi di sua figlia.

Non era stata una buona madre. Carmel lo sapeva. Tutto l'amore del mondo non poteva fare di lei una buona madre. Era sempre una tale lotta. Non riusciva a trattenere sua figlia e non riusciva a lasciarla andare.

Avrebbe voluto raccontarle del macellaio con gli occhi azzurri, delle more e dello sputo del diavolo, di quei poncho di plastica che riparavano dalla pioggia e sotto ti bagnavano di sudore. Di suo padre che pisciava alto in mezzo alle felci, della sua urina gialla che disegnava un arco sotto la pioggia argentea. Proprio il tipo di dettaglio che una madre, ovviamente, avrebbe tralasciato parlando a sua figlia. Carmel voleva raccontarle dello scricciolo – qualunque cosa significasse quella storia. Una specie di ammonimento. A fare attenzione. A non colpire la lampadina con una scopa, quando agiti per aria un topo morto.

Chiuse il libro e lo posò sul comodino. Bali era avanti. Nell non avrebbe telefonato quel giorno. Era sdraiata nell'oscurità futura, dormiva in una notte che avanzava lentamente verso Dublino, che ancora non era arrivata. Nell era stata superata dalla rotazione del pianeta, e Carmel avrebbe voluto protendersi attraverso il tempo stesso per afferrare sua figlia e riportarla a casa.

Il lamento dello scriba
(tradotta da *Is scíth mo chrob*, undicesimo secolo, scritta presumibilmente nell'irlandese di san Columba, 521-597)

Ho un crampo alla zampa dal continuo scribacchiare
Veloce s'affretta la penna sulla pagina
L'inchiostro che dal suo esile becco scorre
Nero come un dorso di scarabeo luccica

Dalla mia armoniosa mano brunita
Sgorga a fiumi la sapienza di Dio
Lunghe righe che fluiscono incessanti
Inchiostro dell'agrifoglio dalla pelle verde

Non può arrestarsi lo sgocciolio della mia penna
Sull'una e poi sull'altra pagina splendenti
A beneficio di tutti gli uomini buoni che leggono
Soffro di crampi e spasmi, di dolori e affanni.

Alle quattro del mattino, Carmel salì al piano di sopra e si sedette nella luce prima dell'alba. Fece andare di nuovo il filmato, e stavolta non vedeva altro che Nell. Era questo che stava cercando; il volto di sua figlia che irrompeva dal volto di suo padre. Nell traspariva dal nonno morto, in fugaci lampi.

"Mami se ci sei sarò a casa mercoledì tardi e mami-mami ci sono novità. Certo che ci sei questo è un messaggio. Bing Bing."

"A nessuno piacciono le statue. Niente nimfe."

*"*Ninfe."*

"Vengo con un amico, ok?"

"Niente statue! Forse in un giardino con fogliame. Ma x me pare sempre quell'episodio dove gli angeli piangenti del cimitero si muovono se sbatti le palpebre. Per favore, per favore, non prendere una nin per il giardino che è troppo piccolo. Occhi di pietra!!! xoxo Nell."

E poi:

"Di nuovo wifi Denpasar. Amico dorme nella mia stanza non c'è bisogno di agitarsi."

Nell

Mio nonno amava così tanto mia nonna che non si poteva stare nella stessa stanza con loro, si infiammavano in presenza dell'altro. Questo secondo un poeta chiamato, chi l'avrebbe mai detto, Harvey, che scrisse: "Il modo in cui si ignoravano a vicenda era più vigile e più complesso dei baci di un'altra coppia. La loro è stata una grande passione, oscuramente estatica. Sapevano entrambi che non poteva durare."

Ho trovato questa descrizione notevole in una lettera di condoglianze che inviò alle figlie dopo la morte di mia nonna. Chi parla così di persone anziane e morte? Sembrava un modo strano di piangerne la scomparsa. Harvey diceva che nel suo periodo di "vedovanza bianca", e poi anche dopo, mia nonna aveva accettato tutto ciò che era successo, il male insieme al bene, perché aveva conosciuto un grande amore. Glielo aveva detto lei stessa molte volte, come quella consapevolezza fosse qualcosa che non sarebbe mai andata persa, e che nessuno avrebbe potuto sottrarle. Era fortunata, era stata benedetta. E questa *consapevolezza* (sottolineato) l'avrebbe sostenuta nei suoi ultimi giorni.

Ricordo che mia zia lesse questa lettera con voce tremante a qualche incontro, forse in una biblioteca vicino alla vecchia casa di Dún Laoghaire. Avrò avuto otto o nove anni, e non ero mortificata, perché non sapevo ancora come esserlo. Stavamo in piedi ad ascoltare, a un lato della piccola folla, e Carmel si immobilizzò completamente, a tal punto che mi allungai per prenderle la mano.

Era come stringere qualcosa di inanimato. Quando Carmel si chiude così, è come aggrapparsi a un capanno da giardino.

A quel tempo, stavo dalla parte di mia madre in tutte le discussioni, anche se cominciavo a notare che ce n'erano parecchie. Ma era una cosa da vedere, sul serio: Imelda, lassù col suo morbido foulard, che si lanciava in una tirata su un amore "oscuramente estatico". Dopo dissi: Posso vedere la lettera? e lei disse: Oh, non penso che quelle manine siano pulite.

Ecco perché mi ricordo così chiaramente di tutto questo. Avere a che fare con Imelda era una fatica.

Mia madre – anche lei stava sempre dalla mia parte – si erse in tutta la sua altezza e disse alla sorella maggiore: È l'ultima erede.

E io pensai tipo: Oh-oh, calma. Non guardate me, signore, me ne vado.

Tecnicamente è vero che sono l'ultima dei McDaragh, anche se potrebbero esserci alcuni cugini di secondo grado a Chicago, e alcuni su a Hull, dove la sorella maggiore di Phil era infermiera. Questi fatti non mi interessavano fin quando non lasciai l'Irlanda, proprio come non mi interessano oggi.

Ma a Sydney mi feci fare un tatuaggio irlandese, credo sia stato il jet lag. Avevo preso in considerazione di farmi incidere *lo scricciolo lo scricciolo* lungo la clavicola opposta a *l'amore è una marea*, ma cambiai idea all'ultimo momento e chiesi il disegno di uno scricciolo a linee sottili, molto minimal, in quello spazio che c'è tra il pollice e l'indice della mia mano sinistra. Volevo qualcosa di minuscolo, dissi. Lo scricciolo deve essere cicciottello e il becco dovrebbe essere ben aperto, così quando non ho altro da fare, posso muovere il pollice e guardarlo cantare.

Poi mi arrovellai sulla questione rametto o non rametto.

Niente rametto! dissi. Sta solo lì.

Ero diretta a Auckland, dove avevo amici con un visto di lavoro e un posto dove stare. Non sapevo, di preciso, perché fossi a Sydney. Pensavo di poter scrivere qualcosa, ma quel posto mi sfuggiva. Andavo ai bar sbagliati nei quartieri sbagliati. Non volevo uscire da sola la sera, anche se sembrava pieno giorno.

Il terzo pomeriggio che ero lì, inciampando nella luce del sole, mi sedetti nell'orto botanico a guardare gli uccelli. Speravo di vedere il martin pescatore sacro, perché adoro i martin pescatori fin da quando ne vidi uno sul Dodder da bambina. Non li colleziono, mi piace solo salutarli.

Per vedere l'uccello che vuoi vedere bisogna smettere di cercarlo, lo sappiamo tutti. Devi annullare il tuo sguardo, lasciare che l'uccello accada senza di te. Stare attento all'azzurro. Non mancò certo l'azione quel pomeriggio all'orto botanico. La manorina chiassosa, agitata e aggressiva, gli ibis bianchi con le loro virgole nere ricurve al posto del becco. Pensai di aver avvistato un cacatua gala, rosa sullo sfondo di un eucalipto rosato, ma poi decisi di no. Un gruppo di piccoli uccelli dalla coda lunga fu attraversato come un lampo dall'azzurro del maschio riproduttivo e il mio cuore palpitò (sì) alla vista della sua minuscola magnificenza. Era uno scricciolo fatato superbo. Gli uccelli in Australia sono semplicemente assurdi. Gli scriccioli fatati sono così belli che la loro bellezza è inclusa nei loro nomi: c'è il superbo con il suo cappuccio azzurro cielo, lo scricciolo fatato splendente di un blu elettrico, lo scricciolo fatato amabile con le ali castane, e vari altri esibizionisti dai colori intensi. Non c'è una vera componente fatata nello scricciolo fatato, il cui nome fu inventato un paio di secoli fa. Il suo nome locale, più antico, è *muruduwin*.

Al momento di farmi il nuovo tatuaggio, venne fuori che non volevo uno splendente o un amabile e nemmeno un *muruduwin*, ma qualcosa di più smorto. Volevo una cosuccia umida e discreta con una voce potente e nascosta. A quanto pare, mi mancavano gli uccelli di casa.

L'artista non riusciva ad afferrare.

Sicura che va bene questo?

Le dissi che non è lo stesso scricciolo, non sono nemmeno imparentati, hanno solo lo stesso nome.

Agli uccelli non interessa come li chiamiamo, dissi.

E lei disse: È proprio vero.

Quella donna aveva dei lavori favolosi: un loto che si schiudeva sulla gola e dei ciuffi di fogliame che le spuntavano da sotto il polsino. Stava disegnando rapidamente su carta, a partire dall'immagine che le avevo mostrato sul telefono.

È uno stupro, non è vero? disse, riferendosi a quello che facciamo alla natura.

L'Australia non si adattava alla mia guida incompiuta per viaggiatori ansiosi. Nessuna delle persone che incontrai sembrava essere ansiosa nel modo in cui intendevo questa parola.

Senza dubbio, dissi.
E pensai: A Carmel piacerebbe un sacco qui.

Poco tempo fa stavo parlando con qualcuno, e dissi che non ero un frutto dell'amore, ma dell'utilità. Mia madre ha usato semplicemente un tizio, dissi – aveva tutti i denti ed era bianco, il che era un valore per lei, ed era alto. E il mio amico disse: Deve essere dura per te. E io dissi: Niente affatto. Penso che sia liberatorio. E lui disse: Sarà, ma. Anche il modo in cui ne parli.

Così quella sera, per capriccio, mandai un messaggio a Imelda, chiedendo di vedere la lettera, e lei scattò delle foto che, alla fine, capì come inviare fino in Nuova Zelanda. Con sua grande sorpresa, non fu più difficile che inviarle all'altro capo della stanza.

"*Per favore non condividere questo materiale è indispensabile per l'archivio.*"

E io pensai: Be', non può funzionare, perché c'erano un mucchio di parole scritte a mano, e quella non è una delle mie competenze principali, ehm.

"*Wow, grazie! Che meraviglia! Saluti con affetto dalla Nuova Zelanda, dove sotto un vulcano cammino nel vento (foto).*"

Ma un po' più tardi, seduta sull'erba che si faceva strada attraverso la lava nera e morta sul pendio di Rangitoto, ingrandii, scrollai, lessi fino in fondo.

Il modo in cui si ignoravano a vicenda era più vigile e più complesso dei baci di un'altra coppia.

Guardai in giù verso la baia fino a Auckland, e poi di nuovo su fino alla cima che avevamo appena scalato – quella montagna simile a un capezzolo basso il cui nome in Maori significa "cielo insanguinato" – ed era tutto molto piacevole. Nuvole che si inseguivano, onde increspate, turisti felici sotto il sole.

Sapevano entrambi che non poteva durare.

Mi piacque tantissimo l'arrivo tardivo di quella lettera sul mio cellulare, un fremito formale di emozione stiracchiato su tre lunghe pagine di inchiostro viola sbiadito, più di trent'anni prima. Molto tempo dopo che sono tutti morti, faccio ombra alle parole di Harvey sullo schermo. Le leggo ad alta voce, come la voce fuori campo di un documentario, muovendo l'immagine avanti e indietro con l'indice e il pollice.

Il modo in cui si ignoravano a vicenda era più vigile e più complesso dei baci di un'altra coppia.

Accanto a me, il mio amico disse: Prendi una stanza.

Cosa c'è nella scrittura a mano, dissi io, che la fa sembrare così intima e sincera? Parlammo di questa cosa perché eravamo su un vulcano (leggermente noioso) dall'altra parte del mondo – di come oggi pubblichi qualcosa online, e bang, zac.

Proprio mentre pensi: Era questo che volevo dire?

Ti arriva:

"Sì, è vero! È proprio vero!"

Prendi quel poeta, Harvey. È in piedi davanti alla cassetta, la sua lettera bella e sentita è per metà nella fessura e lui si chiede: Non sarà un po' folle? La busta cade e… troppo tardi! Le sue parole sono in un vuoto sospeso – inviate ma non ancora viste. Quell'abisso da cui nascono una Terribile Incertezza e una Terribile Gioia. Un luogo intollerabile, che è quello in cui ora viviamo tutto il tempo, controllando i like.

Il mio amico dice: È un po' roba passata, però, no?

Ah sì?

I *like*?

Accidenti. Proprio ora che iniziavo a prenderne un po'.

È più questione di engagement, ora.

A questo ragazzo piace spiegare le cose. Gli piace dirti che stai dicendo e perché è d'accordo con te. A volte hai l'impressione che sia d'accordo con se stesso, ma lo trovo solleticante e gradevole. Meglio di sentirsi dire che stai dicendo e perché ti sbagli – cioè, è simile, ma meglio.

È insegnante, di professione e di indole. Mi sento a lezione.

Mi piace la lettera, disse il mio amico.

Sì, buona questa.

Il senso dell'umorismo di questo ragazzo è così asciutto che le sue battute sono pari a nient'affatto divertenti.

Mi allungò il suo telefono. Un'auto blindata, esplosa e in fiamme – non dice che guerra. E sotto.

"Si sentono le munizioni che prendono fuoco nel calore."

Ed era proprio così. Un minuscolo pum bang sss, le pallottole che esplodono come popcorn in un microonde lontano.

Hmm, dissi.

Lui disse: Perché mi obbligano a subire questo? A volte, tocca il fondo per il terrore. A volte pensa che l'intera infosfera sia esplosa e che stiamo tutti semplicemente *prendendo fuoco nel calore*.

Stavamo mangiando cautamente dei panini vicino all'approdo del traghetto senza lasciarci dietro niente. Non ci sono roditori sull'isola di Rangitoto, che si trova nella baia di fronte a Auckland. E poiché non ci sono ratti – pensiero felice – è piena di uccelli, come lo era un tempo l'intero paese. Gli uccelli non hanno predatori, sono troppo tranquilli per volare molto e sono tutti incantevoli: l'uccello campanaro che fa din don e bip

bip come il ponte di comando di *Star Trek*, e il piccolo coda a ventaglio che spiega davvero la coda a ventaglio.

Auckland è un grazioso sobborgo periferico costruito su campi vulcanici inattivi. In superficie, si è circondati da bungalow di legno e da persone con un certo tipo di faccia (bianca, stretta, gioviale), ma a volte percepisci la lava muoversi molto più in basso. E da questo trespolo roccioso, nel cuore di una notte irlandese, invio i miei messaggi onirici a schermi addormentati. Diciottomila chilometri ci separano. Mi piace questo ritardo. Dà una sensazione di pace.

"Ciao Imelda. Ti ricordi di quella bella lettera che un certo Harvey scrisse su tua madre e nonno Phil? È stata pubblicata da qualche parte? Mi piacerebbe un sacco leggerla prima o poi."

Quattordici ore dopo.

pin!

In lontananza, gli edifici bianchi della città, colline verdi e le penisole del golfo di Hauraki, acque increspate, oscurate dal vento. Dietro di noi, campi di lava nera contornati di alberi dai fiori cremisi. La montagna su cui ci troviamo è emersa dal mare seicento anni fa. Siamo su terreno giovane.

Da dove sono seduta, il passato è un luogo solitario.

E penso che non ci avrei fatto caso, o che non avrei scovato queste piccole intersezioni, se non fossimo stati in Nuova Zelanda, che ti fa pensare all'intero pianeta, tutto il tempo. Mentre sono a Auckland, non finisco mai di guardare il cielo.

Dopo il mio arrivo passai molto tempo a controllare mappe geografiche, zoomando avanti e indietro su segni privi di nome, lievi rigature lungo il fondo dell'oceano, montagne sottomarine che non sbucano sulla superficie del mare.

Finii per guardare la fattoria della famiglia di Felim nella contea di Louth; qualcosa nelle dimensioni del pianeta solido che si frapponeva tra noi faceva apparire una sbirciatina assolutamente sicura. L'immagine non era stata aggiornata da quella volta che avevamo lasciato la casa principale, più di tre anni prima. Gli stessi fienili, lo stesso JCB parcheggiato accanto al muro.

Pensai a Felim, a come chiamava le persone che facevano parte della sua vita "sua signoria" o "madama tal dei tali", nessuno aveva un vero nome, nemmeno il povero, defunto McKenna "il Cazzuto". Non credo abbia mai usato il mio nome, se non per sfottò.

Mi chiesi se andasse più d'accordo con la sua ragazza, ora che non mi maltrattava più. Ne dubitavo. Adesso mi era chiaro che non aveva mai smesso di vederla, per tutto il tempo in cui avevamo scopato. Lei era una persona vera, io ero un errore. Ero un'altra foto sul suo cellulare. Voleva avere dei figli, e lei avrebbe potuto dargliene. Due maschietti e una femminuccia, o il contrario. A Natale sarebbero andati tutti nel Louth, dove lei avrebbe asciugato i piatti accanto al lavello con sua sorella Maeve. E Felim sarebbe stato un papà gentile per la maggior parte del tempo, ma non era il caso di disturbarlo troppo, perché poteva arrabbiarsi.

Fa male agli altri solo per dare loro piacere. Sempre e solo dal punto di vista sessuale, il che va benissimo, perché è questo che le donne vogliono veramente. Di certo io lo volevo. Diventa una persona orribile solo quando gli altri lo pregano di esserlo.

Naturalmente.

Pensare a lui mi fa venire il voltastomaco. Mi passa per la testa di trollarlo online, qualche account falso, la semplice parola "abusatore" su tutto quello che dice o fa.

Abusatore
Abusatore
Abusatore

Per molti mesi è stato un pensiero ossessivo, ma non mi succedeva più da un po'. Colpa mia, per essere tornata nel *Louth in realtà*.

In fondo al campo lontano vedo un *rath*, o fortino, un ammasso di terra circolare, il cui anello è rotto in un paio di punti come la filigrana di un vecchio bicchiere di birra. Una volta erano chiamati forti delle fate, piccole gobbe e dossi nei pascoli d'Irlanda, resti di case costruite cinquecento o mille anni fa. Era un livello di stalkeraggio totalmente nuovo, che mi portava alla deriva lungo linee temporanee, sopra insediamenti spettrali e fattorie fantasma.

Prima che me ne renda conto, sto girellando tra le deboli tracce esteriori delle linee di Nazca, quei disegni nel deserto peruviano così immensi da non essere visibili alle persone che li hanno fatti – un ragno, un colibrì, una scimmia con la coda a spirale – poi ritorno ai campi di casa, alle chiazze di un verde diverso, all'ordito e alla trama animati della semina o del raccolto, ai segni di slittamento nel fango attraverso i cancelli, al ricamo ad ago delle balle di fieno in fila. Un contadino è catturato mentre taglia un raccolto a forma di cuore, forse per adattarlo alla pendenza della collina. I contadini fanno ogni genere di cose per noia o sentimentalismo: cerchi di grano, labirinti di mais; agganciano l'aratro in pieno inverno e scrivono messaggi sgarbati per gli aerei. L'artista briccone che ha disegnato l'Uomo di Marree in Australia gli ha fatto un pene lungo duecento metri che è impressionante, ma non così monumentale come il pene nel cielo disegnato da un aereo sopra la Florida, ventisette chilometri dalla palla alla punta. Nessuno a terra sapeva cosa stava vedendo, e i passeggeri erano tutti ignari, parrebbe. Lo scherzo avvenne solo sul radar, tra il pilota e l'addetto al controllo del traffico. Meno male che stava guardando. Come vi sentireste, se disegnaste il cazzo più grande del mondo e non ci fosse nessuno a vederlo? (Se qualcosa succede online e nessuno clicca, si può dire che sia mai successo?)

Le cose che preferisco vedere dall'alto sono i bersagli di calibrazione nei deserti della Cina e dell'America, costruiti per consentire ai satelliti di passaggio di rimettere a fuoco le fotocamere; griglie e codici a barre monumentali, spazzati dalla sabbia, la maggior parte dei quali sono ormai obsoleti.

Parlavo di tutto questo durante la nostra piccola escursione a Rangitoto (non di Felim, ovviamente), perché il mio amico è il tipo di persona a cui non dispiace se sai un sacco di cose, purché lui ne sappia una più di te.

Si chiamano geoglifi, disse.

Con i bersagli di calibrazione, però, gliela feci proprio. Si fermò, si mise le mani sui fianchi e disse: Uhm.

Ruotò un po' il busto di qua e di là, come se controllasse prima uno e poi l'altro lato della visuale. E quello sguardo leggermente perplesso, con le mani sui fianchi, era ben poco attraente ma non certo motivo di rottura per me.

Più tardi, mentre mettevamo via i nostri avanzi in scatole e buste, disse: Dovresti lasciare un messaggio sotto una roccia.

Niente tracce, dissi, guardando un masso più avanti sul pendio, tentata dall'idea. Ma cosa ci scriverei?

Le tue iniziali, forse. "Nell è stata qui."

Questa è solo un'inscrizione. Servono due nomi per fare una storia. Allora ti dici: Mi chiedo cosa ne sarà stato di loro.

Rallentai, rendendomi conto di essermi infilata da sola in quella frase e di non poter tornare indietro. Lui non disse nulla, stava guardando il suo telefono.

Più tardi ancora, ci baciammo. E fu un po' un disastro. All'aria aperta, in pieno giorno. Accadde contro il parapetto del traghetto di Rangitoto, eravamo naso al vento e il tempo era così bello. Mi mise un braccio intorno alle spalle, mi protesi verso di lui per un amichevole abbraccio laterale, e lui abbassò il viso e mi mise la lingua in bocca. Successe dall'altra parte del pianeta, poco tempo dopo che gli avevo letto la lettera su mio nonno e meno tempo dopo che mi aveva mostrato la fine del mondo sul suo telefono.

Dopo esserci fermati e aver ripreso, distrattamente, a guardare il mare (niente delfini celebrativi che saltavano sulla nostra scia), mi ricordai di tutti i posti in cui avremmo potuto baciarci ma non l'avevamo fatto – in cima alla montagna di una bassezza deludente, dove puoi ammirare la vista chiuso nel recinto di una piattaforma di legno, nell'irta grotta di lava nera, sul molo in attesa della nave. Avrei potuto baciarlo ovunque.

E adesso che era fatta – era solo una cosa così sulla nave? Tutti quei baci immaginari erano solo degli esterni? Saremmo riusciti a passare agli interni, a prenderci una stanza?

C'erano molte ragioni per non farlo. Una di queste era che parlavamo tutti e due troppo. Era la nostra specialità. Avevamo parlato fin dal primo istante che ci eravamo conosciuti. Ci piaceva essere interessati e dire cose interessanti, e dove va a finire tutto questo *interesse*, se rimaniamo zitti? E magari nudi? Era davvero difficile pensarci.

Mi ritrovai attratta dal collo aperto della sua camicia. Feci scivolare la punta delle dita sotto la stoffa e c'era qualcosa nel calore e nella consistenza che riconobbi. Quando tirai fuori la mano, il suo collo bianco era coperto di macchie rosse.

Che c'è? disse.

Ehi, dissi io.

Non vedevo come potessimo portare a casa quel sentimento. C'erano così tanti mezzi pubblici da superare. Io ero a Glenfield, lui stava dall'altra parte della baia, e ci trovavamo al terminal dei traghetti in centro. Non ero sicura di cosa stesse succedendo. Eravamo sobri, era metà pomeriggio.

Ci vediamo, dissi, e mi voltai dirigendomi verso Albert Street e il mio autobus.

Inviò una foto della sua guancia, il suo orecchio, mezzo occhio e un saluto sfocato con la mano.

Inviò il selfie che avevamo scattato in cima all'isola.

Mi ficcai il telefono in tasca pensando: Non posso venire a letto con te. Sinceramente. Mi piaci davvero, quindi non posso venire a letto con te. Smamma dal mio dannato telefono.

Ero seduta sull'autobus quando tintinnò di nuovo. Controllai solo una volta arrivata a casa. Mi aveva inviato una poesia:

L'amore è una marea, è foschia
Che diventa nuvola, è pioggia
Sul fiume, acqua nell'acqua,
Cuore nel cuore. Da qui
In avanti è tutta discesa.

Come può il sesso essere al tempo stesso supereccitante e non un granché? Perché questo è quel che accadde quando alla fine venne da me e lo facemmo, molto in fretta, perché se ce lo toglievamo di mezzo, potevamo tornare a indugiare.

Non così in fretta da fargli dimenticare il suo "Sicura?" da bravo ragazzo mentre cercava l'angolo giusto e sbagliava leggermente il tiro. Così allungai la mano verso il suo pene sorprendentemente grosso e lo trovai io per lui.

Sì, sono sicura, dissi.

Dopo, mentre mi salutava in piedi nell'ingresso, ed eravamo di nuovo nella zona di incertezza, iniziò a giocherellare e poi a slacciare il mio primo bottone, seguito da tutti gli altri in fila. Era molto sicuro di sé. Per essere un bravo ragazzo, sapeva davvero che cosa voleva e questo provocò in me un brivido di piacevole allarme. All'ultimo bottone lo volevo subito di nuovo, o volevo il suo desiderio, che cresceva anche in me. Cercai di spingerlo sul divano, lui mi tirò giù sulla grande poltrona. Mentre cadevo ebbi un rapido flash di Felim, ma quando fu passato, il mio amico era ancora lì, ancora lui, con le pieghe della pancia visibili attraverso una camicia di cotone che profumava di vento e sole.

Che c'è? disse.

Niente.

Vieni qui.

Tornammo a casa in Europa per la via lenta. Volammo a Cairns e visitammo la barriera corallina, poi andammo a Denpasar e facemmo un po' di vita in albergo prima di proseguire per Nusa Penida. Scelsi quest'isola per lo storno di Bali, un merlo indiano bianco con una cresta bianca pendula, rilassata, e la pelle di un blu vivace intorno all'occhio, molto chiacchierone e imitativo, e così a rischio che ne sono rimaste solo un centinaio di coppie riproduttive. L'uccello non lo vedemmo, però avemmo un incontro con le mante di passaggio, e anche questa creatura non riuscii ad avvistarla finché non smisi di controllare da una parte all'altra e guardai dritto verso il basso, dove vidi un mantello nero spiegato che volava sul fondo sabbioso. Scendemmo verso il fondale, le pinne che battevano all'impazzata, e girandoci ci imbattemmo in un'altra manta che veniva dritta verso di noi, con la sua strana bocca a scatola aperta, circondata da pinne curve come cucchiai. Questa manta deviò all'insù e mi passò sopra la spalla destra; il ventre bianco assomigliava al disotto carnoso di un aereo che vola a bassa quota.

Dopo, soggiornammo a Nusa Lembongan, un'isola più piccola e più vicina a Bali. Con un peschereccio raggiungemmo la foresta di mangrovie e lì, guizzante tra gli alberi dalle radici alte, c'era l'uccello azzurro che avevo atteso in Australia, il martin pescatore sacro, *Todiramphus sanctus sanctus*. Una fiammella veloce.

Più tardi, due martin pescatori insieme – indistinguibili per me, anche se la femmina è descritta come leggermente più verde.

Scrissi di spiagge e baie per i miei amanti del turismo naturalistico mentre sedevo in un bar sulla sabbia. Quando trovai un wi-fi per inviare il pezzo, il mio telefono mi propose un video dei primi anni Ottanta. Sembrava non tanto esilarante in un modo un po' retrò, e passai avanti lasciandomi quasi sfuggire il nome: Phil McDaragh. Internet mi aveva appena risputato addosso mio nonno – molti anni e paesi dopo. Eccolo lì. Un filmato d'epoca caricato di recente su YouTube. Due commenti, entrambi favorevoli. Ventisei visualizzazioni.

Be', piacere.

Cliccai per arrivare a ventisette.

Poi cambiai idea. Tornai al bungalow il più in fretta possibile (caldo permettendo) e tirai fuori il portatile per guardarlo comodamente sullo schermo più grande.

Mio nonno è in uno studio di basso livello appartenente al dipartimento audiovisivo di qualche università americana. Trucco rosa-arancione, pelle lucida e sfocata, piccoli sputi all'angolo della bocca, domande smisurate e pretenziose. Phil McDaragh sta parlando di poesia lirica irlandese a un tipo intellettuale americano che lascia tre secondi di silenzio a metà di ogni domanda perché il suo cervello è così grande che non può andare veloce.

Allora mi dica [pausa pausa pausa pausa pausa pausa pausa] *cosa l'ha spinta a venire in America?*

L'uomo sull'altra sedia apre la bocca e ne esce fuori tutta la mia famiglia. Phil ha uno stile più pomposo, certo. È circondato da un'epoca diversa. Si alzerà, una volta finita quest'intervista, e se ne andrà in un mondo in cui la principessa Diana porta enormi colletti con le ruche, in cui i telefoni non escono di casa e il pane che si mangia è sempre bianco. Ma mi è così familiare che ho l'impressione di averlo già incontrato. Riconosco i brevi incisi a mezza voce di mia zia Imelda, ironici e acidi. Il modo ingobbito di sedersi in avanti di Carmel, lo stesso dito enfatico. Ha il mio breve sorrisetto sghembo alla fine di una frase – come se forse l'avessimo passata liscia per quello che abbiamo detto. I McDaragh sono tutti mischiati dentro di lui, e sembriamo così melliflui e calorosi venendo fuori da Phil. Sembriamo semplicemente adorabili.

Fa ridere il tipo.

Snarf snarf snarf snarf. È semplicemente... [pausa pausa pausa pausa pausa pausa pausa pausa] *meraviglioso.*

È importante essere noncuranti, dice. *Sono un uomo che cammina sulla strada – questo è il significato della parola "poeta", per me. Un uomo che cammina sulla strada.*

Assomiglia così tanto a qualcosa che potrei dire io, che mi fermo a riflettere se davvero l'ho detto una volta, e scoppio a ridere nel silenzio. Il legame tra noi è più di un filamento di DNA, è una corda lanciata dal passato, una corda spessa e attorcigliata, piena di sangue.

Metto in pausa un minuto, cercando di ricordare cosa vede il bambino nel grembo materno, attraverso palpebre trasparenti.

Il colore rosso.

L'albero della placenta, le sue vene e i suoi rami.

Sto osservando immagini scattate *in utero*, quegli astronauti del sangue con semini neri scintillanti al posto degli occhi. Sto pensando a un albero, non so dove fosse. Ma ricordo che ero sdraiata sull'erba sotto quest'albero con gli occhi chiusi, e sapevo tutto quello che succedeva sopra di me, il movimento delle foglie, la luce del sole. Lo spazio era leggibile. Lo conoscevo con quell'altro senso privo di nome che ti dice dove sono le cose. Una cascata alla mia sinistra, a una certa distanza, e alla mia destra Carmel, seduta.

Alzo lo sguardo e sono a Bali, con una vista che spazia sopra le cime degli alberi fino al mare. Aspettando di vedere un merlo indiano bianco.

Tutte le poesie, dice Phil, *parlano di amore non corrisposto. Non sono sicuro che esistano poesie d'altro tipo. E sa, non sono sicuro che esista un amore d'altro tipo.*

L'uomo con gli occhiali che gli scivolano sul naso ha un'aria al tempo stesso divertita e profondamente seria.

Dante e la sua Beatrice?

Non si tratta della ragazza, dell'una o dell'altra ragazza, ma del fatto che non è più lì. E quando se n'è andata, non c'è nessuna come lei.

Chiudo il portatile, faccio avanti e indietro sul pavimento di tek lucidato. Con la coda dell'occhio avverto un balenio di bianco, ma quando guardo le cime degli alberi, non ci sono uccelli.

Non c'è nessuna come lei.

Da qualche parte in mare aperto, l'uomo che amo sta surfando un'onda a tubo così pericolosa che la chiamano "Lacerations". Le hanno dato questo nome per il corallo incredibilmente aguzzo della barriera su cui si infrange. Ha detto che sarebbe tornato a casa per le quattro, ma non ha modo di sapere l'ora laggiù. O finge di non sapere l'ora – c'è un pontone ormeggiato prima dei frangenti, dove si possono comprare Coca e birra e le persone se ne stanno sedute coi loro orologi impermeabili, non deve far altro che chiedere. Ieri sera, quando siamo usciti per andare a cena, ho visto un ragazzo col torso straziato coperto di croste, un altro con un'enorme benda di garza fissata lungo il lato della coscia lacerata. Il mondo si è trasformato in un posto dove la gente si fa male, dove l'uomo che amo un giorno morirà. Tutto mi parla della sua incolumità, della sua vicinanza – il tempo è un meccanismo per misurare quanto tempo stiamo lontani. Non è che pensi a lui costantemente, lui è il mio modo di pensare. La sua mente è la mia bussola, i suoi occhi il mio unico specchio. Ogni sera abbassiamo le persiane di bambù chiudendo fuori la foresta e lui non entra nei miei sogni né li lascia, perché sogniamo insieme. Il mio corpo sa che è lì accanto. Quando ci svegliamo, vogliamo la stessa cosa.

L'un l'altro. L'un l'altro.

Non vedo l'ora di mostrargli il filmato.

Spero che non sia morto.

Alle cinque non è ancora comparso. Alle cinque e mezzo, quando a Londra è l'ora di punta delle e-mail di metà mattinata, mi do per vinta e invio il link a Lily.

"ho pensato che ti sarebbe piaciuta un po' di poesia"

Mi risponde.

"Chi è quel viscido?"

"quale?"

"ahahahah"

Butto il telefono sul letto e apro il portatile, cercando di salvare una qualche idea che avevo, ma è troppo tardi.

Lui è cambiato.

Gesù, Lily, sei così competitiva, penso. Arraffi ogni cosa, succhi la vita a tutto quello che faccio e che ho. Così ora mi sono lanciata in una tirata contro Lily, ho perso mio nonno e l'uomo che amo sta sanguinando a morte, da qualche parte in mare aperto.

Faccio ripartire il video, che scorre abbandonato mentre mi muovo per la stanza, separando i vestiti. Do un'occhiata allo schermo e, questa volta, non ho l'impressione di vedere me stessa come un vecchio, ma di vedere me stessa come un vecchio coglione. Phil sta facendo l'irlandese – con un accento cadenzato, ridente e malinconico. Quest'uomo ha il mio sorriso da opportunista. Ed è semplicemente pazzesco.

Cos'ha che non va? Torno sul letto e lo rimetto dall'inizio, cercando quello che Lily ha visto così all'istante.

Ah sì, l'Irlanda, dice. *Non me ne sono mai andato. Non si può lasciare un posto come quello. Resta sempre con te.*

Sotto quelle ciglia assassine, gli occhi non si muovono.

Eccolo il brivido. Proprio lì.

Accarezzo il verso della poesia di quest'uomo sotto la mia clavicola e sento avverarsi la maledizione del tatuaggio di Carmel. Questo è il malocchio della mamma che dice che qualsiasi cosa ci si scriva in modo indelebile sulla pelle si rivelerà, col tempo, la cosa sbagliata. Le parole sbagliate, l'amante sbagliato, il posto sbagliato per una stella cadente. L'unica cosa sicura è un cuore, le uniche lettere sicure M.A.M.M.A.

Ho lavorato a queste traduzioni, o più propriamente a queste versioni, tratte dal gaelico, che è la splendida lingua sottomarina su cui issa le vele tutta la poesia irlandese. Penso che la parlerò quando sarò morto – il che potrebbe essere una benedizione da tutti i punti di vista, in effetti. Comunque. Queste versioni sono piccoli tesori che ho raccolto. Non sono mie.

Alza la testa e guarda l'aria davanti a sé. C'è la piega di un sorriso sbilenco, un baluginio d'attesa. Nell'acustica aumentata sento l'inspirazione umida.

Sul mio petto posa la tua testa bruna,
la tua bocca di miele che profuma di timo

Quest'uomo è totalmente viscido, penso. Non è solo l'età, anche se l'età lo fa saltare bene all'occhio. È una specie di doppiezza. Le parole sembrano belle – ma non sono belle – e lo sguardo è predatorio, fisso.

ma a tutte
nego il mio amore, dolce amore, per te.

Distolgo lo sguardo, per non vedere quei bulbi oculari morti e immobili, e la sua voce è così seducente che ci si potrebbe addormentare ascoltandola. Non è solo una finta, penso. È una vera trappola.

> dammi la mano ora che l'addio si appresta,
> oh amore, dolce amore mio.

Sento il rumore delle infradito e una tavola da surf appoggiata contro il muro esterno. Lancio un'occhiata alle cime degli alberi. Nessuna traccia di un uccello bianco.

Cara Nell

Che grandissima gioia ricevere tue notizie, grazie mille per esserti messa in contatto con me. Vorrei poter rispondere alle tue domande, ma è passato così tanto tempo. Avevo ventuno anni quando sposai tuo nonno, il che può sembrare scandaloso (E lo era! Era proprio questo il punto!) e suppongo si possa dire che la nostra relazione sia stata conforme alle regole dell'epoca. Invecchiando, ho l'impressione che sia accaduto tutto non solo in un mondo diverso, ma a una persona diversa. Ci sono momenti in cui non riconosco la me stessa di allora.

Ancora oggi sento che tutelare il dono di Phil sia stata la parte migliore della relazione per me. C'è un certo piacere morale nel sostenere un bel lavoro e continua a essere un grande onore per me promuovere il talento ogni volta che posso. Mi piacerebbe molto ospitarti qui a Sag Harbor, in quanto membro della famiglia, nella casa principale. Se vuoi candidarti come artista residente nel cortile della scuderia, la procedura è supervisionata da un comitato indipendente e il modulo di richiesta è sul sito web, che hai già trovato.

Non so se hai sentito parlare della nostra nuova iniziativa: si tratta del premio Selma Karras per giovani artiste, che accetta specialmente lavori sulla salute mentale, intesa in senso lato. Selma ha vissuto per un po' di tempo con tuo nonno in Grecia e, come forse sai, il suo lavoro è sempre più apprezzato non solo qui negli Stati Uniti ma in tutto il mondo.

Selma è una persona molto ritirata che, purtroppo, non pubblica da alcuni decenni. Dovresti leggere i suoi primi lavori! Penso che vedresti quel che vide Phil quando disse che era la poetessa più entusiasmante che conoscesse. Nelle sue poesie, e a sprazzi, anche in quelle di lui, sentirai gli echi della loro relazione burrascosa. Non so se ci fosse, come lei afferma, una rivalità professionale – dopotutto, lui era una figura riconosciuta, e lei un'ingenua che non aveva mai pubblicato. Con i comuni mortali (mi ci includo anch'io), tuo nonno non è mai stato crudele, ma la loro era un dinamica diversa e la trattava molto male, come lei stessa oggi dichiara pubblicamente, e io ci credo.

Noi che amavamo Phil sapevamo, in un certo senso, di amarlo non malgrado, ma per via della sua "cattiveria" – a quei tempi, era perfettamente normale. Penso liberasse qualcosa nella nostra psiche, che non sempre era una forza positiva. Per questo ho istituito la borsa di studio Karras. Non posso assolvermi completamente dalla cattiva condotta di Phil. Lo adoravo – per i primi tempi senza dubbio – e questo può aver contribuito al suo senso leggermente distorto di sé. Pensavo di non avere altra scelta se non quella di adorarlo, ma ovviamente una scelta ce l'avevo, è evidente.

Oggi non mi scambierei di posto con quella giovane donna che amava Phil McDaragh: i cambiamenti intervenuti da allora, nel mondo e in me come persona, sono stati molto graditi e giusti. Ma continuano a piacermi le sue poesie, come spero piacciano a te. Non sono altrettanto emozionanti come le verità che si trovano in Karras, che ha affrontato quello che Phil si sforzava così tanto di nascondere. Il lavoro di lei è un'esplorazione del danno, quello di lui una fuga dal danno. Ma nonostante ciò, il suo tentativo di liberarsi mi riempie di compassione. Quando lo leggo ora, mi chiedo se si possa sapere troppo.

Ma tu sei giovane! e sento che hai talento, il mondo è sicuramente, per te, un posto migliore. Cara Nell, ho riflettuto a fondo su tutto questo nel corso degli anni e sono felice di rimanere ferma su quanto ho da dire, ma questa lettera è per te, non per tutti. Mi fido della tua voce, sembra così onesta e così risoluta. Ti ricordo come una bambina diretta, con le idee chiare, a cui non sfuggiva nulla e che rideva spesso. Non vedo l'ora di incontrarti di nuovo di persona.

Beir Bua, come diceva Phil. Costruiamo il futuro parola per parola, e verso per verso, e mattone per mattone.

Con affetto da tua "nonna"

Connie

In piedi davanti alla porta di mia madre, apro la cerniera lampo del mio piccolo trolley rigido e lo spalanco sul gradino più alto, accosciandomi per rovistare tra la roba usata e strausata. Sotto un groviglio di cavi di ricarica, biancheria sporca e sandali, trovo le mie chiavi. Come sempre. Il ciondolo è un grosso Titti giallo fluo – con un sopracciglio alzato, mani-ala da vignetta sui fianchi. Questo è lo sguardo che tintinna da sotto i letti e i cuscini dei divani, il volto individuato a distanza e quando sono ubriaca sulle piste da ballo, il rimprovero che torna sempre nella mia mano. Titti, che è un maschio (ho controllato), è stato con me per tutto questo tempo, custodendo le chiavi di una porta dall'altra parte del mondo.

E dietro quella porta, il mio passato.

La serratura gira – perché non dovrebbe farlo? – e mi chino per trascinare dentro la valigia spiaccicata come un pollo alla griglia.

L'ingresso profuma come un bell'albergo, di arancia e bergamotto, esattamente come il giorno della mia partenza. A una prima occhiata, non riconosco gli ordinati cuscini bianco e indaco sulla panca dell'ingresso, ma ovviamente sono qui da sempre. C'è stato tipo un mese della sua vita in cui Carmel sapeva cosa voleva, in cui le cose nei negozi avevano del tutto senso per lei e la casa rimarrà bloccata in quel mese per anni.

Invio un messaggio:

"Ehi ragazza"

Dopo un attimo:

"Ehi, ehi."

"?"

I miei messaggi a Carmel si annunciano sulle note di *Oh Happy Day* degli Edwin Hawkins Singers – un regalo tecnologico della sottoscritta. Mi pare di sentirla da qualche parte, o forse no.

"min"

Allego una rapida foto del mio occhio destro, con sguardo interrogativo. Dietro di me, lo spicchio della lunetta nell'ingresso.

Si sente un gridolino acuto, da qualche parte fuori. Mia madre è nel giardino sul retro. Silenzio. Un altro urlo, questa volta più vicino. Ahhhh. Il rumore della porta posteriore che si apre, il tump-tump affannato di Carmel che sale le scale dicendo: Oh, oh, e poi con le braccia spalancate: Guardati! e siamo strette nell'Abbraccio. Se fosse uno di quei video di ricongiungimento, sarebbe quello in cui la leonessa adulta balza incontro all'essere umano di taglia normale per colpirlo con enormi zampe di velluto, leccarlo col tappeto della sua lingua e mordicchiarlo in modo inoffensivo. Anche se tra le mie braccia, mia madre è più piccola di quanto sembrasse mentre si avvicinava. Si rannicchia contro di me e le sfioro la sommità della testa con la parte inferiore del mento.

Perché non l'hai detto?

Volevo farti una sorpresa.

(Volevo sottrarmi alle tue grinfie, Big Mama: prendi l'autobus prendi il taxi oh no non il taxi prendi l'espresso la linea ordinaria e posso venire a prenderti lungo la strada oppure aspetta dammi il numero del tuo volo mi trovi lì.)

Oh oh oh oh oh.

Mia madre smette di dire oh e si stacca da me tirandosi indietro.

Guardati.

Tra un istante, tornerà a comportarsi come una normale leonessa, mi mollerà come se le fossi indifferente e si dedicherà alle sue occupazioni giornaliere.

Che comprendono, in questo caso, indagare sul ragazzo accanto a me nell'ingresso.

Mamma, questo è David.

Ciao, dice.

Piacere di conoscerla, signora McDaragh.

Carmel, prego. Sei il benvenuto, dice. Entrate, entrate, vi preparo una tazza di tè.

Dio, mamma, sembri così irlandese, dico.

Come vuoi che sembri?

È un'ottima domanda. Dopo quella prima sensazione di estraneità, attraverso una membrana invisibile, una sorta di resistenza. Sono a casa.

Carmel

Carmel non riusciva a capire cosa ci vedesse in lui.

I capelli biondi e radi buttati su un lato, una pelle delicatissima con una sfumatura di grigio jet lag. Pupille enormi. Labbra quasi inesistenti. Si chiamava Brocklehurst, che non era un nome scozzese ma sassone, a quanto pare. Un ragazzo di Durham, disse. Alla fine si era ritrovato a Cambridge, che non era proprio quello che voleva, ma aveva passato il colloquio. Non che si fosse mai ambientato, in realtà.

Nell era seduta accanto a lui, dritta come un fuso. Una lieve oscillazione avanti e indietro mentre li ascoltava parlare. Era rossa in viso, quasi senza ritegno: *ti prego fa' che ti piaccia, mamma, ti prego fa' che ti piaccia, ti prego.*

Carmel fece del suo meglio.

"Come è andato il volo?" disse.

Sembrava più giovane di Nell. Era già una cosa. Aveva un non so che di fresco. Molto volenteroso. Quando sollevò le borse, si vedeva che era in forma; non grosso, ma armonioso e agile.

"È inglese?" disse a Nell, quando lui le portò al piano di sotto.

"Ma non mi dire."

"Shh," disse Carmel. "Sta tornando."

"Sei tu quella sta parlando," disse Nell.

Carmel lo osservò mentre prendevano il tè e quando gli offrì un biscotto, che lui rifiutò. Era il tipo di ragazzo che sapeva tutto. Ma era benintenzionato, pensò. C'erano, nel suo modo di parlare, le tracce residue di una balbuzie, per cui prendeva un po' la rincorsa. All'inizio aveva solo due modalità, l'entusiasmo e il rifiuto. Discorreva speditamente di qualche argomento trascurabile – le banche cinesi, i benefici del tai chi, il nuoto in una piscina salata, le diverse lunghezze delle tavole da surf, l'assenza di squali nei dintorni di Bali – ma se lo interrompevi, o gli facevi una domanda, o gli offrivi qualcosa, allora: Oh no, diceva. Non avrebbe mai pensato di entrare nel mondo della finanza e, Oh no, non era vegano anche se era vegetariano da sempre, Oh no, non voleva del caffè, nemmeno per combattere il jet lag, stava cercando di disintossicarsi dalla caffeina.

"No?"

"No."

"Va bene," disse Carmel.

"Gli irlandesi non dicono 'no'," disse Nell, schierandosi finalmente dalla parte della madre.

"Ah no?"

"Lo sanno tutti. No."

"Cosa dicono?"

"Dicono: 'Oh, non so, non potrei, non dovrei, no davvero nulla per me, grazie. No davvero'."

"Dite: 'No davvero'?"

"E poi: 'Grazie'. Dici: 'No davvero, grazie, davvero no'.

Solo i tedeschi e gli inglesi delle classi alte dicono 'no'. Noi lo troviamo scortese. O sprezzante."

"A me piace," disse sua madre. "Non preoccuparti, sono brava con i 'no'."

"Gli irlandesi parlano tutti come le donne anziane," disse Nell. "Anche gli uomini."

"Questo non è vero," disse Carmel.

David disse che l'Irlanda era un posto fantastico dove stare, anche solo passando dall'aeroporto, era così accogliente. Mentre lo diceva, aveva un'aria assolutamente triste e solitaria.

Si sporse verso Nell e le strinse la mano che teneva posata sulle ginocchia, poi la rimise platonicamente giù. Carmel si chiese brevemente se potesse essere gay, ma non si trattava neppure di questo.

Il ragazzo stava ancora parlando. Aveva vissuto a Shanghai per due anni, insegnava il baccalaureato internazionale, filosofia, mandarino e teoria della conoscenza e in effetti c'era una richiesta sconfinata per il mandarino, poteva scegliere. Inoltre, aveva la qualifica di istruttore subacqueo, che era utile in alcune parti del mondo. Per lo più insegnava online, dava ripetizione ai figli dello zero virgola zero uno per cento. Potevano vivere ovunque, purché ci fosse una piscina (ahahah). Alcuni erano così ricchi da sfidare la matematica. Ma i bambini si presentavano a lezione, erano rispettosi. Stai parlando ai figli e alle figlie di soldi senza fine. Paparino gli comprerà un posto a Yale e alcuni di questi uomini super-ricchi sono persone molto cattive. E questo dimostra solo che i bambini sono migliori degli adulti sotto molti punti di vista. Avete presente quando diciamo: Quella persona si comporta come un bambino, be', quella persona forse è molto gentile, in realtà.

Fece una pausa.

Si affrettò a proseguire.

"O forse è quello che succede con un padre potente. Fai quello che ti viene detto."

"Sei di Durham?," disse Carmel, che aveva insegnato anche lei ad alcuni bambini ricchi, ai suoi tempi, e non li aveva trovati simpatici, non particolarmente.

"No, spiacente. Sono *andato* a Durham," disse lui. "Alla Durham School."

La guardò con aria interrogativa, capì che lei non ne aveva mai sentito parlare e iniziò a fare marcia indietro.

"Abbastanza orribile in effetti. Spaventosamente fredda. Ero in collegio," disse. "No, noi abbiamo una casa in un villaggio che si chiama Cheswick. Vicino alla costa?"

"Certo."

"Berwick-on-Tweed?"

"Mi dispiace, dovrei sapere dov'è," disse lei.

"Non si preoccupi," disse lui. "È superpiatto e piuttosto noioso."

"È vicino a Lindisfarne," disse Nell.

"Certo."

Carmel non riusciva a capire che problema avesse. Ogni volta che si vantava – e tutto quello che diceva era una specie di vanteria – escludeva se stesso. Una forma così inglese di autodenigrazione: insisteva sul fatto di appartenere a una classe sociale più alta di te, e poi cercava la tua comprensione perché era una vera frana nel gioco delle classi. Troppo snob, non abbastanza snob, non si sentiva a suo agio da nessuna parte.

Povero piccolo essere superiore, pensò Carmel.

Quella lagna che fanno a volte gli inglesi quando passeggiano per Dublino e dicono: Non sono tutti così gentili? E non si stanno divertendo un mondo?

"Mi scusi," disse lui. "Credo di dover andare. È al piano di sotto, vero?"

"A sinistra," disse Carmel.

Dopo che fu uscito dalla stanza, Nell sibilò: "Smettila."

"Che cosa?"

"Basta così."

"Che cosa?"

"Cazzo, mamma, non cominciare, va bene? Ti stai comportando proprio da stronza. E se non la smetti, giriamo i tacchi e ce ne andiamo. Il mio bagaglio è già pronto."

"Il tuo bagaglio è spalancato e sparpagliato per tutto l'ingresso."

"David!" chiamò Nell attraverso le assi del pavimento.

Non ci fu risposta dal bagno, il che era già qualcosa. Almeno aveva un po' di buone maniere – che gli erano state inculcate senza dubbio nel suo collegio miserabilmente superiore. Ma tutto questo accadeva ancora? Non sembrava reale.

"D'accordo," disse. "Mi dispiace."

"Comportati bene."

"Scusa." Dopo un attimo disse: "Pensavo stessi diventando gay."

"Smettila. Subito."

"È solo un'osservazione."

Più tardi, Carmel si tagliò un dito mentre sminuzzava l'aglio. Sventolò in aria il coltello, sollevò la mano ferita e fece una danza buffa, a passi larghi, dal bancone al lavandino, dove mise il dito sotto l'acqua fredda. Il sangue riempì le spirali dei suoi polpastrelli e scomparve. Carmel mandò due sospironi, inspirando ed espirando con forza.

"Stai bene?" disse Nell, arrivando alle sue spalle. "Vuoi un cerotto?"

"Non mi trattare con condiscendenza!"

Scappò nella sua stanza col dito in bocca, si sedette sul letto e lo succhiò finché non si vide, o non prese consapevolezza di sé: una donna di mezza età che agiva come una bambina, coi piedi che non toccavano il pavimento.

Il ragazzo aveva ben poco che non andasse.

Imelda lo adorerà, pensò. Sua sorella era una incrollabile snob.

Quando tornò al piano di sopra, David, il ladro di figlie, l'invasore e predone, stava apparecchiando la tavola. Si complimentò per il cibo e ne mangiò anche. Sorrideva a Nell quando lei parlava e si interrompevano l'un l'altro di continuo. Ogni tanto, parlavano contemporaneamente guardandosi negli occhi.

"Che ragazzo intelligente," osservò Carmel, calorosamente, quando lui disse l'ennesima cosa intelligente, e il suo complimento gli procurò un piccolo "drin" di piacere.

Naturalmente dormì nella stanza di Nell, questo non era un problema. Carmel aveva messo due asciugamani uno accanto all'altro ai piedi del letto.

Quando si alzò per andare al bagno un'ultima volta prima di dormire, li sentì parlottare tutti e due lì dentro. La voce di Nell era così intima e rilassata, che sua madre si fermò fuori dalla porta – non per origliare, non le interessavano le parole, fu il tono a trattenerla. Non sentiva quella versione di Nell da molti anni. Quella era la bambina che si arrampicava nel letto di sua madre la domenica mattina per fare due chiacchiere, con voce piena di complessità e divertimento. Carmel avrebbe potuto sentirsi gelosa dell'intimità tra i due giovani, ma non lo fu. Sentì che sua figlia era tornata alla sua vera se stessa. Era cresciuta.

Nell

Un giorno la bolla esplose, qualunque cosa sia la bolla, quell'enorme membrana oleosa e tremolante sopra la mia vita, che a volte chiamo amore e a volte terrore.

Fu un uccello che vidi nel giardino di mia madre e a cui per un attimo non seppi dare un nome. Solo un esserino saltellante, un grasso ciuffolotto col petto velato di un rossore che, quando cercai di coglierlo con più precisione, aveva la tinta di un rossetto chiamato Orange Chiffon. Questa descrizione naturalmente era tratta da una poesia del viscido Phil, ma fui felice quando mi venne in mente, mi sembrò giusta. In effetti si tratta di un vero rossetto, una tonalità Avon che avrebbe potuto portare mia nonna. Per un attimo pensai di comprarlo su un certo sito vintage prima di ricordarmi: di cosa è fatto il rossetto? Grasso animale o grasso chimico in un bastoncino che giri ed esce, risalente al lontano 1964.

Era ancora lì, all'estremità del giardino di mia madre, un tipetto proprio carino, appollaiato sulla driade (non una ninfa!) portaurna, che è troppo imponente per la casa, ma non è la peggiore delle statue dagli occhi vuoti che Carmel abbia cercato in tutti i centri di giardinaggio, gli sceneggiati televisivi in costume e le oasi suburbane dove siamo passate nel corso degli anni. La posa della driade è ampia e aggraziata, la pietra piacevolmente erosa e il drappeggio cinto sui fianchi da una ghirlanda di fiori non ben precisati. Pensavo che avremmo avuto bisogno di una gru per portarla dentro, ma l'hanno trascinata attraverso il piano terra con un trolley per la spesa e Carmel ha fatto diventare tutti matti per trovare il posto giusto, all'ombra, seminascosta dalla sua magnolia. Ha fatto crescere dell'edera sulla base e spalmato il lato nord, come lo chiamava lei, con dello yogurt per attirare il muschio, che a tempo debito ha attecchito, e l'insieme ora ha un gran bell'aspetto. Carmel ha il pollice verde, anche se dice che è solo questione di mettere la cosa giusta al posto giusto.

E adesso, giunto di fresco e appollaiato sulla testa della driade, c'è questo tipetto elegante, col suo grazioso cappuccio nero, il petto rosa corallo e le ali azzimate a strisce bianche. Sembra un maggiordomo o un servitore, qualcuno vestito per porgere un bicchiere di porto. Sono molto felice pensando a tutto questo, inventando una storia per l'uccellino che mi tiene compagnia sull'erba mentre, dentro casa, David blandisce Carmel e Carmel blandisce David, perché – non dimentichiamolo – Carmel *adora* gli uomini, li trova così ragionevoli e rilassanti da frequentare. Così le ho portato un uomo nuovo e, dopo aver finito di avercela con lui, lo ha accolto nella sua vita e sotto la sua ala, come qualcuno da lodare, organizzare e comandare a bacchetta. Adesso, lo fa sedere al suo fianco mentre è in piena attività culinaria e ride della saggezza delle sue osservazioni mentre farcisce i ravioli fatti a mano con funghi che ha scelto lei stessa perché, come dice lei, David *apprezza* davvero il cibo dopo tutti quegli orribili pasti che gli imponevano a scuola.

Io, nel frattempo, sono fuori sul prato e rifletto sul fatto di essere incinta, cosa che non sono. L'idea mi viene in mente, perché il sole è così caldo sulla mia pancia, che ti immagineresti quasi di essere piena in un modo mitologico. Potrei avere un bambino di sole, fatto di luce. La driade del giardino è silenziosamente, dolcemente convinta di questa possibilità, l'uccello è un segno che sembra concordare con lei.

Ma non sono incinta – non ancora, comunque – la sensazione di calore è piacevole, ma non indicativa. Così me ne sto sdraiata sull'erba e osservo il mio fortunato ciuffolotto, che non ha nessuna fretta di andarsene e saltella fra i rami. Nel cielo laggiù c'è uno di quei venti che soffiano in alto, spostando le nuvole a grande velocità e lasciando intatto il mondo più in basso. Questo movimento è molto rapido e accentuato. Nella calma del giardino, l'uccello vola sul pero vicino al muro e torna sulla testa della driade. Mi guarda.

Sono consapevole, per una frazione di tempo, di tutto il vorticoso movimento che si agita nel silenzio: nuvole, uccelli, foglie, formiche, atomi.

Particelle, il cui nome non mi sovviene, che sfrecciano attraverso di me.

La lenta erosione della driade di pietra.

L'uccello mi guarda negli occhi – sembra sapere che questo è il posto per guardare un essere umano – e io ricambio il suo sguardo. E con questo rapido contatto sostenuto, la storia che ho inventato per lui svanisce. L'uccello non è il servo di nessuno. Non si è messo in tiro. Le parole non fanno che oscurarlo: il rossetto, il corallo, lo chiffon, il bicchiere di porto, queste sono tutte imposizioni sulla sua minuscola, incontrovertibile essenza di ciuffolotto. Perfino il nome, "ciuffolotto", sembra una forma di inquinamento, come un'etichetta appiccicaticcia fissata alle sue piume.

Una domenica di sole nel giardino di mia madre, l'uccello mi guardò e io vidi l'uccello, e avrei voluto disfare il linguaggio e lasciare che lui fosse se stesso. L'uccello era semplicemente quello che era. Molto prima che chiunque di noi fosse qui, e molto dopo che ce ne saremo andati, esisteva ed esisterà. Quando i nostri rossetti, i nostri servi, il nostro corallo sbiadito e saccheggiato saranno tutti morti o sepolti in discarica, si appollaierà in cima a tutto questo e canterà. Almeno lo spero. Se siamo molto fortunati, l'uccello sarà sempre l'uccello.

Ringraziamenti

Ringrazio di cuore le poetesse Jessica Traynor e Jane Clarke, i cui interventi lievi e sapienti hanno reso i versi fittizi di Phil più simili a vere poesie. Le mie scuse e i miei ringraziamenti a Paul Muldoon, cui ho teso un agguato all'aeroporto di Dublino con la versione di Phil de *Il tarabusino cinese* (non riesco a credere di averlo fatto). Catherine Duggan BL mi ha generosamente messo a disposizione le sue competenze in materia di testamenti, mentre la professoressa Margaret Kelleher ha risposto a domande arcane senza esitazione. Grazie a Paul Perry, poeta e collega dell'UCD, e ai miei amici del dipartimento di Scrittura creativa, compresi i molti studenti la cui freschezza e determinazione mi hanno dato coraggio alla scrivania.

Il pianeta che cambia sesso di cui parla Mal a Utrecht è tratto – un po' travisato – dal racconto *The Wound* di Lisa Tuttle, pubblicato nella sua raccolta *Memories of the Body. Tales of Desire and Transformation* del 1990. La parte sull'incontro del tasso deve molto al racconto *Meles Vulgaris* di Patrick Boyle. Questa è un'opera di pura finzione: sono state prese tutte le misure ragionevoli per garantire che non vi sia alcuna somiglianza con persone reali, vive o morte.

Tanto affetto e gratitudine, come sempre, al mio agente Peter Straus e a tutto il personale di Rogers, Coleridge & White. Grazie a Michal Shavit, David Milner e Joe Pickering di Jonathan Cape, la mia casa per molti anni, e alle splendide persone di Norton.

Grazie agli Enright per aver tenuto duro. A Martin, Rachel e Lorcan per tutto.

Finito di stampare
nel mese di settembre 2024
presso
Poligrafici Il Borgo S.r.l.
Via dell'Industria, 51, Bologna

Printed in Italy